케이크를 자르지 못하는
아이들의 진료실

케이크를 자르지 못하는 아이들의 진료실

미야구치 코지 지음

소년원에서 만난
경계선 지능 장애 아이들의 진실

글

들어가며

2019년 7월에 《케이크를 자르지 못하는 아이들》을 발표했다. 이 책은 의료 소년원에서 400명 이상의 비행 청소년을 상담한 경험을 바탕으로 썼다. 그 과정에서 살인, 폭행, 방화 같은 중범죄를 저지른 많은 소년들이 사실은 '홀케이크를 삼등분하기' 같은 간단한 과제조차 수행하지 못할 만큼 인지 기능이 떨어진다는 사실을 알게 되었다. 무엇보다 그들은 '가해자'이기 이전에, 사회의 보호막 바깥에서 오랫동안 어려움에 부딪쳐 온 '피해자'이기도 했다. 교정 및 교육 관계자를 위해 쓴 책이었지만, 일반 독자들에게도 널리 읽히게 되어 저자로서 더없이 기뻤다.

그런데 책이 유명해지면서, SNS 등에서 '이건 틀렸다'거나 '이건 이상하다'는 반응도 늘어났다. 사실에 기반해 나의 해석과 메시지를 담은 만큼 의견이 다양할 수밖에 없다. 그것은 오히려 바람직한 일이다. 다만 독자들이 책 속 아이들이 '실존한다'는 사실의 무게를 가볍게 여기는 것 같아 마음이 무거웠다. 나는 이 책을 통해 어떤 해석이나 정답을 말하고자 한 것이 아니다. 무엇보다도 이 아이들의 실상을 '알아주길' 바라는 마음이 컸다.

출간 후에는 이런 생각도 들었다. 이 아이들의 현실을 '이야기'라는 형식으로 풀어내면, 오히려 더 사실에 가닿을 수 있지 않을까. 마침 신초샤 출판사에서 《케이크를 자르지 못하는 아이들》을 만화로 만들자는 제안을 받았고, 이 작품은 웹툰 사이트 〈구라게번치〉를 통해 연재되었으며 단행본도 2022년 7월 기준으로 5권까지 출간되었다(https://kuragebunch.com).

만화가 스즈키 마사카즈 선생님은 의료 소년원과 여자 소년원에서 내가 만난 놀라운 사례들을 마치 눈앞에서 본 것처럼 생생하게 묘사해 주었다. 나 역시 만화를 통해 소년들을 새로운 시선으로 바라보게 되었다. 그러나 '그림'이라는 형식이 가지는 한계도 있었다. 문장에 담을 수 있는 깊이와 정보가 만화에서는 다 담기지 않았다. 그래서 이번에는 그간 전달하지 못했던 이야기까지 모두 담아 소설이라는 형식으로 다시 써 보기로 했다.

이 책은 '이루카노하라 소년원'이라는 가상의 공간을 무대로 한다. 일본에는 남자 소년원, 여자 소년원, 의료 소년원을 합쳐 약 50여 곳의 소년원이 있으며, 2021년 범죄 통계에 따르면 약 1,600명이 1년간 새롭게 입소한다. 2000년 무렵에는 연간 입소자가 6,000명을 넘은 적도 있었지만, 최근에는 감소 추세에 있다. 하지만 한 해 약 4만 4천 명의 비행 청소년이 가정법원에 송치되는 것과 비교하면 소년원 입소율은 3.7퍼센트에 불과하다. 다시 말해, 소년원은 비행 청소년 중에서도 죄질이 더 무겁고, 다루기 어려운 아이들이 모이는 곳이다. 이들이 보내는 시간은 평균 1년 내외이며, 문제의 복잡성과 사건의 성격에 따라 달라진다.

소년원은 연령, 심신 상태, 범죄 성향 등을 기준으로 다섯 가지 유형으로 나뉜다. 제1종은 심신에 뚜렷한 장애가 없고 12세 이상 23세 미만의 자, 제2종은 동일 조건에서 범죄 경향이 강한 16세 이상 23세 미만의 자, 제3종은 심신에 장애가 있고 12세 이상 26세 미만의 자가 해당된다. 제4종은 형의 집행을 받는 자, 제5종은 보호관찰 중 엄수사항을 위반한 특정 소년이 대상이다. 이 책의 이루카노하라 소년원은 제1종 소년원에 속하며, 지적 장애를 지닌 자나 그러한 의심이 있는 자, 혹은 특별한 배려가 필요한 청소년이 수용되는 곳이다.

청소년 범죄는 감소 추세에 있지만, 재범률은 오히려 해마다 높아지고 있다. 이는 범죄자의 양극화 현상과 맞닿아 있다. 범죄자 중에는 도움을 받을 수 있는 사람이 있는가 하면, 그렇지 못한 이들도 있다. 후자의 경우는 시간이 갈수록 사회로부터 배제되고, 결국 재범의 가능성도 높아질 수밖에 없다.

이 책은 그런 '도움을 받을 수 없는 소년들'의 이야기다. 흉악한 범죄를 저지른 이들이지만, 그들 중에는 초등학교나 중학교 시절부터 장애가 있음에도 적절한 진단이나 지원을 받지 못한 아이들이 대부분이다. 이들은 따돌림이나 학대를 겪은 피해자였다가 사회의 그늘 속에서 서서히 가해자가 된다. 나는 의료 소년원에서 그런 수많은 소년들을 마주했다. 어쩌면 지금도 우리 곁에는, 이름 없는 예비 번호를 달고 살아가는 아이들이 있을지 모른다.

이야기는 정신과 의사 로쿠무기 가쓰히코의 시점에서 전개되며, 실제 사건을 바탕으로 하지만 인물은 모두 가명이다. 개인이 특정되지 않도록 세부 사항은 수정했으나 지나친 각색은 지양했다. 책은 총 5장으로 구성되어 있으며, 제1장은 출소 후 살인을 저지른 소년, 제2장은 여자 소년원에서 출산한 소녀, 제3장은 방화로 인한 사망 사건, 제4장은 아동 강제추행 사건, 제5장은 앞서 등장한 인물들의 그 후 이야기로 구성된다. 제1장부터 제4장까지는 각 장 말미에 '해설'을 덧붙였다.

이 책에 등장하는 아이들 대부분도 한때는 학교에 다녔고, 그 안에서 구조받을 수 있었던 가능성이 있었다. 그 시절 누군가 그들의 장애를 알아차리고, 손을 내밀어 주었다면, 지금과는 다른 인생을 살았을지도 모른다. 여전히 학교라는 공간에서 구원받을 수 있는 아이들이 많다는 사실을 기억해 주었으면 한다.

―미야구치 코지

목차

1장

다마치 유키토

정신과 의사 로쿠무기 가쓰히코는 5년 전부터 파견 형태로 의료 소년원에서 근무하고 있다. 그러던 어느 날, TV 뉴스를 보다가 살인 사건의 피의자 이름이 눈에 들어왔다. '다마치 유키토'. 4년 전, 이루카노하라 의료 소년원에서 로쿠무기가 진료했던 바로 그 소년이었다.

유키토는 경도의 지적 장애를 지녔으며, 아버지의 가정폭력, 부모의 이혼과 아버지의 수감, 어머니의 방임이 겹쳐 중학생 무렵부터는 아동 자립 지원 시설에서 지냈다. 반복되는 폭력과 소매치기, 절도 등의 문제로 결국 의료 소년원에 입소하게 된다. 그러나 출소 후에도 그의 삶은 좀처럼 안정을 찾지 못했다. 그러던 중 동네 선배 모로오카의 꾐에 넘어가, 보이스피싱 수거책으로 내몰리게 된다. 자신이 사기를 저지르고 있다는 인식조차 없이 지시에 따르던 유키토는 현금 수령에 실패해 손해를 메우라는 모로오카의 압박을 받는다. 결국 친구 아유미에게 돈을 빌리지만, 계획은 어긋났고 빚을 갚을 길도 막힌다. 아유미의 질책에 격분한 유키토는 바닥에 떨어진 돌을 집어 들어, 충동적으로 그녀를 내리치고 만다.

1 첫차

아직 어둠이 남은 승강장으로, 눈부신 라이트를 켠 일곱 칸짜리 지하철이 덜컹거리며 들어왔다. 건조한 겨울 공기 속에 토해지는 숨이 희게 번졌다. 5시 10분 첫차 안에는 코트를 입은 몇몇 승객들이 눈에 띄었다. 환승 때문인지 맨 앞 칸은 비교적 한가했기 때문에, 로쿠무기 가쓰히코는 늘 첫 번째 칸을 탔다. 오늘도 앉을 수 있겠다는 마음으로 조용히 열차에 올랐다.

종합병원에서 봉직의를 지낸 뒤, 지금은 소년원에서 교정시설 정신과 의사로 일하고 있다. 일주일에 두 번 출근하는 날에는 늘 첫차를 탄다. 고베에 거주하는 로쿠무기가 산 중턱에 자리한 소년원까지 가려면 편도에 세 시간이 걸린다. 직원 조례 시간에 맞추기 위해서는 새벽 네 시 반에는 일어나야 한다. 원래는 2년 기한으로 파견된 자리였으나,

후임이 정해지지 않으면서 이 생활을 어느덧 5년째 이어오고 있었다.

이미 2년 전 불혹을 넘긴 로쿠무기에게, 반나절을 오가는 출퇴근은 녹록지 않다. 하지만 정신과 의사로서 비행 청소년들의 내면을 들여다볼 기회는 흔치 않기에, 이 시간 또한 나쁘지 않다며 마음을 다잡았다. 아내 아사미는 대학 시절에 만났고 간호사다. 딸 안나는 지금 지역 공립 중학교에 다니는 중학교 2학년이다. 처음 소년원에 발령이 났을 때 근처에 집을 얻을까 고민도 했지만, 사춘기를 지나고 있는 딸의 성장을 곁에서 지켜보고 싶어 단념했다.

가족과 함께 사는 집에서 소년원까지는 급행열차를 포함해 세 개 지역을 넘어야 했고, 출근길은 가까운 여행길을 떠나는 기분이었다. 전날 밤이면 늦어도 열한 시에는 잠자리에 들었고, 쉽게 잠들지 못하는 체질 때문에 수면제를 복용하곤 했다. 그렇게 무거운 눈꺼풀을 간신히 들어 올리며 목적지에 도착했다. 개찰구를 나선 로쿠무기는 역 근처의 주차장으로 향했다. 바닥에 깔린 자갈이 마찰하는 소리가 귀를 찔렀다.

잠이 덜 깬 상태로 귓가를 자극하는 소리를 들으며 "오긴 왔네." 하고 중얼거렸다.

로쿠무기는 주차장 오른쪽 구석에 세워 놓은 낡은 흰색

소형 트럭에 몸을 던지듯 올라탔다. 키 175센티미터에 몸무게 62킬로그램. 체격에 비해 마른 편이지만, 대학 시절 등산부에서 단련한 다부진 몸 덕분에 또래보다 젊어 보였다. 판스프링 위에 얹힌 딱딱한 시트가 로쿠무기의 몸을 차갑게 받아냈다. 늘 있는 일이란 듯 그는 말없이 가볍게 문을 닫고 시동을 걸었다. 둔탁한 소리가 몇 번 나다가 간신히 시동이 걸렸다. 로쿠무기는 안도했다. 1년 사이 배터리가 방전돼 당황했던 일이 몇 번이나 있었기 때문이다. 이 트럭은 소년원 동료의 소개로, 잘 아는 중고차 매장에서 7만 엔을 주고 샀다. 근무 초기에는 공용 자전거를 이용했지만, 소년원까지 30분 넘게 걸렸고, 특히 겨울비라도 오는 날이면 우비를 입고 페달을 밟는 일이 고역이었다.

"비 오는 날 자전거로 출근하려니 죽겠어."

어느 날, 농담처럼 내뱉은 말에 의리가 남달랐던 동료가 동분서주하며 이 차를 찾아주었다. 로쿠무기는 원래 차에 별 관심이 없었다. 비바람만 피할 수 있다면, 뭐든 상관없다고 생각했다. 하지만 이 트럭은 예상보다 훨씬 낡고 더러웠으며, 주행 거리도 이미 10만 킬로미터를 훌쩍 넘긴 상태였다. 물론 조건을 따진다면 평범한 경차가 나았겠지만, 그저 싸고 굴러가기만 하면 된다는 생각으로 결국 이 트럭을 계속 몰게 되었다.

주차장을 빠져나와 좁은 골목길을 지나 5분쯤 달리면 간선도로에 닿는다. 출근 차량으로 북적이는 길이었다. 대부분 먼저 가려는 듯 거칠게 몰아붙였다. 그런데 이상하게도, 로쿠무기의 소형 트럭 앞에서는 차들이 곧잘 차선을 내주곤 했다. 차로 생계를 잇는 사람에게 보내는 일종의 배려일까. 그는 이럴 때만큼은 이 낡은 트럭이 고맙게 느껴졌다. 간선도로에 진입한 뒤 10여 분을 더 달리면 긴 다리가 나타났다. 왼편으로는 부드러운 산등성이가 펼쳐지고, 오른편으로는 맑은 강물이 유유히 흘러간다. 로쿠무기는 다리를 건너자마자 우회전해 강을 따라 조성된 제방 도로로 접어들었다. 봄과 가을, 맑은 날이면 둔치를 끼고 흐르는 반짝이는 강물이 눈앞에 펼쳐졌다. 관광객이라면 시선이 머물 만한 풍경은 매일 아침, 로쿠무기의 피로를 조금 덜어주었다.

제방을 따라 얼마쯤 달리면, 높고 넓은 펜스로 둘러싸인 운동장이 보이고, 그 안쪽에 자리 잡은 흰색 3층 건물이 바로 로쿠무기의 근무지, '이루카노하라 소년원'이다. 대개 단층으로 지어진 다른 소년원과 달리, 원래 민간 병원이었던 철근 콘크리트 건물을 법무성이 매입해 사용 중이었다. 바랜 외벽에는 몇 차례 보수한 흔적이 남아 있어, 세월의 자취를 고스란히 드러냈다. 절도, 상해, 강제추행, 약물, 사기, 방화, 살인. 이곳에 수용된 소년들이 저지른 범죄는 실로 다양했다. 하지만 그들은 단지 범죄를 저지른 청소년이 아니었다. 지적 장애, 발달장애, 혹은 그 둘 모두를 가진 '장애 아동'이기도 했다. 보호가 필요했던 존재가, 끝내 사회의 경계선으로 밀려난 것이다.

소년원 본관 1층에 마련된 주차장에 차를 세우자, 끝자락 흡연구역에서 뭉게뭉게 피어오르는 연기가 눈에 들어왔다. 차로 출근한 동료 보호관들이다. 로쿠무기는 무표정한 얼굴로 작게 인사를 건네고 정문 쪽으로 향했다.

"안녕하세요."

이들의 공식 명칭은 '소년 보호관'. 소년원이나 감별소에서 비행 청소년을 관리하는 법무성 소속 국가공무원이자 전문직이다. 민간 경력자 채용도 가능해, 고졸자나 이직자도 적지 않다. 주차장과 연결된 15개의 계단을 따라 2층 정문 현관으로 향할 때, 묘하게 느려진 발걸음은 모두가 비슷했다. 어깨에 큰 배낭을 멘 보호관은 오늘 당직인 듯 보였다.

정문 현관을 들어선 후에도 길게 이어진 복도를 빠져나가야 로쿠무기의 목적지가 나타났다. 깨끗이 청소된 복도와는 달리 천장에는 검붉게 녹슨 철근이 드러나 있었다. 복도 끝에는 하얀 페인트를 몇 번이나 덧칠했는지 표면이 울퉁불퉁해진 두꺼운 철문이 버티고 있다. 건물의 연식이 한층 더 느껴졌다. 이것이 바깥세상과 소년원 사이를 가로막는 첫 번째 문이다. 로쿠무기는 지문 인식기에 손가락을 댄 다음 '43'이라고 암호를 입력했다.

지문 인식기에 손가락을 올리고, 암호 '43'을 입력하자 '철컥' 소리와 함께 문이 열렸다. 문을 열고 들어서자 오른편에 위치한 큰 식당에서 소년원 식사를 준비하는 열기가 그대로 얼굴에 와닿았다. 그는 열기를 가르며 2층 의무관실로 향했다.

의사에게만 주어지는 개별 공간인 의무관실은 대체로 6평 정도 크기였고, 책상, 응접용 테이블, 소파, 책장, 냉장고, 공기청정기, TV까지 구비된 넉넉한 공간이었다. 그는 코트를 철제 옷장에 걸고, 책상 위에 백팩을 올려두었다. 스웨터 위에 흰 가운을 걸친 뒤, 곧바로 직원 조례가 열리는 회의실로 발걸음을 재촉했다.

2 소년원의 아침

로쿠무기가 회의실에 들어섰을 때, 직원들은 이미 거의 다 자리에 앉아 있었다. 책상이 'ㅁ'자로 배치된 공간에 제복 차림의 소년 보호관 서른여 명이 옹기종기 모여, 작은 목소리로 잡담을 나누고 있었다. 남색 블레이저에 푸른 셔츠, 감색 넥타이에 사선 줄무늬가 들어간 단정한 제복이었다. 그 틈엔 20대에서 40대 사이의 남성들 사이로 여성 보호관의 모습도 드문드문 눈에 띄었다.

"어제 입소한 ○○○ 말이에요, 사실은……."

"아, ○○ 선생님, 잠시만요."

처음엔 업무와 관련된 이야기로 시작되던 대화는 어느새 웅성임으로 번졌고, 이내 웃음소리가 실렸다. 로쿠무기는 회의실 오른쪽 앞, 세 번째 줄의 자신의 지정석에 조용히 앉았다. 수면제의 기운이 아직 남은 탓인지 눈꺼풀이 자꾸 무거워졌다.

여덟 시 반이 되자, 학교에서 들을 법한 수업 종소리가 울렸다. 곧 병원장을 비롯한 임원 여섯 명이 회의실 문을 열고 들어섰고, 직원들은 일제히 잡담을 멈춘 채 자리에서 일어나 인사를 건넸다.

"안녕하십니까."

기계적으로 내뱉는 낮은 인사가 회의실 안을 가볍게 울렸다. 회의실 정면의 책상에는 원장이 가운데, 양옆으로 차장과 수석 전문관, 그 옆으로는 서무 과장과 교육 총괄 등 간부들이 상석을 따라 나란히 앉아 있었다. 이 자리에 앉기 위해선 입사 후 고등과 시험 같은 선발 시험을 통과해야 했고, 대부분 고위직 승진을 염두에 두고 있었다. 원장은 50대 후반, 차장은 50대 초반, 수석은 40대 후반, 나머지 간부들도 대부분 40대 초중반이었다. 이 세계에서의 승진은 대개 나이 순이었고, 평탄하게 올라가는 이도 있었지만 매번 미끄러지는 사람도 있었다. 높은 직급일수록 실력보다도 윗선의 평가나 호불호에 따라 인사가 결정된다는 말도 돌았다.

대부분은 '소년원 원장'이 인생의 마지막 목표였지만, 그 위엔 '관구장'이라는 자리가 있었다. 누군가 유능해 보이는 간부가 새로 부임하면, "저 사람, 관구장까지 갈 거야"라는 말이 어김없이 돌았다. 간부들은 2년마다 새 근무지로 이동했고, 일본 전역을 순회하며 지냈다. 무엇인가를 성취하기보다, 문제 없이 무난하게 지나가길 바라는 이들이 많았다. 잦은 이사와 과도한 책임 탓에, 젊은 직원 중에는 간부를 꿈꾸는 이들이 그리 많지 않았다.

조례는 전날 밤 소년들의 동향, 당일 일정, 기타 전달 사항 등을 공유하는 자리였다. 사회는 언제나 서무 과장인 가와자토가 맡았다. 40대 초반의 그는 작년 4월 이곳에 발령받아 온 인물이었다. 가는 테의 안경을 쓰고, 부드러운 영업 사원 같은 말투를 지녔다. 아이가 초등학교에 입학하면서 나고야에 아파트를 마련했고, 현재는 혼자 직원 관사에서 지내고 있었다.

서무과는 교정 교육을 제외한 모든 실무를 담당하는 부서다. 시설 운영과 물품 구입, 견학 조정은 물론이고, 급여, 출장비 정산, 언론 대응까지 맡았다. 이 부서의 직원들 또한 처음엔 교정 활동에 열정을 품은 보호관이었지만, 사정에 따라 서무과로 배정되었고, 가와자토는 그 책임자였다.

가와자토는 전달을 마치고 회의실을 둘러보며 물었다.

"혹시 다른 공지 사항이 있으신 분 계신가요?"

정적이 흘렀다. 누구도 대답하지 않았다. 곧이어 가와자토는 차장에게 고개를 돌렸다.

"그럼, 차장님, 하실 말씀이 있으실까요?"

차장은 원장 다음으로 권한이 큰 인물이었다. 별일 없다면 곧 다른 소년원의 원장으로 승진할 가능성이 컸다. 그래서인지 직원들 눈엔 늘 빈틈없이 행동하려 애쓰는 인물로 비쳤다.

"특별히 없습니다."

차장이 그렇게 대답하자, 가와자토는 마지막으로 원장을 바라봤다. 기타다는 현재 이 소년원의 수장이었다. 보통 원장으로 부임하면 정년에 가까워졌는데, 이후 재임용 제도를 통해 직급을 낮추어 다른 소년원에서 다시 일할 수도 있었다. 그러다 보니 지나치게 고압적인 태도는 자칫 역효과로 되돌아오기도 했다. 소문에 따르면 기타다는 일찍부터 관구장을 노리고 상사에게만 잘 보이려 애썼고, 부하들의 평판은 썩 좋지 않았다. 모두가 그의 웃는 얼굴 뒤에 숨은 속내를 알아챘다. 뒷말로는 '그 자식'이라 부르며 싫어하는 직원도 많았다. 인덕 없는 '그 자식'이 웃는 낯을 해도, 속내는 금세 드러났다. 가와자토가 물었다.

"원장님, 하실 말씀 있으실까요?"

"아니요, 딱히 없습니다. 그럼, 오늘도 파이팅합시다."

기타다의 말이 끝나자 가와자토가 구호를 외쳤다. 이 시점 이후엔 어떤 말도 할 수 없었다. 예전에 그런 관례를 몰랐던 로쿠무기가 기타다의 말끝에 무언가 전하려다 "나중에!"라는 날 선 제지에 회의실 공기가 잠시 얼어붙었다. 그일 이후, 로쿠무기와 기타다 사이엔 묘한 거리감이 생겼고, 로쿠무기 역시 그를 좋아하지 않았다. 하지만 별로 개의치않았다. 어차피 곧 떠날 사람이라 생각했기 때문이다.

"차렷. 경례."

직원들이 일제히 일어나, 기타다를 향해 고개를 숙였다. 곧 삼삼오오 각자의 자리로 흩어졌다.

3 의무실에서

로쿠무기는 자기 방 대신 의무실로 향했다. 소년들을 실제로 진료하는 공간이다. 의무실에는 이미 간호사 미도리카와 히로노부가 도착해 있었다. 로쿠무기는 일반 정신과 병원과 종합 병동을 거쳐 이곳에 온 지 벌써 5년째로, 의사 경력은 10년이 되었다. 서른이 넘은 미도리카와도 일반 병원에서 3년 정도 근무하다가 이곳으로 넘어왔다는데 벌써 7년이 넘었다. 피부가 하얗고 안경을 썼으며, 체격이 훤칠했다. 표정과 성격은 부드럽고, 말투도 정중했다. 엄격한 보호관이 대다수인 이곳에서 소년들을 다정하게 대하는 몇 안 되는 존재이자 로쿠무기의 불평을 싫은 내색 하나 없이 들어주는 좋은 파트너였다. 미도리카와가 이루카노하라 소년원에 오게 된 직접적인 이유는 이곳이 다른 병원들과 달리 야근이 많지 않다는 이유도 있었지만 비행 청소년들을 대하는 의료 현장에서 일하고 싶은 마음도 컸다고 한다.

조례 후, 로쿠무기는 평소처럼 미도리카와에게 물었다.

"오늘 진료는 몇 명이지?"

"열 명입니다."

"열 명이나? 많네, 많아."

진료는 일반적으로 소년 본인의 신청과 보호관의 의뢰가 모두 있어야 가능했다. 개중에는 진료가 필요하다고 보호관이 단독으로 판단한 소년도 포함되어 있다. 네댓 명이 보통인데, 오늘은 예외적으로 많았다. 건강한 10대가 병원을 찾는 일 자체가 드문데도 말이다.

로쿠무기는 진료 의뢰 명부를 훑어보고 진료 도구를 가지러 자기 방으로 돌아갔다. 진료 중 그림을 그리게 하는 검사를 종종 사용하는데, 그중에서도 '레이 복합 도형 검사'를 선호했다. 1940년대 스위스에서 성인의 뇌 기능을 평가하기 위해 만들어진 검사지만, 최근에는 어린이의 시각 인지와 계획 능력을 평가하는 데도 활용되고 있다. 예전에 성격이 난폭한 한 소년이 엉뚱한 그림을 그린 것을 계기로, 로쿠무기는 진료 시 이 도형을 자주 활용하게 되었다.

진료 대상자의 파일은 로쿠무기가 직접 관리했다. 책장에는 빨간색, 파란색, 노란색 파일이 색상별로 정리되어 있었다. 폭력 및 상해는 빨강, 절도와 기타 범죄는 파랑, 성범죄 관련은 노랑이었다.

'최근 노란색 파일이 늘었네.'

숫자만 보면 파란색 파일이 가장 많지만, 최근에는 성범죄를 의미하는 노란색이 눈에 띄게 늘고 있었다. 그는 파일을 진료용 바구니에 담아두고, 창 너머로는 소년들의 구령과 뛰는 소리가 들렸다.

"하나, 둘, 셋, 넷."
"하나, 둘, 셋, 넷. 하나, 둘, 셋, 넷."

체육관에서는 새로 들어온 소년들이 아침 달리기를 하고 있었다. 선두에 선 젊은 지도 보호관의 우렁찬 구호 소리에 맞춰 소년들의 힘찬 목소리가 뒤따른다. 대열의 뒤에는 이제 막 소년원에 들어온 신입들이 달리고 있었는데, 따라가기에도 벅찬 듯 발걸음이 하나도 맞지 않았다.

보통 새로 들어온 소년들은 체육관에서 단체 행동 훈련을 받는다. 두 달간의 신입 훈련이 끝나면 중학생은 의무 교육 수업을 듣고 고등학교 이상은 직업 훈련을 받는다. 직업

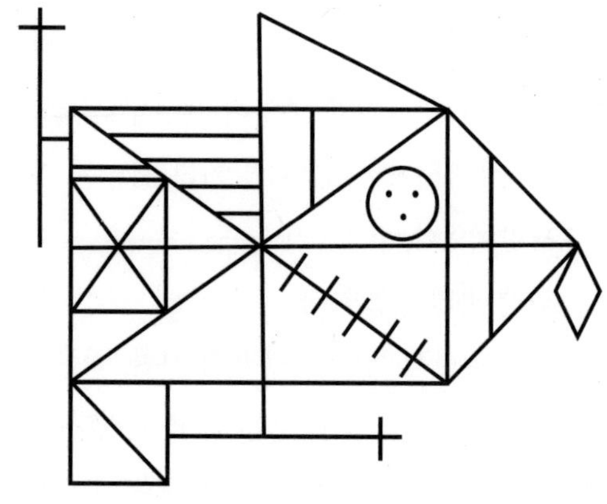

레이 복합 도형 검사

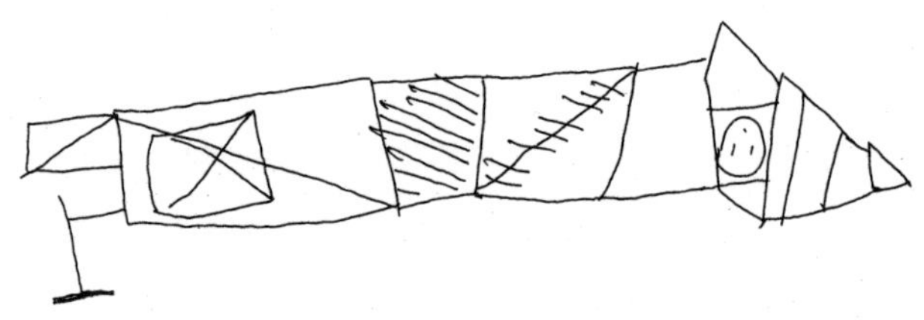

소년들이 그린 그림(지은이가 재현)

훈련 과목은 일반적으로 컴퓨터과와 용접과 등이 있지만 이곳은 발달상의 문제나 지적 장애를 안고 있는 소년들이 많아 도예과, 목공과, 세탁과, 원예과 등이 준비되어 있다. 중학교 수업은 정년퇴직한 학교 선생님이 외부에서 정기적으로 방문한다.

"제자리 멈춰! 다음은 팔 굽혀 펴기, 실시."

지도 보호관이 지시를 내렸다. 20대 초반의 이 교관은 막 대학을 졸업한 신입으로, 교관들 사이에선 명함도 내밀기 어려운 위치였다. 또 소년원에는 이 교관과 나이가 엇비슷한 소년들도 있었다. 하지만 아이들은 교관의 말에 잘 따랐다. 특별히 이 교관이 잘나서가 아니다. 소년원이라는 강압적인 공간이 소년들을 그렇게 만들었을 뿐이다. 하지만 젊은 교관들은 이를 종종 착각하곤 했다. 베테랑 교관들은 그런 신입들의 모습을 안쓰럽게 바라보기도 했다.

쉴 틈 없이 이어지는 구령에 맞춰 소년들은 묵묵히 팔 굽혀 펴기를 시작했다. 잡담은 금지였다. 침묵 속에서 소년들의 헐떡이는 숨소리만 울려 퍼졌다. 그 옆에는 팔짱을 낀 다른 보호관이 험악한 표정으로 아이들을 노려보고 있었다.

진료 준비를 끝마친 로쿠무기는 의무실로 향했다. 진료대에는 물론 심전계, 시력 검사기, 치과 진료 도구, 엑스레이 판독기, 약 조제기 같은 간단한 진료 기구가 구비된 곳이다. 의무실 옆 대기실에는 보호관이 데려온 소년들이 긴 의자에 아무 말 없이 앉아 있었다. 로쿠무기는 첫 번째 소년의 이름을 불렀다.

"구리모토 군, 들어오세요. 오늘은 어디가 아프죠?"

"계속 머리가 아파요."

구리모토가 눈살을 찌푸리며 대답했다. 중학교 졸업 후 건설 현장에서 일하다 큰 상해 사건을 일으켜 반년 전 이곳에 들어온 열일곱 소년이다. 큰 키에 체격이 좋고 이목구비가 단정했으며 피부도 좋았다. 게다가 친구 때문에 상해 사건을 일으킬 정도로, 과격하지만 의리가 있는 성격이었다. 사회로 돌아가면 분명 이곳에 있는 어떤 보호관들보다 여성에게 인기가 많을 것이다. 공교롭게도 키가 작고 뚱뚱한 보호관과 같이 서있으니 더욱 그래 보였다. 로쿠무기는 문득, 자신이 비슷한 나이였다면 구리모토에 비해 생김이 잘나지 않았을 거라는 생각이 들었다.

"어느 쪽이 아프죠?"

"전체적으로요."

"언제부터?"

"여기 오고 난 이후부터 계속 그랬어요."

구리모토는 외모와는 달리 어린아이 같은 투정을 부렸다. 진료기록부에도 이전부터 두통을 호소한 기록이 있었지만, 로쿠무기는 처음 듣는 듯 반응했다.

"계속 아팠군요. 식욕은? 밤에는 잘 자나요?"

"네. 먹는 건 괜찮아요. 그런데 밤에는 몇 번이나 깨요."

로쿠무기는 흰 가운 가슴에 달린 주머니에서 펜라이트를 꺼내 구리모토의 눈을 살폈다. 속을 짐작하기 어려운 짙고 까만 눈동자였다.

"앞을 보세요."

왼쪽 뺨 부근에서 천천히 왼쪽 눈을 향해 펜라이트 끝을 움직이며 빛을 비추자 동공이 확 수축했다. 오른쪽 눈도 마찬가지였다.

"이번에는 머리를 움직이지 말고 이 펜을 따라 눈을 움직여 보세요."

오른손에 펜라이트 대신 연필을 들고 구리모토의 얼굴 앞에서 좌우로, 그리고 위아래로 천천히 움직인 뒤 다음으로 미간을 향해 천천히 연필을 가져갔다. 구리모토의 눈은 좌우, 위아래로 매끄럽게 움직이다가 마지막에는 자연스럽게 사팔눈이 되었다.

"별 이상은 없는 것 같네요."

물론 구리모토와 같이 어린 연령대에서 이상 반응을 보이는 일은 드물다. 이 진료는 과거 신경내과에 근무했던 시절부터 이어진 로쿠무기의 습관이었다. 일종의 의식 같은 절차였고, 이런 방식이 오히려 소년들에게는 '제대로 진찰받고 있다'는 느낌을 주었다.

"그럼, 조금 더 상태를 지켜보도록 하죠. 통증이 계속되면 다시 말하고."

"네, 감사합니다."

구리모토는 기쁜 듯 얼굴이 풀려 얼른 대기실로 돌아갔다. 진료는 보통 이런 식이었다. 미도리카와는 로쿠무기에게 물었다.

"왜 머리가 아픈 걸까요?"

"애들은 진료만 받아도 안심하는 경우가 많아. 그래도 또 아프면 봐준다고 했으니 그걸로 된 거지."

"꾀병을 부리는 애들도 있나요?"

"글쎄. 부모와 떨어져 낯선 환경에서 단체생활을 하니 불안한 거겠지. 그 불안이 두통이나 복통의 형태로 나타나기도 하고."

"아, 그렇군요."

"그래. 손목을 긋는 리스트컷 증후군도 마찬가지야. 나는 그러한 행동이 감기에 걸렸을 때 열이 나는 것과 같은 신체의 신호라고 생각해. 열 자체는 몸에서 보내는 신호일뿐이니 나쁜 게 아니야. 문제는 감기 바이러스니까. 물론 손목을 긋는 행동 자체는 옳지 않지만 어디까지나 일종의 신호로 받아들여야 해. 그래서 난 자해하는 학생들에게 그러지 말라고 다그치는 학교 선생님들의 방식에는 동의할 수 없어. 이곳 보호관들 중에도 아이들의 두통이나 복통을 꾀병이라고 생각하는 사람들이 있잖아? 물론 그게 정말로 연기라면 그것도 그것 나름대로 문제야. 왜냐하면……."

미도리카와는 시계를 힐긋거렸다. 진료를 기다리는 소년들이 아직 9명이나 남아 있는데 시간이 벌써 10시를 넘어갔다. 미도리카와는 점심시간 전까지 모든 진료를 끝내고 싶었다.

"잘 알겠습니다. 그런데 선생님, 다음 소년이 기다리고 있어요."

"아, 그렇지. 자, 다음 환자."

로쿠무기는 자세를 바로 하고 다음 소년을 기다렸다. 사실 이곳에서의 진료는 외부에서처럼 병명을 진단하거나 치료를 목적으로 한 절차는 아니다. 아무리 죄를 저질렀다 해도, 이 아이들은 아직 미성숙한 10대다. 설령 연기처럼 보일지라도, 그것 역시 마음이 보내는 신호일 수 있다. 그렇기에 로쿠무기는 언제나 조심스럽게 들여다볼 필요가 있다고 여겼다. 잠시라도 누군가 자신을 존중해 주었다는 경험은, 이 아이들에게도 마음의 양식이 될 수 있다. 작업을 하기 싫어서 배나 머리가 아프다거나 잠이 잘 오지 않는다고 호소하는 소년들도 가끔 있다. 하지만 어느 정도는 눈감아 쥐도 괜찮다고 생각했다.

대신 우울증 증세를 보이는 소년들은 간과해서는 안 된다. 다음으로 의무실에 들어온 야마모토 소년은 이미 우울증 진단을 받은 상태였다.

"저번에 받아 간 약은 어땠나요?"

"조금 나아졌어요."

"그래요? 다행이군요. 약을 조금 더 먹으면서 상태를 지켜보죠. 오늘은 죽고 싶다는 마음이 10점 만점에 몇 점 정도인가요?"

우울증을 진료할 때 피하지 말고 확인해야 하는 것이 바로 자살이다. 환자에게 직접 '죽고 싶은 마음이 있냐'고 묻는 건 조심스럽지만, 반드시 필요한 질문이었다. 하지만 정작 환자 본인도 죽고 싶냐 아니냐로 잘라 대답하기란 어렵고 그 정도 또한 알 수 없다. 그래서 로쿠무기는 죽고 싶다는 소년들에게 그 기분을 10점 만점을 기준으로 표현하도록 이야기하고 있다.

"6점 정도요."

야마모토가 대답했다.

"지난번은 8점이었죠? 조금 줄었네요. 그렇다면 지금 약을 계속 먹어보도록 하죠. 상태가 나빠지면 곧바로 말하고."

야마모토는 머리를 가볍게 숙인 뒤 의무실을 나갔다. 그 후에도 진료는 계속되었고 점심시간이 조금 지나서야 모든 진료를 끝마칠 수 있었다.

4 로쿠무기의 가족

그날 밤, 로쿠무기 가쓰히코는 고베에 있는 자신의 집으로 돌아왔다. 6시에 소년원을 출발했지만 집에 오니 밤 9시를 훌쩍 넘긴 시간이었다. 세 시간은 족히 걸린 셈이다. 8년 전에 산 이 오래된 맨션은 가장 가까운 역이 도보 8분 거리에 있을 정도로 위치가 좋았고 햇볕도 잘 들었다. 날씨가 좋을 땐 로쿠무기가 사는 9층 창밖으로 하얗게 부서지는 파도도 보였다.

초인종을 누르니 문 너머로 잠금장치가 돌아가는 소리가 났다.

"어서 와. 오늘도 고생했어."

"다녀왔어. 멀긴 하네."

아내인 아사미가 미소 지었다.

"안나는?"

로쿠무기는 집으로 들어오자마자 딸의 안부를 물었다.

"아직 학원에."

로쿠무기의 집은 방이 세 개였다. 가족은 각자 자기 방에서 싱글 침대를 쓰며 지냈다. 한 침대를 쓰는 부부도 많지만, 로쿠무기와 아사미는 이사를 계기로 원만한 관계 유지를 위해 각방을 쓰기로 했다.

로쿠무기는 늦은 저녁을 먹기 전 먼저 옷을 갈아입고, 부엌에서 저녁을 준비 중인 아사미 곁으로 갔다. 전자레인지에 반찬을 데우며 아사미가 물었다.

"오늘은 어땠어?"

"그냥 똑같지, 뭐."

"또 케이크를 못 잘랐어?"

"다 그런 애들만 있는 건 아니야."

아사미도 정신과 병원에서 근무했던 간호사라 사정은 대충 알고 있다. 지금은 일주일에 세 번 정도 근처 클리닉에서 오후 아르바이트를 한다. 아사미와는 두 사람 모두 스무 살 때, 교토에서 대학교를 다니던 시절에 알게 되었다. 간호대학에 다니던 친구로부터 소개를 받았는데 자전거나 등산 등 취미가 잘 맞았다. 얼굴이 갸름해서 이마를 드러내면 어른스러운 분위기를 풍기던 아사미는 잘 웃는 성격이라 로쿠무기가 조금만 웃기는 소리를 해도 금방 깔깔거렸다. 덕분에 로쿠무기는 수많은 경쟁자를 제치고 아사미의 마음을 얻을 수 있었다. 스물일곱 살에 결혼했을 때 아사미는 이미 안나를 임신한 상태였다. 로쿠무기는 대체로 온순하지만 강단이 있는 아사미의 성격 덕을 톡톡히 보았다.

"맥주?"

"당연하지."

아사미는 컵 두 개를 꺼내어 야외 감성이 느껴지는 원목 원형 테이블 위에 놓았다. 테이블은 두 사람의 취향이 반영된 가구였다. 아사미가 350미리미터짜리 캔 맥주를 건넸고, 로쿠무기가 따랐다. 컵을 기울여 맥주를 70퍼센트 정도 따르고, 다시 컵을 세워 위에 적당한 거품을 올리는 식이었다.

"건배."

컵 끝이 가볍게 부딪혔다. 마음 같아선 단숨에 마시고 싶었지만, 얼마 전 사레가 들린 적이 있어 조심스럽게 한 모금씩 넘겼다.

"음, 그러면 케이크를 못 자르는 거 말고는?"

"무슨 소리야?"

"아까 오늘 진료를 봤던 아이 말이야."

"아, 그거."

그때, 초인종이 울렸다.

"안나가 왔나 보네."

아사미가 일어나 종종걸음으로 현관으로 향했다. 시계는 9시 반을 가리키고 있었다.

"안나, 왔니? 저녁은 어떻게 할래?"

"응, 조금만 먹을래. 아빠는?"

안나도 곧바로 로쿠무기의 존재를 확인했다.

"퇴근했지. 지금 식사 중이셔."

안나는 그대로 부엌으로 들어와 로쿠무기를 보자마자 소리쳤다.

"아빠, 내 말 좀 들어봐! 학원 화장실에서 치한이 나왔대.

같은 학년 남자애가 여자 화장실에 숨어 있다가 위에서 폰으로 도촬하려 했대!"

안나는 배구부 활동으로 까맣게 그을린 피부 탓에 언뜻 남자아이처럼 보이기도 했지만, 한편으로는 작은 것도 섬세하게 받아들이는 마음 여린 성격이었다. 어릴 때부터 큰일이 생기면 아사미보다 먼저 로쿠무기에게 말하는 버릇이 있었다. 중학교 2학년이 되었지만 아직도 아빠를 잘 따른다. 로쿠무기도 안나를 어린이집에 데려다주는 일을 6년 동안 한 번도 거르지 않을 만큼 정성을 다했다.

"그거 큰일이네. 혹시 안나, 너도 찍혔어?"

로쿠무기는 근무 중에도 중학생의 성범죄 사례를 접하곤 했지만, 막상 그 대상이 자기 아이가 될 수 있다고 생각하니 느낌이 달랐다. 실제로 이 근처에서 이루카노하라 소년원으로 이송되어 오는 소년도 적지 않다.

"학원 선생님이 걔 폰을 확인해 봤는데, 사진은 없었대."

가슴을 쓸어내린 아사미가 중간에 끼어들었다.

"정말 다행이야. SNS에 사진이라도 올렸으면 어쩔 뻔했어. 학원도 마음을 놓을 수가 없네."

"학원만 그렇겠어? 보호자에게 말을 안 할 뿐이지 학교도 사정은 비슷할걸."

로쿠무기의 머릿속에는 그 순간 소년원에서 만난 아이들의 얼굴이 주마등처럼 스쳐갔다. 안나는 자기 방으로 가 옷을 갈아입은 뒤 다시 나왔다. 아까의 몰카 얘기는 금세 잊은 듯 보였다. 아사미도 화제를 바꿨다.

"이번 기말고사는 어땠어?"

"음, 국어가 좀 불안하긴 해."

"4는 넘길 것 같아?"

"글쎄, 3일지도 모르고."

"그 점수로 어떻게 가미다테 고등학교에 간다고 그래!"

아사미는 목소리에 힘을 주었다. 안나가 지망하는 가미다테는 학군 내에서 가장 좋은 명문고라 5단계로 평가되는 성적표에서 아홉 과목의 합계가 38점 이상이 되지 않으면 들어가기 어렵다. 아사미는 안나가 이 학교에 진학해 언젠가는 로쿠무기처럼 의대에 지망하길 바랐다. 하지만 아직 중학교 2학년인 안나에게 그 목표는 막연할 뿐이었다. 오히려 가미다테 고등학교를 자퇴하고 연예인을 준비 중인 두 살 위 선배가 더 멋있어 보였다.

"가미다테, 가미다테. 노래 좀 그만해. 거긴 잘생긴 사람도 없잖아."

"그런 걸로 학교를 정하면 어떡하니! 여보, 뭐라고 말 좀 해 봐."

아사미가 욱하자 안나도 지지 않고 받아쳤다.

"당연히 중요하지! 좋은 인생은 얼마나 좋은 사람을 만나느냐에 따라 달렸다고."

정곡을 찌르는 안나의 한마디에 로쿠무기도 부정하지 않고 잠자코 고개를 끄덕였다.

5 TV 뉴스

이루카노하라 소년원에서는 12시 15분이 되면 직원들의 점심시간을 알리는 종소리가 울린다. 로쿠무기는 아침 일찍, 역 안 편의점에서 산 도시락을 들고 의무관실로 돌아왔다. 처음에는 아사미가 도시락을 싸주었는데 소년원으로 출근하는 날은 집에서 새벽 5시에는 출발해야 했기 때문에 알아서 준비하기로 했다. 소년원에도 지역 식품업자가 배달해주는 직원용 도시락이 있었지만 밥만 유독 많고 맵고 짠 절임 반찬뿐이라 도저히 먹을 수가 없었다. 차라리 편의점에서 입에 맞는 도시락을 사서 방에서 TV를 보며 혼자 먹는 편이 훨씬 편했다. 로쿠무기는 주로 삼각김밥과 샌드위치, 야채 주스를 골랐다. TV를 켜자 뉴스가 흘러나왔다.

오늘 새벽, ○○시의 ××공원에서 운동하던 한 남성이 젊은 여성의 시신을 발견해 경찰에 신고했습니다. 경찰은 이 여성이 둔기로 후두부를 맞은 뒤 목이 졸려 살해된 것으로 추정하고 있습니다. 이 사건과 관련해 방금 전, 스무 살의 용의자 다마치 유키토가 체포되었습니다. 오늘 오전 11시경, 어머니와 함께 ㅇㅇ서에 자수하러 온 용의자를 경찰이 긴급 체포하였습니다. 범행 동기는 금전적인 문제로 추정됩니다.

공원 상공에서 묵묵히 움직이는 경찰 관계자들을 찍은 영상이 흘러나왔다. 자막으로 용의자의 이름이 나오자, 로쿠무기는 먹던 걸 멈추고 화면을 응시했다.

"저 이름은 분명히."

'다마치 유키토'라는 이름은 흔하지 않다. 나이도 비슷했다. 다른 뉴스로 넘어가는 걸 확인한 로쿠무기는 과거 진료기록부를 보관해 두는 의무실 책장으로 달려갔다.

"미도리카와 군의 4년 전 진료기록부가 여기 있던가?"

약간 숨을 몰아쉬며 묻자 미도리카와는 무슨 일이냐는 말 대신 바로 대답했다.

"여기서부터 여기까집니다. 50음도 순으로 꽂혀 있어요."

'다'로 시작하는 성 씨를 모아둔 두꺼운 진료기록부를 넘겨 다마치 유키토의 이름을 찾아냈다. 진료기록부에 적힌 주소와 사건이 일어난 장소를 대조한 순간, 로쿠무기는 확신했다.

"역시, 유키토였네. 이 아이가 사람을 죽인 것 같아."

"예? 유키토요? 아, 그 아이!"

소년원을 나간 소년이 다시 범죄를 저질러 돌아오는 경우는 드물지 않다. 개중에는 사람을 죽인 소년들도 있다. 그러나 로쿠무기가 진료했던 소년이 이곳을 나간 뒤 살인을 저지른 경우는 처음이었다. 넋이 나간 채 진료기록부에 붙어 있는 당시의 유키토 사진을 보며 아직 천진함이 남아 있던 그에 관한 기억이 떠올랐다.

6 다마치 유키토의 입소

이야기는 4년 전으로 거슬러 올라간다.

가을 기운이 완연해지며 바람이 차가워진 어느 저녁, 한 소년이 소년 감별소에서 이루카노하라 소년원으로 이송되었다. 소년의 이름은 다마치 유키토. 나이는 열여섯이었다. 현관 앞에는 유키토가 탄 미니밴을 기다리는 보호관들이 서 있었다. 차가 멈추고 슬라이딩 도어가 열리자, 동승한 보호관의 손에 이끌려 수갑을 찬 유키토가 내렸다. 군데군데 물 빠진 듯 얼룩진 은색 머리, 갈색으로 짙게 그을린 얼굴에 도드라지는 하얀 치아와 눈. 갓 낚아올린 붕어처럼 숨을 거칠게 몰아쉬었다. 유키토의 수갑에서 이어진 밧줄은 허리를 한 바퀴 감고, 끝은 이송 담당 보호관의 허리에도 단단히 묶여 있었다. 차에서 내려 경관 옆에 서자, 유키토는 머리가 하나쯤 작았다. 작고, 뚱뚱한 소년이었다. 이렇게 작은 소년 하나에게 어른들이 떼를 지어 달라붙은 모습은 과장되어 보이기도 했다. 하지만 하얗게 뿜어져 나온 유키토의 숨결 만은 어른들과 다르지 않아, 이 긴장된 분위기와 어울리지 않는 헐거움이 감돌았다.

유키토는 보호관들과 한 쪽씩 팔짱을 낀 상태로 현관 계단을 올랐다. 긴 복도를 지나 보호관들과 함께 방으로 들어 섰다. 모든 관련자가 방 안으로 들어가자 문이 굳게 닫혔고, 바깥에는 보호관 한 명이 등을 대고 서서 문을 지켰다. 방 안에서는 이미 담당 보호관이 무표정한 얼굴로 책상 너머 에 앉아 있었다.

"이름 확인하겠다. 이름?"

"다마치 유키토입니다."

"다마치 유키토. 오늘부터 이곳에서 지낸다. 소지품 꺼내."

담당 보호관은 표정 변화 없이 철저하게 소지품을 검사 했다. 감별소에서 가져온 여벌 옷이나 가족이 보낸 영치품 중에, 기숙사에서 사용할 수 없는 물건은 퇴소할 때까지 보 관된다. 유키토의 짐은 낡은 빨간 트레이닝복 한 벌과《챔 프 로드》라는 잡지 몇 권이 전부였다. 담당 보호관은 하나 씩 차례로 확인하며 수첩에 적었다. 그러고는 사무적인 말 투로 말했다.

"내용에 이상 없으면 여기에 지장 찍어."

유키토는 내용도 보지 않고 서류에 지장을 찍었다.

"지금부터 신체검사를 하겠다. 옷은 모두 벗는다."

유키토는 망설임 없이 상의를 벗기 시작했다. 갈색으로 그을린 얼굴과는 달리 목 아래부터는 피부가 하얗다. 아래로 내려갈수록 복부가 완만하게 산처럼 부풀어 있었다. 부푼 배는 아랫배까지 이어져 있었다. 바지를 벗으니 가느다란 허벅지가 드러났다. 배의 무게를 생각하면 무릎이 버틸 수 있을지 걱정될 정도였다. 팬티 한 장만 남기고 동작을 멈추자, 보호관이 지시했다.

"전부 벗어."

담당 보호관이 이야기하자 유키토도 순순히 지시에 따랐다. 민망한 부위를 손으로 가리는 듯한 모습도 없었다. 온몸을 확인한 담당 보호관이 말했다.

"옷을 입어도 좋다. 확인은 다 끝났다. 지금부터는 기숙사 선생님의 지시에 따르도록."

유키토가 허둥지둥 옷을 입는 동안 옆에 서 있던 보호관이 부드러운 말투로 말했다.

"그럼, 이제 기숙사로 가볼까. 짐은 나중에 가져다줄게."

유키토는 보호관의 뒤를 따라 소년들이 있는 기숙사로 향했다. 여기저기 녹이 슨 무거운 철문 너머가 소년들이 생활하는 공간이다. 복도를 따라 일렬로 늘어선 방의 쇠창살

너머엔, 머리를 짧게 민 소년들이 책상 앞에 앉아 각자 일기를 쓰거나 책을 읽는 모습이 보였다.

"우린 제일 안쪽으로 들어갈 거니까 내 앞에 서도록 해."

보호관이 소년을 앞세워 걷는 이유는 도망치거나 뒤에서 기습하는 행동을 감시하기 위해서였다. 머리를 아직 자르지 않은 유키토는 누가 봐도 신입 티가 났다. 보호관의 재촉을 받은 유키토가 방 앞을 지나가자 몇몇 소년들이 눈을 힐긋거렸다가 아무 일도 없었다는 듯 금세 책상 위로 시선을 돌렸다. 신입의 입소는 늘상 있는 일이다.

"자, 여기다. 이곳 생활이 익숙해질 때까지는 이 방에서 지내도록 해."

이루카노하라 소년원은 입소 후 2주 동안 1인 기숙사, 즉 독방에서 지내게 되어 있다. 단체 생활의 규칙도 모른 채 단체 기숙사에 들어갔다가는 다른 소년들과 마찰을 일으킬 수도 있기 때문이다. 1인 기숙사에서는 단체 생활에 문제가 생기지 않게 기숙사 규칙과 생활 규정 등을 담당 보호관이 세세하게 개별 지도한다.

방문은 두꺼운 철문이었고, 창문에는 쇠창살이 달려 있었다. 그리고 방 안에는 책상과 침대, 세면대, 화장실이 있었다.

"이건 기숙사 생활 지침서니까 잘 읽어두도록."

보호관이 건넨 지침서에는 모든 한자에 후리가나가 달려

있다. 한자를 읽지 못하는 소년들도 많기 때문이다. 유키토
도 그중 하나였다.

"한자에 히라가나가 다 붙어 있네. 이건 읽을 수 있어요."

그제야 유키토의 얼굴이 누그러졌다.

7 소년부 기록

다음 날, 기숙사 생활 지침서를 훑어보는 유키토에게 보
호관이 말을 걸었다.

"지금부터 진료실에 간다. 방에서 나오도록."

"진료요? 네."

하지만 진료실에 가야 하는 이유를 몰라 멀뚱히 있으니
보호관이 빨리 나오라며 재촉했다. 유키토는 지침서를 덮고
일어섰다.

의무실에는 이미 진료 준비를 끝낸 로쿠무기가 기다리고
있었다.

"어제 들어온 아이의 소년부 기록은?"

로쿠무기는 새로 들어온 소년을 진료하기 전에 소년부
기록 파일을 미리 확인하곤 한다. 두께가 3센치미터 정도
되는 파일에는 소년들의 인적 사항이나 살아온 배경, 범죄

기록, 지능 검사, 심리 검사의 결과 등이 자세히 적혀 있다.

"네, 여기 있습니다."

"고마워."

로쿠무기는 유키토의 소년부 기록을 훑어보기 시작했다. 소년부 기록은 주로 소년 감별소와 가정 법원에서 작성된 자료다.

형제 중 차남. 형도 소년원 입소 경력이 있음. 현재는 결혼해 성실하게 생활 중. 부모는 소년이 다섯 살 때 이혼. 아버지의 가정 폭력이 원인으로 보여짐. 그 후, 아버지는 불법 각성제 사용으로 교도소에 수감. 어머니 료코가 양육을 책임졌으나, 경제적 사정으로 자녀에게 적절한 지원이 어려웠음. 해당 소년은 여섯 살 때 처음 물건을 훔쳤고 초등학교 입학 이후로도 절도 행각이 계속되었음. 어머니는 정신적으로 불안정해 정신과 약을 복용. 밤에 아이들을 두고 외출하는 일이 잦았다고 함. 소년이 초등학교 5학년 때 어머니로부터 학대를 받은 정황이 포착되어(방임) 형과 함께 보호소에 임시 입소. 중학교부터는 학교를 빠지기 시작. 중학교 때도 절도 행각이 이어져 아동 자립 지원 시설에 입소했고 졸업할 때까지 그곳에서 생활. 시설에서도 무단으로 외출하는 등 생활이 통제가 안 되었음.

"역시 애가 엇나가도 전혀 이상하지 않는 가정 환경이네."

로쿠무기가 미도리카와에게 말했다. 엇나가도 이상하지 않다는 말은 로쿠무기의 입버릇이기도 했다. 아이들은 절대로 어느 날 갑자기 비뚤어지지 않는다. 태어난 순간부터 지금까지 시간은 연결되어 있다. 그것이 로쿠무기의 지론이었다. 로쿠무기는 계속 읽어나갔다.

아동 자립 지원 시설을 나온 뒤로 건설 현장에서 일했으나 밤 늦게까지 놀러 다니다가 무단결근을 하거나 직장 내에서 폭력을 휘두르기도 하고 무면허 운전, 가게에서 물건 훔치기, 절도, 무전취식 등이 계속되어 소년 감별소에 입소. 경도 지적 장애가 의심되므로 의료 소년원으로 송치함.

"역시 전형적인 케이스야. 아동 자립 지원 시설은 중학교를 졸업하면 퇴소해야 하니까."
이때 미도리카와가 말을 거들었다.
"역시 아동 지원 시설만으로는 한계가 있는 걸까요?"
아동 자립 지원 시설이란 불량 행동을 하는 등 생활 지도가 필요한 아동이 들어가는 곳이다. 소년원에 보낼 필요는 없다고 판단된 아이들이지만 결국 그곳을 거쳐 소년원에 들어오는 경우가 많았다.
"글쎄, 막 중학교를 졸업했으면 한창 놀고 싶을 때긴 하니까. 10대 후반의 아이들이니 매일 열심히 일하는 게 더 어렵지 않을까? 여기에 질 나쁜 친구라도 사귀게 된다면 아무래도 그쪽에 물들기 마련이고."

소년원에는 고등학생이 드물다. 중학교 졸업 후 곧바로 건설 현장 등에서 일을 시작하는 경우가 많고, 취약한 근로 환경 속에서 사회적 보호 없이 방치되다 비행에 이르는 사례가 적지 않다. 로쿠무기는 심리 검사 결과를 눈으로 훑었다. 소년부 기록을 읽을 때 가장 중점적으로 보는 사항 중 하나다.

"아이큐는 68."

"경도 지적 장애군요."

미도리카와도 간호사답게 아이큐에 대해서는 잘 알고 있었다.

"뭐, 어디까지나 의심 단계니까."

"왜요? 수치가 이렇게나 확실한데요."

"애초에 검사가 제대로 이루어졌는지도 모르고, 가정 환경 탓에 학습 기회가 부족했다면 아이큐가 낮게 나올 수밖에 없지."

미도리카와는 조용히 고개를 끄덕였다.

"그리고 검사에는 오차가 있잖아. 마침 상태가 안 좋을 때 검사했을 수도 있어. 여기, 신뢰 구간이 있지? 90퍼센트라는 건 90퍼센트의 확률로 아이큐가 62~74 사이에 들어간다는 뜻이야."

"사실은 그날의 컨디션에 따라 62가 나오거나 74가 나올 수도 있다는 말씀이시죠?"

"그렇지. 그만큼 변동 폭이 심해. 생활이 안정되고 공부 습관이 들면, 아이큐는 올라가는 경우도 많아. 그러니 어디까지나 의심 단계라고 하는 거지."

이 이야기에 미도리카와가 작게 감탄했다.

"그럼 만약 이번에 아이큐가 74가 나오면 경도 지적 장애는 아닌 건가요?"

"그건 아니야. 아이큐만 보고 판단해서는 안 돼. 평소 생활하면서 어려움을 겪는 상황까지 종합적으로 봐야지. 뭐가 됐든 아이큐는 지적 수준의 정도를 대략적으로 알려주는 숫자에 불과하다고 생각하면 돼."

과거 로쿠무기는 지적 장애 수준을 살짝 웃도는 아이큐 때문에 문제가 없다고 판단되어 불합리하게 소년원으로 송치되는 아이들을 많이 봐왔다. 그러한 소년들은 단체 생활에 좀처럼 적응하지 못한다. 나아가 운 나쁘게 일단 소년 감별소에서 지적 문제가 없다는 판정을 받으면 그 결과를 굳게 믿는 소년원 보호관들도 있다. 그들은 적응하지 못하는 소년들을 보고 게으르거나 의욕이 없다며 엄격하게 지도하는 일도 많았다.

8 유키토의 진료 1

유키토가 보호관의 손에 이끌려 의무실로 들어왔다. 이미 전날 밤 머리를 빡빡 깎은 상태였다. 소년원에 들어오는 모든 소년들은 머리를 민다. 소년원에 도착했을 때, 금발이나 장발을 하고 험상궂은 눈빛으로 쏘아보는 모습은 대부분 극악한 비행 청소년 그 자체다. 하지만 다음날 머리를 밀고 나타나면 그렇게 앳되고 순박해 보일 수가 없다. 로쿠무기는 그 차이가 재미있기도 했다. 그들의 민낯을 볼 때마다 아직 도울 수 있는 일이 남아 있다고 느꼈다.

"안녕하세요. 정신과 의사인 로쿠무기입니다. 지금부터 정신과 검진을 시작할 거예요. 특별히 다마치군에게 무슨 문제가 있어서 부른 건 아니고 이곳에 오면 누구나 하는 검사니까 안심해요."

로쿠무기가 늘 진료 전에 하는 말을 건넸다. 함께 들어온 보호관의 지시에 따라 진료실 의자에 몸을 굳히고 앉아 있던 유키토의 표정이 풀어졌다. 작고 뚱뚱한 유키토가 머리를 깎으니 꼭 달마 같았다. 보호관은 의무실 문밖에 의자를 놓고 앉았다. 혹시나 소년이 난동을 피웠을 때 제압하기 위해서였다. 그러나 진료가 길어지면 의자에서 조는 보호관도 많다.

"이름과 나이를 말해볼까요?"

“다마치 유키토고, 열여섯 살이요.”

“다마치 군은 어디서 왔죠?”

“감별소요.”

“아니, 그런 말이 아니고. 원래 살던 곳을 말해봐요.”

원래 살던 곳이 어디였는지 확인하려는 의도였지만 이 질문에 소년 감별소라고 대답하는 소년은 의외로 많았다. 이 질문으로 소년이 지닌 기본적인 능력을 파악할 수 있다. 나아가 어떻게 오게 되었냐고 물으면 ‘○○역에서 환승한 다음에…….’하고 집에서부터 오는 길을 상세하게 대답하는 소년도 더러 있다. 이러한 아이들은 대개 자폐 스펙트럼 장애를 진단받았다. 그러니 숙련된 정신과 의사인 로쿠무기는 유키토의 반응을 이해했다.

“아, 오사카요.”

“오사카. 여기 온 지 얼마 지나지 않았지만, 감상을 말해 볼까요?”

“생각보다는 뭐. 감별소에서 여기는 군대 같다고 했어요.”

소년원은 매우 엄격한 곳이라고 으름장을 놓는 소년 감별소 직원도 있는 듯했다. 그래서 다들 처음에는 경계하는 편인데 점차 생각보다 무서운 곳이 아니라고 느끼기 시작하면 태도가 풀어진다. 이러한 것들은 소년들의 불통한 말투에서도 나타난다. 하지만 2주 정도 지나 자신들이 있는 곳에 대해 파악하기 시작하면 그것이 착각이었다는 사실을 깨닫게 된다. 보호관에게 입소 교육을 철저히 받으면 다음 진료 때는 말투가 정중해진다는 사실을 로쿠무기는 알고 있으므로 유키토의 다소 퉁명스러운 대답은 신경 쓰지 않았다. 로쿠무기는 질문을 이어갔다.

"걱정되는 점은 있나요?"

"걱정……, 없어요."

"그럼, 짜증 나는 일은?"

"짜증은 만날 나요. 그치만, 표정엔 안 보여요. 짜증 나도 화가 나도 웃어요."

"왜 그럴까요?"

"왜 그런지는 모르겠어요."

"죽고 싶다고 생각한 적은?"

"죽고 싶다고 생각한 적은 없어요."

진료 초반에 소년들은 대체로 내가 한 질문을 반복하며 대답한다. 앵무새처럼 똑같이 대답하는 모습에서 기껏해야 초등학교 3, 4학년 정도의 의사소통 능력을 가지고 있다는 사실은 판단할 수 있다. 그래서 로쿠무기는 지식과 사고력에 관한 과제를 내보기로 했다.

"지금 총리대신이 누군지 알아요?"

"아뇨. 총리대신이 뭐예요?"

"나라의 대표인데, 미국으로 치자면 대통령 같은……."

"아, 알았다. 오바마요."

"아니, 미국 말고. 일본은요?"

"몰라요. 들어본 적 없어요."

소년들은 총리대신의 이름을 모르는 게 당연하다. 다만 유키토처럼 총리대신의 의미조차 모르는 소년도 있었다. 로쿠무기는 질문의 내용을 조금 바꾸어보았다.

"다음은 계산 문제를 풀어볼까요. 100 빼기 7은?"

"그게……."

잠시 침묵이 이어졌다. 질문을 이해하지 못한 건 아닌지 불안한 마음에 다시 물어보려다 표정을 자세히 살펴보니 무언가를 세고 있는 듯했다. 그걸 보고 100부터 거꾸로 숫자를 세고 있다는 사실을 알았다.

"93이요."

유키토가 자랑스럽게 대답했다. 로쿠무기는 대답하지 못할 걸 알면서도 질문을 이어갔다.

"그럼, 거기에서 다시 7을 빼면?"

이번에는 돌처럼 굳어버린 모습을 확인한 로쿠무기는 질문을 바꿨다.

"괜찮아요. 그럼 다른 질문을 넬게요. 잘 생각해 보세요. 사과가 다섯 개 있습니다. 이를 세 사람이 똑같이 나누어 먹으려면 어떻게 해야 할까요?"

이번에는 허공에 있는 사과를 상상하면서 하나씩 세고 있는 듯한 기색을 보였다.

"5 나누기 3이니까……, 그러니까."

유키토는 머릿속으로 5를 3으로 나누고 있었다. 이 질문을 들으면 보통은 계산 문제라고 생각하지 않는다. 보통은 일단 셋이 하나씩 나누어 가진 다음 남은 두 개를 어떻게 나눌지를 생각하는데, 유키토는 처음부터 계산 문제라고 여겨서 질문의 의도를 이해하지 못해 대답하지 못했다. 이처럼 사고의 유연성이 부족하고 패턴에 갇히는 경향은 이곳에 오는 청소년들 사이에서 자주 관찰되는 특성이다.

"괜찮아, 괜찮아요. 문제가 어려웠나 보네요. 다음 문제를 풀어보죠."

유키토가 상처받지 않도록 로쿠무기는 미소를 지으며 케이크 문제로 넘어갔다.

"여기 동그란 케이크가 있어요. 이걸 세 사람이 먹으려면 어떻게 잘라야 할지 그려볼까요?"

A4 용지에 볼펜으로 동그란 원을 그리고 유키토에게 연필을 건넸다. 유키토는 망설임 없이 세로로 선을 긋더니, 곧 멈추었다.

"세 명 맞죠? 이상하네……."

이번에는 맞출 줄 알았는데 아닌 모양이었다. 로쿠무기가 예상한 대로였다.

"다시 해볼까요?"

로쿠무기는 그 밑에 둥근 원을 하나 더 그렸다.

"세 명이 먹을 거고, 똑같이 잘라주면 돼요."

쉽게 떠올릴 수 있도록 구체적으로 설명해 주었는데 유키토는 또다시 원에 세로로 선을 그려 넣은 뒤 움직임이 멈췄다.

"다시 해보죠."

원을 다시 그렸지만 상황은 마찬가지였다. 로쿠무기는 유키토가 문제를 이해하는 데 어려움을 느낄 뿐 아니라, 틀릴지도 모른다는 불안 때문에 손이 멈추었다는 걸 알아차렸다. 하지만 로쿠무기는 조용히 다시 종이를 내밀었다.

"틀려도 괜찮으니까 일단 해봐요."

그러자 머뭇대면서 조심조심 원 중심에서 바깥을 향해 가로로 선을 하나 그었다. 혼이 나지 않을까 불안한 기색이 역력했다. 로쿠무기는 여기서 그만하도록 했다. 사실은 5등분도 할 수 있는지 시켜보고 싶었지만, 이 이상은 아이에게 가혹하다.

"이제 됐어요. 그럼, 오늘 진료는 여기까지 하도록 하죠."

유키토는 작게 한숨을 쉬었다. 로쿠무기는 그 모습을 지켜보며 생각했다. 유키토처럼 케이크 하나도 제대로 나누지 못하는 소년들이 이곳엔 꽤 많다. 처음엔 놀라웠다. 하지만 지금은, 바로 이 단순한 어려움이 소년들이 범죄를 저지르게 되는 원인 중 하나라는 확신이 들었다.

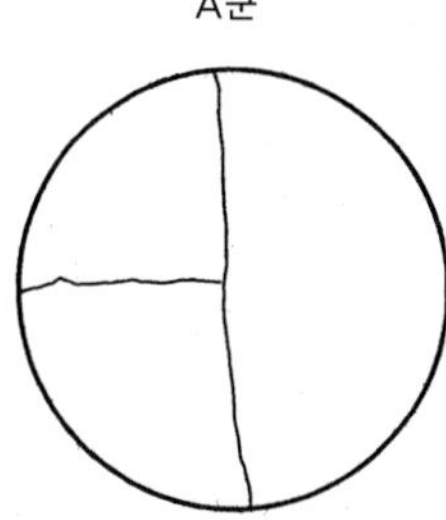

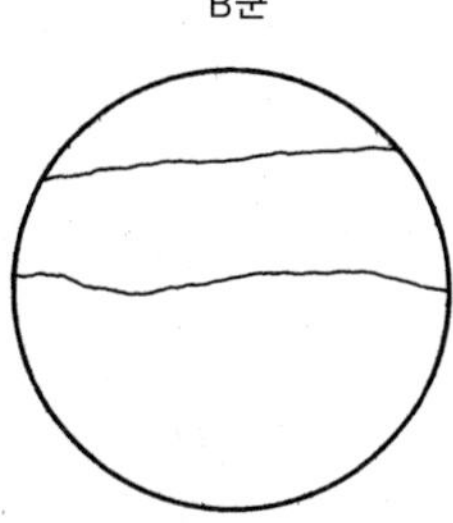

비행 청소년이 삼등분한 케이크 그림
(왼쪽은 유키토의 그림)

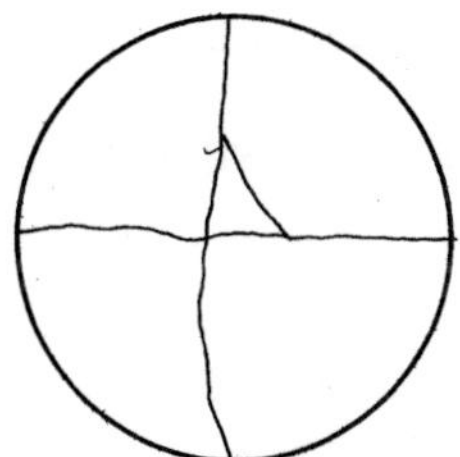

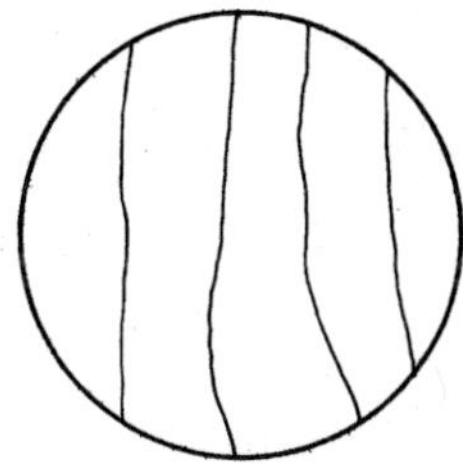

'5등분'한 모습

케이크를 벤츠 엠블럼처럼 삼등분하지 못하는 아이들은 많다. 특수학교에서는 드문 일도 아니다. 문제는 그런 소년들이 강도, 살인, 연쇄 강간, 방화 등 세간을 두려움에 떨게 하는 흉악 범죄를 일으킨다는 사실이다. 흉악범이라고 하면 잔인하고 교활하다는 이미지가 있다. 하지만 사실은 케이크도 제대로 자르지 못할 정도로 인지 능력이 떨어지고 뒷일보다는 눈앞의 일을 우선해 버리기 때문에 범죄를 저지르거나 연루되기도 한다. 결국 이들도 사회적 약자라는 이야기다. 이러한 사람들은 소년원뿐 아니라 교도소에도 많이 있을 것이다.

'역시. 가슴 아프지만 이건 사실이야. 흉악 범죄를 일으켰지만 이런 간단한 문제조차 풀 수 없잖아. 사회가 자신들의 어려움을 알아주지 않으니 좌절할 수밖에 없었던 거야. 세상은 이들을 너무 쉽게 오해하고 있는 건 아닐까.'

로쿠무기는 진료를 볼 때마다 이러한 생각을 금할 길이 없다. 과거 어느 지역에서는 지적 장애인이 억울한 누명을 쓴 일이 있었다. 담당 형사에 대한 호감 때문에 하지도 않은 살인을 자백한 사건이다. 10년 넘는 형기를 끝마치고 사회에 복귀한 뒤에야 범인인 줄 알았던 사람에게 지적 장애가 있었다는 사실이 밝혀졌다. 왜 그때까지 알아차리지 못했을까. 도대체 그 사람은 학교생활을 어떻게 했을까. 로쿠무기의 눈앞에 있는 이 소년들도 그 여성과 다를 바 없었다.

로쿠무기는 질문을 바꾸어 본인에 대해 어떻게 생각하는지 물어보았다.

"다마치 군의 장점은 뭐라고 생각하나요?"

"기본적으로 웃는 거요."

서두에 '기본적으로'라는 표현을 붙이는 것 또한 여기 있는 소년 모두의 특징이기도 하다. 또한 내면적인 것보다는 외면적인 장점을 훨씬 많이 이야기한다.

"그렇다면 단점은?"

"물건 훔치는 거."

이는 제대로 알고 있구나 싶어 질문을 계속했다.

"꿈이 뭐예요?"

"유치원 선생님. 잘 어울릴 거 같다고 했어요."

"누가요?"

"유치원의 다나카 선생님이요."

"그 다나카 선생님과는 친한가요?"

"아니요. 중학교 1학년 때 체험 학습 가서 만났어요. 내가 나중에 유치원 선생님이 되고 싶다고 하니까 잘 어울릴 거 같다고, 기다리겠다고 했어요."

지적 장애가 있는 사람들은 사소한 인사치레도 진지하게 받아들이는 경향이 있다. 그만큼 평가에 굶주려 있다고 볼 수 있다. 로쿠무기는 세 가지 소원에 대해 물었다.

"만약에 소원을 세 가지 들어준다고 한다면, 무슨 소원을 빌고 싶나요?”

“음, 가족이 다 같이 행복한 거랑 평생 쓰고 남을 돈.”

“나머지 하나는?”

“전쟁 없는 세상.”

세계 평화를 바라는 비행 청소년들은 의외로 많다. 하지만 아직 자아상이 통일될 정도로 발달하지 않은 탓에 가해자가 되어 피해자를 만들어내는 자신과 세계 평화를 바라는 자신이 모순된다는 사실을 깨닫지 못한다. 여기서 피해자의 입장을 떠올리는 소년은 거의 없었다. 개중에는 정말로 이루어질 거라 믿고 진지하게 소원을 생각하는 소년도 있었다.

“이제 본론으로 들어가죠. 물건은 왜 훔쳤나요?”

질문할 때는 처음부터 본론으로 들어가지 않는다. 아무래도 공격적인 질문이라 아이들이 경계하며 솔직하게 얘기하려 하지 않기 때문이다.

“고치려고 했는데 붙잡혔어요. 기회를 받지 못했어요.”

“뭘 고치려고 했는데요? 기회는 또 무슨 이야기고요?”

“예전에 물건을 훔쳤던 거요. 그런데 주변에서 뭐라고 해서 경찰에게 그만두겠다고 했단 말이에요.”

“그랬군요. 다마치 군은 다시는 안 하려고 했는데 예전에 물건을 훔쳤던 일 때문에 잡혀 온 거로군요.”

“맞아요. 이제 안 할 거라고 했는데도 늦었대요.”

"그건 경찰 말이 맞아요. 물건 한 번 훔쳤다고 곧바로 소년원으로 보내지는 않지만 앞으로의 가능성까지 포함해서 판단하거든요. 이런 일, 처음은 아니죠?"

유키토는 이해가 안 된다는 듯 고개를 살짝 숙인 채 미동도 하지 않았다. 끝내 물건을 훔친 이유는 듣지 못했지만 로쿠무기는 서두르지 않았다. 1년 남짓한 입소 기간 동안 대부분의 소년들이 결국은 자신만의 표현법으로 이야기하게 된다는 사실을 알고 있기 때문이다. 그래서 다시 질문을 바꿨다.

"여기서는 어떤 점을 바꾸고 싶어요?"

"다른 사람은 도와주질 않으니까 내 힘으로 열심히 하고 싶어요."

그 말뜻을 정확히 이해할 수는 없었다. 그저 지금까지 겪어 온 좌절을 떠올리며 한 말일 거라 짐작할 뿐이었다. 로쿠무기는 더 깊게 파고들지는 않았다.

"마지막 질문입니다. 5년 후, 다마치 군은 어떤 모습일 것 같아요?"

"철이 들어서 결혼도 하고 평범하게 생활하겠습니다!"

마지막 말에는 이상하리만치 힘이 실려 있었고 자신감이 엿보였다. 정신과 진료를 끝마치고 보호관을 따라 방을 나서는 유키토의 뒷모습이 조금은 씩씩해 보였다.

9 소년원 생활

2주 후, 유키토는 1인 기숙사를 나와 6인실 단체 기숙사로 옮겼다. 책상, 사물함, 침대가 따로 배치된 방 안쪽에는 공동 세면대와 화장실이 있었다. 보호관의 지시에 따라 유키토는 단체 기숙사로 향했다. 그리고 어느 방 앞에 멈춰 섰다.

"오늘부터 지내게 될 방이다. 다른 사람들하고 잘 지내도록."

방 안의 소년들은 잠깐 고개를 들어 유키토를 봤다가 다시 책상으로 시선을 돌리고는 일기를 쓰거나 산수나 한자 문제를 푸는 등 각자의 숙제를 계속했다. 그렇다고 숙제에 집중하는 건 아니었다. 보호관의 불호령을 피해 시늉만 하고 있었다. 유키토는 자기 책상을 확인하고 조용히 사물함에 짐을 올려두었다.

소년원 생활은 규칙적이다. 이루카노하라 소년원에서는 아침 6시 15분에 기상 종소리가 울리면 보호관이 점호를 시작한다. 소년들은 30분 안에 옷을 갈아입거나 세수를 해야 한다. 아침 식사는 7시 20분부터다. 음식 자체는 만드는 직원이 따로 있지만 배식은 식사 당번을 맡은 소년들이 한다. 아침 식사가 끝나면 전체 조례가 시작하는 9시까지는 자유 시간이었다. 대부분 책을 읽거나 일기를 쓰거나 숙제를 한다. 전체 조례는 체육관에서 하는데 80명 정도 되는 소년들은 자신이 속한 기숙사 푯말 아래에 줄을 선다. 소년원 원장과 간부, 보호관들도 나와 아침 인사와 그날의 일정 등을 설명하고 나면 소년들은 각자 그룹을 나누어 오전 프로그램에 참가한다.

프로그램은 소년들의 나이에 따라 나뉜다. 입소한 뒤 2개월 정도는 신규 입소자를 위한 훈련을 받은 뒤 중학생까지는 의무 교과목 수업을 듣고 중학교 이후로는 직업 훈련을 받는다. 유키토는 중학교를 졸업했기 때문에 직업 훈련 과정을 배정받았고, 도예과에 배속되었다.

"여기서 쓰는 흙이 진짜 좋은 거야. 너넨 복 받은 거다."

이는 도예를 담당하는 보호관의 입버릇이었다. 그는 소년원까지 와서 왜 도예 같은 걸 배워야 하느냐고 생각하는 소년들의 의욕을 조금이라도 끌어 올리고 싶어 했다. 특히 폭행이나 상해 사건을 일으킨 소년들은 아무 생각 없이 흙을 만지는 일이 감정 조절에 도움이 된다고들 한다. 하지만 꼭 그러한 이유가 아니더라도 소년들은 자연스럽게 점차 도예에 빠져들었다.

"처음에는 도자기를 왜 만드나 싶었는데 하다 보니 재미있어요."

유키토도 정신과 상담 때 자주 이야기했었다. 소년들이 만든 컵이나 그릇, 화병 중 특히 잘 만들어진 것은 일반인을 대상으로 열리는 교정 전시회에서 개당 300엔 정도에 팔리기도 했다.

오후 일정은 요일마다 달랐다. 범죄 유형별 프로그램이나 사회성 학습이 진행되기도 했고, 정해진 날에는 순서대로 목욕을 했다. 목욕탕은 중간 크기 하나뿐이라, 여든 명 가까운 소년들이 대여섯 명씩 10분 단위로 들어가도 몇 시간이 훌쩍 지나갔다. 목욕하는 날이면, 웃옷을 벗고 세면도구를 든 아이들이 계단에서 복도까지 길게 줄을 섰다. 그 옆을 지날 때면, 로쿠무기는 잠시 숨을 참았다. 땀 냄새와 습기, 체온이 뒤섞인 공기가 늘 코를 턱 막았다.

목욕을 기다리는 이유는 각자 달랐다. 그중 몇몇은, 다른 의미로 이 시간을 기다렸다. 동성에게 성범죄를 저지른 아이들. "개들한테는 천국이겠죠." 그렇게 말하는 보호관도 있었다. 실제로 로쿠무기가 진료 중 목욕 이야기를 꺼내면, 몇몇 소년은 얼굴을 붉히며 시선을 피했고, 대답은 망설임 속에서 흘러나왔다. 취침 전까지의 일정은 다음과 같다.

16시	기숙사 복귀
17시	저녁 식사
18시~18시 45분	일기 쓰기
18시 45분~19시 45분	범죄별 학습(개별 자습)
20시~20시 45분	TV 시청
21시	취침

TV 시청은 45분으로 제한되어 있었다. 늘 드라마의 마지막 장면이 나오기 전에 끊기기 때문에 소년들 사이에서 불만의 목소리도 적지 않았지만 소년원은 신경 쓰지 않았다.

이러한 일상생활과 함께 운동회와 본오도리, 사생대회, 개원 기념일 행사 등과 같은 연례행사도 거행되었다. 로쿠무기와 미도리카와 역시 행사에는 최대한 참여했다. 그때의 소년들은 의무실에서 보던 얼굴과는 또 다른 얼굴을 하고 있었다. 몇 번인가 행사를 경험하니 밖에서 보여주는 모습이 진짜라는 사실을 깨닫기도 했다.

유키토도 이렇다 할 문제 없이, 단체생활의 틀 안에서 조용히 자리를 잡아가고 있었다.

10 유키토의 진료 2

로쿠무기는 우울증 등 자주 진료해야 하는 소년들을 제외하면 대체로 3개월에 한 번씩 정신과 진료를 보았다. 소년원 안에서 몇 번인가 마주쳤던 유키토와 의무실에서 다시 만난 건 입소 이후로 3개월 만이었다. 유키토가 보호관과 함께 의무실로 들어섰다. 예전보다 배가 들어가고 키도 약간 자란 듯했다. 이곳에서 생활하면 보통 살이 빠지거나 찌는 두 갈래로 나뉘는데, 유키토는 전자였다. 통통했던 몸이 점점 표준 체형에 가까워지고 있었다.

"여기 들어오고 나서 나아졌다고 느낀 점이 있나요?"

조금 더 여유 있는 표정을 지을 수 있게 된 유키토는 정중한 말투를 사용했다.

"다시 열심히 살아야겠다… 생각이 들었어요."

"와, 왜 그런 마음이 들었을까요?"

"여기서 지내면서 저나 다른 사람에 대한 생각이 많아졌습니다. 화장실에 갈 때도 다른 사람한테 먼저 양보해야 한다는 생각이 들기도 했고요. 그러니까 바깥에서는 제가 정말로 이기적이었다는 걸 깨달았습니다. 남들에게 피해만 주었어요."

"그것뿐인가요?"

"어머니가 매달 면회를 오시는데요. 빨리 돌아오라고 하십니다. 그렇게나 속을 썩인 아들인데도 기다리세요. 그렇게 생각하니 다시는 배신하고 싶지 않아졌어요."

"어머니도 그런 말씀을 해주셨군요."

"아, 어머니도 정신과를 다니시니까 제가 돌봐주셨으면 하는 거 같기도 하고요."

조금 곤란한 듯 웃었지만 그렇다고 싫지만은 않은 기색이었다.

유키토의 말처럼 어머니 료코는 매달은 아니지만 면회를 왔다. 하지만 료코는 방임 의혹을 받았던 보호자다. 그럼에도 먼 길을 마다하지 않고 찾아오는 모습이 로쿠무기는 조금 의심스러웠다. 정말로 자식을 생각하는 마음일까, 아니면 다른 속사정이 있는 걸까.

하지만 유키토의 말에 거짓은 없다. 비단 유키토뿐만이 아니라 이곳의 소년들은 처음부터 피해자에게 사과하지 않는다는 점과 가족의 행복을 원한다는 공통점을 가지고 있다. 지적 장애 같은 능력에 문제가 있다고는 하나 반성보다는 늘 가족이 최우선적인 존재다. 부모에게 학대에 가까운 대우를 받았던 소년들도 이곳에서는 그 일을 마음에 담아 두지 않는 경우가 많았다. 오히려 부모의 체면을 깎아내렸다는 죄책감에 대해 더 깊이 생각하곤 했다. 그래서일까. 피해자를 떠올릴 여유조차 없는 듯한 소년들도 있었다.

11 출소

눈 깜짝할 사이에 10개월이 지났다. 유키토는 소년원 안에서는 바깥과는 달리 우등생으로 지냈다. 운동회 때는 원생 대표로 나가 선수 선서를 하기도 했고 소년원에서 주는 근면상도 받는 등 모범적인 소년으로 거듭났다. 키도 10센티미터 이상 자랐고 불룩했던 배도 들어가고, 제법 탄탄한 복근이 생겼다. 그리고 소년원 직원들로부터도 좋은 평가를 받아 약 11개월이었던 입소 기간이 한 달이나 단축되어 10개월 만에 퇴소하게 되었다.

그날 오후, 유키토는 체육관 무대 중앙에 설치된 단상 앞에 혼자 서 있었다. 보호관들과 다른 소년들은 무대 아래에 유키토와 마주 보고 앉았다. 그곳에는 감색 정장을 입은 유키토의 어머니 료코도 와 있었다. 화장으로도 가릴 수 없었던 시커먼 낯빛에서는 생기를 느낄 수 없었고 볼과 이마의 주름에서는 피로의 흔적이 엿보였다. 손등에는 튀어나온 혈관과 검버섯이 눈에 띄었다. 그녀는 로쿠무기의 상상보다 훨씬 늙어 보였다. 유키토는 가석방을 앞두고 모두의 앞에서 선서를 하고 있었다.

"저는 지금까지 제 마음대로 살면서 다른 사람을 힘들게 했습니다. 그리고 어머니를 슬프게 했습니다. 이제 다시는 누구도 슬프게 하고 싶지 않습니다."

발표 내용을 잊어버리지 않도록 종이를 손에 들고 읽어 내려가는 소년도 많았다. 하지만 유키토는 우등생이라는 자부심 때문인지 암기해서 낭송했다. 막힘 없이 끝까지 암송하는 모습에는 자신감이 엿보였다. 료코가 울먹이는 모습은 로쿠무기의 눈에 부자연스럽게 느껴졌지만, 사정을 모르는 사람이 보면 유키토가 더는 어머니를 고생시키지 않기를 바라게 했다.

그 후, 로코는 거듭 고개 숙여 인사한 뒤 유키토와 함께 택시를 타고 소년원을 떠났다. 그게 로쿠무기의 기억 속 유키토의 마지막 모습이었다. 그리고 3년 뒤, TV 뉴스에서 유키토와 다시 마주했다.

12 출소 후 마주한 사회

유키토는 거의 1년 만에 료코와 다시 함께 살게 되었다. 어머니는 형이 결혼해 집을 나간 뒤, 정신과 치료를 받으며 혼자 살고 있었다. 결코 넓지 않은 임대 아파트였지만 유키토의 방도 있었고 둘이 살기에는 충분했다. 유키토는 료코의 친척이 소개해 준 근처 건설 관련 회사에 취직했다. 그 회사 사장 오키카와는 비행 청소년에게 유난히 관대했다. 예전부터 이들을 직원으로 받아들이는 데 주저함이 없었다. 회사에 면접을 보러 간 날, 유키토는 부드러운 인상과 달리 눈빛이 날카로운 오키카와에게서 이런 말을 들었다.

"너만 열심히 해준다면 얼마든지 도와주마."

그 뒤로도 오키카와는 틈만 나면 유키토에게 이렇게 말했다. 어머니도 매한가지였다.

"열심히 하면 다 돌아오게 되어 있어."

이 말은 소년원 보호관들이 자주 하던 '중간에 포기하지 마라'는 조언과 겹쳤다. 하지만 료코에게는 다른 꿍꿍이가 있었다. 유키토가 벌어온 돈으로 편하게 생활하고 싶어 했다. 소년원에 들어가기 전까지, 유키토는 무언가를 열심히 해본 기억이 거의 없었다. 하지만 소년원에서 받은 '근면상'은 작지만 확실한 자신감을 주었다. 처음으로, '열심히 해보고 싶다'는 마음이 생겼다. 또한 어머니로부터 칭찬받은 기억이 거의 없었던 유키토는 어머니의 의도가 어떻든 기대에 부응하고 싶다는 마음 또한 컸다.

그러나 사회에 나오니 소년원에서 주는 상은 아무런 도움이 되지 않았다. 건설 현장에서 사용하는 안전 시설물을 설치하는 지역 건설 회사에 취직했지만 손재주가 없는 유키토는 지시대로 움직이는 것조차 벅찼다. 회사 선배들은 오키카와가 미리 언질을 준 탓에 대개는 너그럽게 봐주었지만 사장님은 도대체 저런 놈을 왜 뽑았냐며 험담하는 동료도 있었다.

13 미용사의 꿈

그해 사와베 아유미는 스무 살이 되었다. 말수가 적고, 지시받은 일은 묵묵히 해내는 성격이었다. 일머리가 좋은 편은 아니었지만 손재주는 나쁘지 않았고, 웃을 때 생기는 보조개는 귀여운 인상을 남겼다. 평범하게 얘기를 나누면 다들 아유미에게 지적 장애가 있다는 사실을 거의 눈치채지 못했다. 이 지적 장애 때문에 어릴 적부터 성적은 좋지 않았지만, 지역 사립 고등학교는 가까스로 졸업했다. 하지만 취직만큼은 쉽지 않았다. 아유미는 어쩔 수 없이 본가에서 지내며 빵집 아르바이트를 계속했다.

아유미는 아버지와 이혼한 어머니 지즈코와 둘이 살았다. 지즈코에게 유일한 가족인 딸과 함께하는 생활은 더할 나위 없는 기쁨이었다. 지즈코는 몇 해 전 부모를 떠나보냈고, 형제자매도 없었다.

어느 날, 아유미가 지즈코에게 이렇게 물었다.

"내가 갑자기 죽으면 어떻게 할 거야?"

"그럼 나도 아유미를 따라가야지, 뭐."

농담처럼 웃으며 대답했지만, 그 말은 그리 가볍지 않았다. 지즈코에게 아유미 없는 삶은 상상할 수 없었다. 그렇다고 해서 언제까지 자식을 품 안에 끼고 살 수는 없는 노릇이었다. 눈에 넣어도 아프지 않을 딸의 미래를 생각하면 먹고 살 수 있는 기술을 가르칠 필요가 있다고 생각했다. 그래서 손끝이 야무졌던 아유미에게 미용 전문학교 진학을 권했다. 아유미도 흥미를 보였다. 다만 지즈코는 아유미가 학비를 직접 벌면 자립하는 데 도움이 될 거라고 생각해 일부러 돈을 대주지 않고 상황을 지켜보았다. 두 사람 사이에는 종종 비슷한 대화가 오고 갔다.

"빵집 그만두고 싶어."

"왜?"

"월급도 적고 계속 서 있어서 힘들어."

"싫은 것도 참을 줄 알아야지. 나중에 취직하면 어쩌려고 그러니."

그러면 아유미는 더는 말하지 않았다. 그만두고 싶다는 말을 입에 달고 다니면서도 같은 빵집에서 2년 가까이 일하며 80만 엔 정도 모았다. 이 빵집 주인은 장애에 대해 잘 이해하고 있어서 늘 배려해 주었다. 아유미의 귀여운 보조개가 한몫했는지도 모른다.

사람과 대화하는 게 서툴러 친구들도 제대로 사귀지 못했던 아유미에게 SNS는 사회와 이어질 수 있는 귀중한 도구였다. 점심시간만 되면 아유미의 스마트폰에 설치된 LINE으로 똑같은 연락이 왔다.

―오늘 밤 시간 어때?

―어째서? 괜찮긴 해

아유미는 매칭 앱에서 비슷한 나이의 남성을 알게 되었다. 처음, 서로 얼굴도 모른 채 역 앞에서 만났을 때는 긴장해서 제대로 대화도 나누지 못했었다. 하지만 둘 다 부모가 이혼해 어머니와 함께 사는 처지라 자연스레 마음이 통해 가끔 만나 밥을 먹는 사이가 되었다. 두 사람은 LINE으로 연락을 주고받았다.

-밥 먹을래?

-좋아

알겠다는 답을 받고 유키토는 기뻤다. 소년원에는 맞춤법을 틀리는 아이들이 많았다. 맞춤법을 제대로 배우지도 못했고 이를 지적해 주는 어른도 만나지 못했기 때문이다. 유키토가 '냉장고'를 '넹장고'라 쓰는 것도 이런 이유에서였다. 대체로 이 아이들은 간단한 맞춤법이나 조사의 사용이 틀려도 자기끼리는 의미만 통하면 충분했다.

아유미와 유키토는 자주 가던 쇼핑몰의 밥집으로 갔다. 테이블을 사이에 두고 앉은 두 사람은 이렇다 할 대화를 나누는 일 없이 음식이 나올 때까지 스마트폰만 만지작거렸다. 이윽고 음식이 나오자 서로를 잠깐 바라보며 웃고는 밥을 먹었다. 하지만 금세 스마트폰을 만지작거렸다. 이따금 이야기를 나눌 때조차 스마트폰을 만지는 손은 멈추지 않았다. 유키토는 이게 정상적인 만남이 아니라고 생각했다. 그런데도 아유미를 재미있게 해줄 말이 떠오르지 않았다. 아유미는 계속 고개를 숙이고 있었다.

"갈까?"

"응."

유키토가 말을 걸자 아유미는 곧장 일어나 유키토의 뒤에 섰다. LINE에서는 끊임없이 이야기를 나눠도 실제로 만나면 거의 대화하지 않는 커플도 있다. 두 사람이 그랬다.

특별히 즐거워서 아유미를 만난다기보다는 이렇게 여성과 만나는 것 자체가 만족스러웠다. 그건 친구가 없었던 아유미도 마찬가지였을지도 모른다.

14 모로오카의 제안

　유키토는 나름대로 최선을 다했지만, 그 마음을 알아주는 사람은 없었다. 시킨 일을 제대로 하지 못하니 의욕이 없다는 오해를 샀다. 하지만 그건 유키토가 지시 사항을 잘 기억하지 못하기 때문이다. 들을 땐 분명히 이해했는데, 막상 일이 시작되면, 들은 내용이 머릿속에서 사라졌다. 이는 지적 장애가 있는 사람들에게서 흔히 볼 수 있는 모습이다. 나름의 암기법으로 기억하려 했지만 그마저도 쉽지 않았다. 유키토는 주임에게 자주 혼이 났다.
　"아까도 말했잖아. 위험하다고! 제발 부저! 부저!를 누르라니까!"
　"아, 그게……."
　"도대체 몇 번을 말해야 하냐? 너, 대체 일할 생각은 있는 거야?"
　"죄송합니다."
　"도대체 언제까지 네 뒤치다꺼리를 해야 하냐!"

사장의 말에 너그럽게 봐주던 주임도 점차 유키토의 실수에 짜증을 내기 시작했다. 한때 비행 청소년이었던 주임도 지금 사장의 도움으로 제대로 자리 잡을 수 있었다고 한다. 자신도 같은 경험을 했기에 유키토 또한 확실히 달라지길 바라는 마음이 강했다. 어쩌면 주임은 제대로 이끌어주지 못하는 자신에게도 화가 났는지 모른다.

'주임님은 날 싫어하나 봐.'

하지만 유키토는 주임의 기대를 이해하지 못한 채, 점점 피해 의식에 빠져들었다. 거의 매일 혼나며 위축되었다.

'더는 못 하겠어. 하지만 그만두면 어머니가 잔소리를 할 텐데.'

유키토의 스트레스는 눈덩이처럼 불어났다. 스트레스가 극에 달하면, 유키토의 발걸음은 자연스럽게 파친코로 향했다. 유흥을 즐길 줄 모르는 유키토는 파친코에서 돈을 돈을 잃더라도, 파친코에 앉아 있는 것만으로도 스트레스가 풀리는 기분이었다. 그날 밤은 유난히 운이 따라 돈을 꽤 많이 땄다. 그래서인지 유키토가 주임에 대해 너그러운 마음이 들기 시작할 무렵이었다.

"어, 이게 누구야. 유키토 아냐?"

금발에 키가 크고 다부진 체격의 남자가 옆에서 말을 걸었다. 동네 선배인 모로오카 다쓰지였다. 유키토는 모로오카가 저지른 절도 사건을 뒤집어썼다. 한 마디로 유키토가 소년원에 가게 된 원인을 제공한 사람이다. 모로오카는 체격도 크고 싸움에도 능해, 예전부터 두려운 존재였다. 유키토는 그 보복이 무서워 진실을 말하지 못했다. 유키토는 이번에도 귀찮은 일에 얽힐 것 같은 예감이 들었다.

"아, 모로오카 선배님……."

"소년원에서 언제 나왔냐? 고생했다. 요새 뭐 하냐?"

모로오카에게는 말하고 싶지 않았다. 하지만 거짓말이 들통나 나중에 일이 커지는 게 싫어 솔직하게 이야기했다.

"건설 현장에 안전 시설물 설치하는 일을 하고 있어요."

"이야, 철 들었네, 철 들었어. 오늘 내가 돈 좀 땄걸랑? 술이나 마시러 가자. 내가 쏜다."

"저 내일 아침 일찍 출근해야 하는데요……."

"제법 회사원 같은 소리 한다? 딱 한 잔만 할 거라니까? 괜찮아, 괜찮아."

이제껏 다른 사람에게 휘둘리며 살아온 유키토에게 모로오카의 권유를 거절할 힘이 아직 없었다. 몸집이 큰 모로오카가 어깨동무를 하니 그저 따라가는 수밖에 없었다.

술집은 파친코에서 2, 3분 정도 떨어진 곳에 있었다. 유키토는 얼큰하게 취한 모로오카의 수다를 열심히 들어주어야 했다. 시간은 밤 11시가 넘어가고 있었다.

"이제 그만 갈까."

모로오카가 계산서를 달라고 하더니 유키토의 몫까지 계

산했다. 정말 파친코에서 돈을 딴 듯 보였다. 두 사람은 자리에서 일어나 가게를 나섰다.

'드디어 해방이다.'

유키토의 안도하는 표정이 모로오카의 심기를 거슬렀다.

"야, 그 표정 뭐냐? 억지로 앉아 있었다, 이거야?"

"아, 아니에요, 그런 거."

"그래? 야, 술이 좀 부족하지 않냐? 한 잔 더 할까?"

"그, 그러세요? 선배님은 술을 잘 드시니까요."

모로오카는 곧바로 겁을 먹은 표정으로 변한 유키토를 수상쩍다는 듯 노려보다가 다시 유키토의 어깨에 팔을 두르고는 근처 가라오케로 끌고 갔다. 유키토도 가라오케는 나쁘지 않았지만 기왕이면 마음이 맞는 상대와 가는 게 좋았다. 여기서도 모로오카가 부르는 노래를 듣기만 하면서 해방의 때를 기다렸다.

그러나 한편으로는 유키토의 마음속에서 무언가가 조금씩 변화하기 시작했다. 회사에선 늘 혼만 나고 주눅 들어 있었지만, 지금은 모로오카의 술 상대가 될 수 있다. 예전에 물건을 훔치고 모로오카에게 칭찬받던 때가 떠올랐다. 그땐 자신이 쓸모 있는 사람처럼 느껴졌었다. 시계는 새벽 한 시를 지나고 있었다.

"벌써 한 시네. 이제 슬슬 가야겠다. 딱 한 곡씩만 더 부르자. 유키토, 너도 한 곡은 불러야지."

그 말에 유키토는 자신이 한 곡도 부르지 않았다는 사실을 깨달았다. 하지만 모로오카는 마이크를 넘겨주기는커녕 유키토를 없는 사람 취급하며 혼자 계속 노래를 불렀다. 그리고 다시 두 시간이 지났다.

"이야, 벌써 세 시야? 아, 잘 놀았다. 이제 집에 가야지. 뭐야. 야, 유키토, 자냐!"

소파에서 꾸벅꾸벅 졸고 있던 유키토는, 모로오카가 발로 차는 바람에 놀라 벌떡 일어났다. 그 뒤의 기억은 희미했다. 다음 날 아침 여섯 시에 료코가 유키토를 깨우러 왔을 때 오늘은 일이 없어서 쉴 거라고 대답한 일을 나중에서야 떠올렸다. 눈을 뜨니 시계는 오전 10시를 지나고 있었다.

"히익. 완전 지각이야."

곧바로 주임의 얼굴이 떠올랐다.

"가기 싫어……."

유키토는 다시 이불 속으로 파고 들어갔다.

15 해고

다음 날 아침, 유키토는 주임에게 머리 숙여 사과했다.

"어제는 죄송했습니다."

사장이 그냥 넘어가라고 했는지 주임은 화를 내지 않았

다. 하지만 유키토의 무단결근 때문에 일손이 부족했던 것도 사실이었다. 주임은 유키토에게서 자신의 옛 모습을 발견하기라도 했는지 점차 냉정하게 대하기 시작했다. 어쩌면 유키토가 더 열심히 해주길 바라는 마음이 너무 강했는지도 모른다.

"지나간 일을 어쩌겠냐. 그래도 한 마디만 하자. 나도 예전에는 딱 너 같았거든? 그래도 오키카와 사장님 덕에 여기까지 왔어. 그래서 그 은혜를 갚으려고 일만큼은 열심히 하고 있다고. 그런데 넌 뭐야. 제대로 할 줄 아는 것도 없어, 무단결근해, 도대체 무슨 생각으로 사는 거야? 그렇게 하기 싫으면 당장 그만둬. 아니, 그냥 지금 나가라."

주임은 이를 계기로 유키토가 마음을 다잡기를 기대하며 일부러 심하게 말했는데 오히려 역효과를 낳고 말았다. 혼이 날 때마다 피해 의식을 키워갔던 유키토는 주임의 험한 말에 정신을 차리는 대신 그동안 쌓여왔던 분노를 터뜨리고 말았다.

"그만해!"

동료의 고함 소리에 유키토는 퍼뜩 정신을 차리고 보니 주임이 발밑에서 몸을 웅크리고 있었다. 반사적으로 휘두른 유키토의 주먹이 주임의 왼쪽 뺨에 제대로 꽂힌 것이다.

그날 밤, 유키토의 집에 오키카와가 찾아왔다. 오전에 퇴근한 뒤로 줄곧 방에 틀어박혀 있는 유키토에게 말을 걸어도 묵묵부답이라 료코는 불안했다. 비싼 정장 차림을 한 오키카와의 무겁게 가라앉은 표정을 보며 료코는 아들이 입을 닫은 이유를 어렴풋이 눈치챘다.

오키가와는 료코가 있는 앞에서 유키토에게 이렇게 이야기했다.

"유키토 군이 열심히 일하겠다고 해서 계속 도와주려고 한 건데, 아무리 그래도 사람을 때리면 쓰나. 주임도 말이 심했다면서 경찰에 신고하지는 않겠다고 했지만 앞으로 같이 일하기 껄끄럽지 않겠어? 다른 직원들도 무서워하고 말이야. 그러니 일은 잠깐 쉬는 게 좋겠네. 내가 힘이 되어주지 못해서 정말 미안해."

얻어맞은 주임도 돌봐야 하고 뒤처리도 해야 할 것이다. 피곤이 깃든 표정과 무미건조한 오키카와의 목소리에 유키토와 료코 모두 아무런 대꾸도 할 수 없었다. 힘없이 고개를 떨군 유키토를 보며 료코는 가슴이 답답했다.

사장이 돌아간 뒤, 유키토는 다시 일자리를 알아보겠다고 힘주어 말했다. 료코는 대답 대신 작게 한숨을 쉬고는 이렇게 중얼거렸다.

"역시, 틀렸나 봐."

이 말이 유키토를 더욱 초조하게 했다.

16 아유미의 결단

아유미는 지즈코와 저녁을 먹고 아직 그릇이 정리되지 않은 식탁의 맞은편에 앉았다.

"아유미, 이제 슬슬 학교 준비해야 하지 않겠니? 엄마는 여기가 괜찮을 거 같은데, 어때?"

지즈코는 설레는 마음으로 봉투에서 팸플릿을 꺼내어 아유미 앞에 놓았다. 표지에는 세련된 옷차림의 남녀가 즐겁다는 듯 교정을 걷고 있는 사진이 실려 있었다. 아유미는 자기와는 다른 세상의 사람들을 보듯 사진을 바라봤다. 지즈코가 말을 이어갔다.

"여기는 집에서도 가깝더라고. 괜찮지 않을까?"

"그래? 그건 좋네."

아유미는 집에서 다닐 수 있다는 사실을 알고 나니 갑자기 사진 속 남녀가 친근하게 느껴졌다. 하지만 학비를 본 아유미의 얼굴이 어두워졌다. 사진 속 두 사람과 다시 멀어진 기분이었다.

"250만 엔? 이렇게 비싸?"

지금까지 전문학교에 들어가기 위해 아르바이트를 계속했지만, 실제로 학비를 알아본 적은 없었다.

"그건 2년 총액이니까. 아마 다른 학교도 비슷할 거야."

지즈코는 동요하는 기색 없이 담담하게 설명하는 데는

그럴 만한 이유가 있었다.

"안 돼, 못 가. 이제 겨우 80만 엔밖에 못 모았단 말야."

지즈코는 아유미의 손을 잡고 그녀의 눈을 바라보며 하나도 놓치지 말고 들으라는 듯, 한 자 한 자 힘을 주어 말했다. 지즈코는 줄곧 이 말을 하게 될 날만을 기다려 왔다.

"아유미, 2년 동안 고생 많았어. 나머지는 엄마가 낼게."

"엄마가 그럴 돈이 어디 있어?"

아유미가 놀라 지즈코의 손을 마주 잡았다. 지즈코는 그 위에 자신의 손을 얹고는 부드러운 표정으로 고개를 끄덕였다.

"사실 돌아가신 할머니가 남겨주신 유산이 조금 있어. 엄마는 네가 전문학교에 가도 제대로 공부할 수 있을지도 걱정이었거든. 그래서 얼마나 열심히 하나 확인해 본 거야. 지금의 아유미라면 문제없을 거라고 생각해. 그러니 그 돈을 쓰기로 결심했단다."

"엄마, 정말 고마워! 나 너무 기뻐. 이 학교에 갈래!"

아유미의 얼굴에 피어오른 미소를 보며 지즈코는 아이의 꿈을 이뤄줄 수 있다는 기쁨에 더할 나위 없이 행복했다. 아유미는 그날 밤, 이 기쁜 소식을 유키토에게 LINE으로 알렸다.

17 유키토의 고뇌

건설 업계는 인력 수요가 잦다 보니, 유키토도 새 일자리를 찾는 데 큰 어려움이 없었다. 하지만 사람이 자주 바뀐다는 건 그만큼 일이 힘들다는 뜻이기도 했다. 당연하겠지만 새로운 회사에는 오키카와처럼 유키토의 사정을 봐주는 사람은 없었다. 다행히 때리는 사람은 없었지만, 일을 잘 기억하지 못하면서 괜히 아는 척까지 하다 보니 주변 사람들은 점점 짜증을 냈다. 어딜 가든 지적만 받다 보니 근무 일수가 한 달을 넘어가는 회사가 없었다.

이런 일은 유키토만 겪는 게 아니었다. 소년원에 오는 소년들 중에는 이미 그전에 여러 회사를 전전한 경우가 많았다. 출소 이후에도 상황은 크게 달라지지 않는다. 길면 석 달 정도, 짧으면 한 달 새에 회사를 관둔다. 여러 문제를 일으켜 계속 다닐 수 없게 되는 것이다. 그리고 일을 하지 못해 돈이 떨어지면 쉽게 범죄의 유혹에 넘어가고 만다.

유키토도 바로 그런 상태였다. 아유미와 사귀고 있다고는 하나 가끔 만나 밥이나 먹는 정도일뿐 두 사람의 관계에 이렇다 할 진전은 없었다. 전문학교 진학이 결정된 아유미는 들뜬 기분에 유키토에게도 서비스직을 권했다.

"유키토 씨도 나처럼 서비스직에서 일해보는 게 어때?"

"한 번도 해본 적이 없는데 괜찮을까?"

"나도 했잖아. 분명 괜찮을 거야."

이미 건설 일에 진력이 났던 유키토는 아유미의 권유대로 음식점 아르바이트 면접을 보기로 했다. 면접 분위기는 생각보다 좋았다. 다만 일을 해도 다시 실패할지 모른다는 불안은 사라지지 않았다. 유키토의 발걸음은 자연스레 파친코 가게로 향했다. 가게 안을 어슬렁거리다 모로오카의 모습을 본 유키토는 순간 멈칫했다. 하지만 모로오카는 이를 놓치지 않았다.

"야아, 유키토. 또 보네? 듣자 하니 그 안전 구조물 회사 나 때문에 잘렸다며? 미안하게 됐다. 그래서 지금은 뭐 하고 지내냐?"

"그게, 아직……."

음식점 면접을 봤다는 말을 모로오카에게 차마 말할 수 없었다. 모로오카는 파친코 손잡이에서 손을 떼고 유키토 앞에 서서 머리끝부터 발끝까지 훑어보더니 무언가 생각났다는 듯 말했다.

"그래? 그거 잘됐네. 그 대신이라고 하긴 뭐한데, 어쨌든 내 책임도 있으니까 일자리가 생기면 소개할게. 너라면 분명 할 수 있을 거야. 그럼, 다시 연락할게."

"네, 네에. 그럼 잘 부탁드립니다."

모로오카는 속내를 가늠하기 힘든 사람이었다. 그래서 솔직히 그 제안을 솔직히 받아들이기 어려웠다. 유키토는 좋지 않은 예감을 느끼면서도 너라면 할 수 있을 거라는 말에 흔들렸다.

유키토는 누군가의 기대를 받고 그토록 원했던 두근거림을 느꼈다. 모로오카는 이러한 유키토의 심정을 꿰뚫어 보고 능숙하게 조종했다.

18 모로오카의 제안

파친코 가게에서 만난 날로부터 3일 후, 모로오카로부터 연락이 왔다. 유키토는 약속을 지켜주었다는 사실이 기뻤다. 사실 모로오카가 소개해 준 일에 지장을 줄까 봐 출근하기로 했던 음식점에는 나가지 않겠다고 말한 상태였다. 한가했던 유키토는 역 앞 카페로 달려갔다.

"유키토. 여기야, 여기."

"안녕하세요, 선배님."

유키토는 가볍게 고개를 숙였다.

"갑자기 불러내서 미안하다."

"아닙니다, 어차피 시간 많아요."

"아하, 그랬군. 야, 근데 유키토. 너 꿈이 뭐냐?"

물론 유키토도 자신의 꿈이 무엇인지 생각해 본 적이 있다. 다만 갑작스러운 모로오카의 질문에 솔직하게 대답했다간 비웃음을 살 것 같아 망설이다 이내 마음을 다잡고 이야기했다.

"제 회사를 차려서 사장이 되는 거요."

"무슨 회사? 이야, 의외로 꿈이 확실하네?"

"건설 자재 같은 걸 다루는 회사요. 저 같은 애들에게 일자리를 만들어주고 싶어요."

"이야, 굉장하네. 혹시 나중에 기회가 되면 나도 껴주라."

"물론이죠! 근데 경험은 있으세요?"

"농담이다, 농담!"

유키토는 모로오카의 가벼운 농담도 흘려버리지 못했지만, 자기처럼 혼나기만 하는 아이들을 돕고 싶다는 마음만은 진심이었다. 누군가를 도우며 자신이 저지른 일을 속죄하고 싶었다. 모로오카는 장래 희망에 대해 물어보며 유키토의 관심을 끄는 데 성공했다. 그래서 본론으로 들어갔다.

"지난번에 말했던 일 말인데……."

모로오카가 목소리를 낮추며 유키토에게 얼굴을 바짝 들이댔다.

"다음 주 수요일 오후 1시 반에 오사카역에서 봉투만 받아오기만 하면 돼. 그런데 이게 무척 중요한 거라서 믿을 수 있는 사람이 아니면 맡길 수가 없어. 전혀 위험한 일은 아니야. 어때, 할 수 있겠어?"

'믿을 수 있는 사람.' 태어나서 처음 듣는 말이었다. 늘 쓸

모없는 놈 취급만 받았던 유키토에게, 이 말은 심장을 통째로 움켜쥐는 느낌이었다.

"네, 꼭 하게 해주세요!"

"자, 이건 그날 사용할 휴대폰이야. 그리고 유키토 너, 양복 있냐? 일단 혹시 몰라서 내가 가져오기는 했거든."

유키토에게 한 사이즈 큰 차분한 느낌의 낡은 감색 양복이었다. 양복까지 준비한 게 이상하다는 생각은 들었지만, 모로오카의 믿음에 보답하고 싶다는 마음이 그 불편함을 눌렀다.

'믿을 수 있는 사람이 되고 싶어, 제대로 해내야 해⋯⋯.'

다음 주 수요일, 1시가 되기도 전에 유키토는 감색 양복을 입고 오사카역에 서 있었다. 절대 늦어선 안 된다는 생각도 있었지만, 사실은 양복을 입고 거리를 걷는 그 자체가 더 설렜다. 1시 15분이 되자 모로오카로부터 건네받은 휴대폰에서 벨이 울렸다.

19 둘째 아들의 전화

그날 요모즈카 히사코는 얼마 전에 백화점에서 구매한 세련된 디자인의 감색 원피스를 입고 집을 나섰다. 히사코의 네 자녀는 모두 결혼해 각자의 가정을 꾸리고 살고 있었다. 손자는 다섯이었다. 일주일 전, 그녀는 둘째 아들인 다케오로부터 전화 한 통을 받았다.

"어머니, 잘 지내시죠? 드릴 말씀이 있어요."

연락이 드문 다케오의 전화에 히사코는 기분이 좋아졌다.

"오랜만이구나, 다케오. 나야 건강하지. 할 말이라니? 무슨 일 있니?"

다만 아들이 속내를 털어놓은 적이 없었기에 조금 불안하기도 했다.

"다른 건 아니고요. 사실 집사람이랑 좀 다퉜어요."

"요시코와 말이니? 얘는 부부싸움이 무슨 큰일이라고."

"사실 제가 대부업체에서 대출을 받은 게 있었는데, 그걸 들켰어요."

"뭐? 돈을 빌렸다고? 왜? 요새 힘드니?"

"그런 건 아니고요. 요시코가 경제권을 쥐고 있잖아요. 용돈이 부족해서 조금씩 빌리다 보니까."

이야기를 듣고 보니, 최근 아들이 분에 맞지 않는 명품을 갖고 싶다고 말했었고 퇴근 후 술자리가 잦아졌다는, 며느리가 불평했던 기억이 떠올랐다. 회사에서 과장으로 일하고 있으니 부하 직원들에게 크게 한턱냈는지도 모른다.

"용돈에 맞게 생활했어야지."

"그건 그렇죠. 아무튼, 집사람이 제 말을 듣지도 않아서, 지금은 아는 변호사한테 상담 받고 있어요."

"저런. 그래도 아는 변호사가 있어 다행이구나. 액수가 얼마나 되니?"

"아니, 돈 이야기는 됐어요. 어머니께 걱정 끼치고 싶지도 않고요. 나중에 다시 전화할게요. 아, 제가 전화한 건 아버지껜 비밀이에요. 화내실 게 뻔하니까. 그리고 또, 아, 핸드폰. 핸드폰을 바지에 넣고 세탁기를 돌리는 바람에 망가졌거든요. 이 번호가 회사 번호인데, 앞으로 이거로 전화할게요. 끊어요."

전화가 끊겼다. 좀처럼 결혼할 상대를 찾지 못했던 다케오가 열 살이나 어리지만 야무진 요시코와 어렵사리 결혼했을 때 히사코는 무척 기뻤다. 그런 아들이 어쩌다 대부업체에서 몰래 돈을 빌렸다니. 요시코에게는 미안해서 좀처럼 입이 떨어지지 않았을 것이다. 문득 며느리가 이혼하겠다고 하면 어쩌나 걱정이 되었다.

히사코는 오매불망 다케오의 전화만 기다렸다. 휴대전화가 망가졌다고 하니 괜스레 아들 집에 전화를 걸었다가 며느리가 받으면 일이 더 커질지도 모른다. 그러니 그저 기다리는 수밖에 없었다. 이틀 후, 다케오로부터 전화가 왔다.

"어머니, 저예요."

히사코의 불안이 더욱 커졌다.

"너 목소리가 왜 그러니?"

다케오의 목소리가 쉰 듯한 기분이 들었다.

"아아, 그게 열이 나서 병원에 다녀왔어요. 그냥 감기인가 봐요."

"다행이구나. 그래, 그건 어떻게 됐니? 왜, 그 대부업체 말이야."

며느리와 싸운 탓에 몸 상태가 안 좋아졌나 싶어 히사코는 한층 더 불안해졌다.

"아, 그거요. 지금 요시코가 변호사와 이야기 중인데 이자가 계속 늘어나니 일단 빨리 갚는 게 좋다고 하네요."

히사코의 뒤에서 남편이 말을 걸었다.

"그런 돈은 당장 갚거라."

사실 혼자서는 이 불안함을 감당할 수 없어 히사코가 남편에게 털어놓고 말았다. 그러자 그런 돈은 당장 갚아야 한다며 난리를 쳤다.

"아버지께 이야기해서 미안하구나. 하지만 아버지도 조금은 보태줄 테니 빨리 갚으라셔. 빌린 돈이 모두 얼마니?"

다케오는 아버지에게 알렸다는 사실을 듣고는 순간 입을 다물었지만 금세 냉정을 되찾은 듯했다.

"그럼 감사히 받을게요. 한 200만 엔 정도이긴 한데 제가 이자까지 쳐서 꼭 갚을게요."

"송금하면 되니?"

"아니요. 변호사에게 현금으로 줘야 해요."

"알았다. 그 정도면 어떻게든 마련할 수 있을 거야. 내일

은행에서 찾아놓으마.”

대부업체에서 돈을 빌렸다는 소리를 듣고 훨씬 액수가 클 줄 알았는데 다행히 감당할 수 있는 금액이었다.

“그리고 어머니. 요새는 은행이 큰 금액을 찾을 때 까다롭게 군다고 하니까 혹시 어디에 쓸 거냐고 물어보면 죽기 전에 좋은 차 한 대 뽑는다고 말씀하세요.”

“그래, 알았다. 안 그래도 보이스피싱 같은 것 때문에 은행도 신경을 쓴다더구나.”

“고마워요, 어머니. 내일모레 수요일 오후 1시쯤에 오사카역으로 가지고 오시면 제가 받으러 갈게요.”

“수요일 1시 말이지? 알겠다.”

전화가 끊기고, 히사코는 돈 문제가 풀린 것보다 아들을 직접 만나게 된 사실이 더 기뻤다. 여유 있게 차라도 한잔하면서 요시코와의 결혼 생활은 어떤지 물어보면 좋겠다 싶었다. 다음 날 아침 일찍 히사코는 은행으로 가 500만 엔짜리 정기 예금을 해약했다. 그리고 죽기 전에 좋은 차 한 대를 뽑을 거라고 직원에게 말하니 아무 의심 없이 200만 엔을 현금으로 내주었다. 봉투 두 개를 겹쳐 그 안에 돈다발을 넣은 뒤 가방 깊숙한 곳에 두었다. 그리고 다음 날, 약속 시간에 맞춰 서둘러 집을 나섰다.

20 약속

히사코는 약속 시간보다 일찍 도착했다. 오사카역은 오랜만이라 역과 연결된 쇼핑몰을 둘러봤다. 오후 1시가 되자 히사코의 휴대전화가 울렸다.

"아, 어머니, 죄송해요. 30분 정도 늦을 것 같은데 커피숍 같은 데서 기다리실래요?"

"그래? 일이 바쁘면 그럴 수 있지. 그럼 그러자꾸나. 마침 나도 목이 말랐거든."

히사코는 전화를 끊고 눈앞에 보이는 카페로 들어갔다. 손님이 무척 많아 합석해야 할 것 같았다. 가게 안을 둘러보다가, 온화한 인상의 젊은 남자가 책을 읽고 있는 테이블에 자리가 비어 있는 것을 발견했다.

"죄송한데, 여기 자리 있나요?"

"아니요. 앉으세요."

"손님이 많네요. 여긴 항상 이런가요?"

히사코는 남자에게 말을 걸었다.

"네. 인기가 많아요. 쇼핑하러 오셨어요?"

"겸사겸사요. 오랜만에 아들과 만나기로 해서요."

"아아, 네. 오랜만에 아드님을 뵙는군요."

히사코는 들뜬 기분을 누군가와 나누고 싶었지만, 그 순간 어딘가에서 '또 수다나'고 타박하던 남편의 목소리가 들리는 듯했다.

"네, 맞아요."

그래서 짧게 대답하며 말을 끊었다. 주문한 아이스커피를 한 모금 넘기는데 히사코의 휴대전화가 울렸다.

"어머니, 정말 죄송해요. 도저히 짬을 낼 수가 없네요. 대신 다사키 씨라고 제 변호사가 대신 가실 거예요. 젊은 남자분을 찾으시면 돼요. 이번 일만 마무리되면 조만간 집에 한번 들를게요."

"그래? 일이 바쁘다니, 어쩔 수 없지. 알았다. 어디로 가면 되니?"

모처럼 아들을 만난다는 사실에 신이 났던 히사코는 변호사가 대신 나온다는 소리에 아쉬웠지만 조만간 집에 들른다고 하니 그때 보면 된다고 마음을 고쳐먹었다. 그리고 아들의 설명에 귀를 기울였다.

"1시 반에 미도스지 개찰구 오른쪽에서 기다리고 있겠대요. 어머니 성함도 말해놨어요."

같은 시각, 유키토가 들고 있던 휴대전화가 부르르 떨며 벨소리가 울렸다. 화면에 발신번호 표시 제한이라고 뜨기에 바로 받았다. 처음 듣는 목소리였지만 정중한 말투로 천천히 말했다.

"다마치 유키토 씨죠? 모로오카 씨로부터 이야기는 들었으리라 생각합니다. 지금부터 미도스지 개찰구로 가세요.

도착하면 개찰구 오른쪽에 서 있으시면 됩니다. 1시 반에 요모즈카 히사코라는 이름의 여성분이 오실 테니 그분 이름을 확인한 뒤 다사키라고 이름을 대시면 됩니다. 그리고 봉투를 받으러 왔다고 하면 그 여성분이 건네줄 겁니다. 그걸 받아오세요. 일이 끝나면 바로 중앙 개찰구로 돌아오세요. 다시 연락드리겠습니다.”

통화를 끝마치고 유키토는 미도스지 개찰구로 향했다. 유키토가 있는 곳에서 멀지 않았다. 유키토가 개찰구 오른쪽에 서 있으니 곧 비싸 보이는 감색 원피스를 입은 나이 든 여성이 유키토를 쏘아보는 듯한 표정으로 다가와 말을 걸었다.

“실례지만, 다사키 씨인가요?”

“요모즈카 히사코 씨?”

히사코의 얼굴이 단숨에 풀어졌다.

“아, 다행이다. 아들이 못 온다고 해서 걱정했거든요.”

아들이라니 이건 또 무슨 소리인가. 어쨌든 봉투를 받으러 왔다고 이야기하자 히사코가 머리를 깊게 숙였다.

“정말 감사합니다. 아들이 신세를 많이 지네요. 아무쪼록 잘 부탁드립니다.”

그리고 이중으로 포장된 무게감 있는 봉투를 유키토에게 건넸다. 유키토는 이게 돈다발이라는 사실까지는 몰랐지만, 상당히 중요한 물건이라는 느낌이 손끝으로 전해졌다.

"잘 받았습니다. 그럼, 실례하겠습니다."

유키토는 머리 숙여 인사하고는 등 뒤로 느껴지는 시선을 애써 무시하며 곧장 중앙 개찰구로 향했다. 전화는 금세 걸려 왔다. 유키토의 행동을 먼발치에서 지켜보고 있는 듯했다.

"봉투는 받으셨나요? 그렇다면 왼쪽에 있는 물품 보관함으로 가세요."

전화를 오른쪽 귀에 대고 유키토는 물품 보관소로 향했다. 몇 번인가 이용한 적이 있으므로 사용법은 알고 있었다.

"도착했습니다. 사용법은 알아요."

"그럼, 아무 데나 비어 있는 보관함에 봉투를 넣으시면 됩니다."

때마침 정면에 있는 보관함이 비어 있었다. 유키토는 그곳에 봉투를 넣은 뒤 비밀번호가 적힌 영수증을 받았다.

"보관함 번호와 비밀번호를 전달하면 되나요?"

"맞습니다. 모로오카 씨가 믿을 만한 분이라고 하더니 사실이었군요."

'믿을 만한 사람'이라는 말에 유키토의 마음이 들떴다.

"오늘 일은 여기까지입니다. 수고하셨습니다. 모로오카 씨가 다시 연락할 겁니다."

일이 끝나자 유키토의 몸 안에 무언가가 천천히 퍼져나갔다.

‘이게 성취감이라는 건가?’

유키토는 처음 느껴보는 감각이었다.

21 복수

오사카에서 봉투를 건네받은 이틀 후, 모로오카는 전에 만났던 역 앞 커피숍으로 유키토를 불렀다.

“네 덕분에 살았다. 그 여자분도 고맙대. 이건 수고비.”

“정말요? 전 그냥 받기 오기만 했는걸요.”

쑥스러운 기분을 느끼며 모로오카가 내민 봉투를 받았다. 그 안에는 1만 엔짜리 지폐가 다섯 장이나 들어 있었다.

“이, 이렇게나 많이요?”

“내가 믿을 만한 놈이 너밖에 더 있냐? 그러니 그 정도는 줘야지.”

한동안 일이 없던 유키토에게 예상 밖의 무척 큰돈이었다. 안전 구조물을 설치하는 일은 수습 기간도 있었고, 하루 종일 일해도 6,000엔 정도밖에 받지 못했다. 모로오카의 ‘믿을 만한 놈’이라는 말이 진심이었다는 생각에 유키토의 마음이 다시 부풀어 올랐다.

모로오카와 헤어지고 곧장 어머니인 료코를 기쁘게 해주기 위해 무언가 맛있는 걸 사야겠다는 생각이 떠올랐다. 상점가를 돌아다니다가 인기 있는 양과자점을 발견했다. 가게 안에는 몇몇 손님이 계산대에 줄을 서 있었다.

'그러고 보니 소년원을 나오고 나서 아직 케이크를 못 먹어봤네.'

유키토는 직장을 오래 다니라는 어머니의 기대를 저버렸다는 죄책감에 시달렸다. 케이크는 그 마음을 만회할 수 있는 작은 보상처럼 느껴졌다. 이 가게는 유명하지만 가격이 비싸 좀처럼 사 먹을 수 없었다. 그러니 이 가게의 케이크야말로 단번에 5만 엔을 번 지금의 자신에게 어울리는 음식이라 느껴졌다.

진열대 속 쇼트케이크들 사이에 과일을 잔뜩 얹은 커다란 홀케이크가 놓여 있었다. 유키토는 그 케이크를 한참 바라보았다. 가격표에 6,800엔이라고 적혀 있기 때문인지 누구 하나 눈길을 주지 않았지만, 유키토는 그 앞에 서서 상기된 표정으로 케이크를 주문했다.

료코의 놀라면서도 기뻐하는 얼굴이 보고 싶다. 유키토는 상점가를 나와 서둘러 집으로 향했다. 하지만 케이크를 본 료코의 반응은 전혀 달랐다.

"유키토, 이 케이크 어디서 났니!"

료코는 눈을 부릅뜨고는 다그치듯 소리쳤다.

"아니, 일당이 들어와서."

"이렇게 비싼걸! 게다가 이렇게 큰 케이크를 누가 다 먹는다고!"

기뻐하기는커녕 오히려 분하고 불쾌한 표정을 짓는 료코를 보며 유키토는 케이크를 산 걸 후회했다. 어렸을 적부터 이렇게 어머니의 안색을 살피며 기대에 부응하려다 좌절하던 날들이 떠올랐다. 유키토는 자신이 한심하다고 느끼며 더 열심히 해야겠다는 생각을 굳혔다.

모로오카는 연락을 들쑥날쑥했지만 전화가 올 때마다 유키토는 열 일 제쳐두고 달려 나갔다. 모로오카의 부탁을 확실하게 수행할 때마다 사장이 되어 자신 같은 아이들에게 일자리를 주고 싶다는 자신의 꿈에 한 걸음씩 다가가는 듯한 보람을 느꼈다.

하지만 료코는 아들이 양복을 입고 외출하는 횟수가 늘어나자 아들이 위험한 일에 연루된 건 아닌지, 그리고 언젠가 자신도 그로 인해 피해를 입지는 않을지 내심 걱정했다.

22 어떤 의뢰

"또 부탁 좀 하자."

모로오카로부터 전화가 왔다. 료코는 새 양복을 입고 나서는 유키토를 수상쩍다는 듯 바라보았다. 며칠 전 유키토는 직접 양복을 새로 맞췄다. 모리오카는 처음에 빌려준 양

복도 상관없다고 했지만, 이는 확실하게 책임을 지겠다는 유키토의 의지였다. 유키토는 새 옷에서 나는 냄새에 한껏 고양된 기분을 안고 씩씩하게 약속 장소로 향했다.

그러나 그날은 사정이 달랐다. 일은 평소와 똑같이 봉투를 건네받기만 하면 되었다. 상대방의 반응이 달랐을 뿐이다. 여자는 유키토 얼굴을 빤히 들여다보며 말을 걸었다.

"어머, 너 유키토 아니니? 나야, 가미야 아주머니."

나이 든 여성의 이마 정 가운데에 있는 사마귀를 보자 기억이 선명하게 되살아났다. 틀림없는 가미야 씨다.

"어, 어?"

"여기서 누구 만나기로 한 거니? 어머니는 건강하시고?"

어머니에 대한 질문에 유키토는 말문이 막혔다. 료코는 이 일에 대해 아무것도 모른다.

'잠깐. 봉투 줄 사람은 어디 있는 거야?'

가미야는 검버섯이 핀 오른손으로 검은 가방을 꼭 쥐고 있었다. 그 안에서 비쭉 튀어나와 있는 봉투를 보고 유키토는 자신이 만날 사람이 가미야라는 걸 깨달았다.

"아, 저기……, 그걸 받으러……."

"응? 무슨 소리야?"

"여기서 봉투를 받기로 해서요."

"어머, 유키토, 네가 그걸 어떻게 아니?"

가미야는 양손으로 가방을 꽉 붙잡았다.

“일단 봉투를…….”

“하지만 이건 다사키 씨라는 변호사가 받으러 오기로 했는걸.”

‘내가 변호사라고?’

여기서 다사키라고 대답해야 할까. 하지만 자신은 변호사가 아니다. 그리고 다사키도 아니다. 유키토의 머릿속은 뒤죽박죽이 되었다. 하지만 봉투는 꼭 받아야 한다. 그래서 가미야의 가방으로 손을 뻗어 손잡이를 세게 움켜쥐었다.

가미야도 필사적이었다. 가방에서 절대 손을 떼지 않겠다는 결의가 느껴졌다. 손주가 부탁한 중요한 돈이었기 때문이다. 심상치 않은 분위기를 읽은 탓일까, 실랑이를 벌이는 사이 주변 사람들이 하나둘 걸음을 멈추기 시작했다. 그리고 가미야가 쓰러졌다.

“꺄악!”

주위 사람들의 시선이 일제히 비명을 지른 가미야에게 쏠렸다가 곧바로 유키토에게로 향했다. 머릿속이 뒤죽박죽이었다.

‘도망쳐야 해!’

모리오카는 도대체 내게 뭘 시키려고 했던 걸까. 유키토는 정신없이 달렸다.

얼마 지나지 않아 유키토의 휴대전화가 진동했다.

“죄송해요. 봉투를 받으려는데 소리를 질러서…….”

유키토가 실패했다고 알자마자 목소리 주인은 평소의 온화한 말투를 잃어버렸다. 손바닥 뒤집듯이라는 말은 바로 이런 때를 가리키는 거라고 생각했다.

"당장 돌아가서 반드시 가져와! 반항하면 패버리라고!"

"어, 어떻게 그래요. 그리고 제가 아는 분이시라고요."

전화가 뚝, 하고 끊겼다. 그날 저녁, 유키토는 곧장 집으로 돌아가지 않고 파친코 가게로 향했다. 이때 모리오카로부터 전화가 걸려 왔다.

"야, 유키토. 너 도대체 무슨 짓을 한 거냐? 너 때문에 손해가 이만저만이 아니라더라. 덕분에 나까지 뒤집어쓰게 생겼다고. 믿고 맡겼더니만, 참 나. 아무튼 다시 연락할게. 일단 집으로 돌아가서 내가 전화할 때까지 꼼짝 말고 집에 있어, 알겠냐?"

모로오카의 힘없는 목소리를 듣기가 너무 괴로웠다. 가미야 씨가 경찰에 신고하지는 않을까? 어머니에게 알리지는 않을까? 유키토의 걱정은 눈덩이처럼 불어났다. 결국 다행스럽게도 경찰이 집으로 찾아오는 일은 없었다. 그날 밤 늦게 모로오카로부터 연락이 왔다.

"이쪽 담당자가 가미야 씨에게 잘 설명했대. 길이 엇갈렸다고 사과해서 경찰은 부르지 않겠다고 약속했다더라. 잘됐지, 뭐. 그 대신 손해 입은 금액은 배상해야 한다고 하더라고. 나도 사정 좀 봐 달라고 부탁했는데, 다음 주까지는 100

만 엔이 꼭 필요하대. 유키토, 너 혹시 돈 좀 있냐?"

"100만 엔이요? 그, 그렇게 큰돈이 어디 있겠어요."

"할 수 없지. 반은 내가 낼 테니, 나머지는 너도 누구한테 빌리든지 해서 마련해 와. 나도 죽겠다, 야."

모로오카의 말이 진짜인지, 유키토는 알 수 없었다. 어쨌든 자신이 일으킨 말썽 때문에 50만 엔이라는 거금을 떠안은 데다가 은인이나 다름없는 모로오카까지 끌어들이고 말았다고 생각하자 탄식이 나왔다. 이 사실을 어머니께는 죽어도 말할 수 없다. 갑자기 유키토의 머릿속에 아유미가 떠올랐다.

23 아유미에게 진 빚

최근 아유미와는 연락이 뜸했지만, 그래도 밥을 먹자고 하면 언제든 나와주었다. 유키토는 아유미가 전문학교에 가기 위해 아르바이트로 돈을 모은다는 사실을 기억했다. 게다가 아유미 어머니가 학비를 지원한다는 말을 떠올리며, 50만 엔쯤은 괜찮을 거라 속으로 가늠했다.

다음 날, 유키토는 지푸라기라도 잡는 심정으로 아유미를 역 앞 카페로 불렀다.

"오랜만이야. 잘 지냈어?"

“응.”

짧은 대화를 나누는 와중에도 아유미에게서는 여유가 느껴졌다. 아유미도 아르바이트가 순탄한 것만은 아니었지만, 학비에 대한 걱정이 사라져 앞날을 계획할 수 있기 때문일지 모른다. 어떻게 말을 꺼내야 할지 몰라 머뭇대자 아유미가 지루해하기 시작했다. 그 모습을 본 유키토는 마음을 굳혔다.

“저기, 화내지 말고 이야기를 들어줬으면 좋겠어. 혹시 돈 좀 빌려줄 수 있어?”

“왜 화를 내?”

아유미의 시선이 곧바로 유키토에게 향했다.

“돈 이야기는 좀 그렇잖아. 내가 이자까지 붙여서 꼭 갚을게.”

자신을 불러낸 이유가 돈 때문이라는 사실을 알게 되자 입을 다물고 있던 아유미의 표정이 어두워졌다.

“얼마나?”

“음, 50만 엔 정도.”

“그렇게 큰돈, 나한테 없어.”

아유미의 대답이 즉각 튀어나왔다.

“하지만 전문학교에 갈 돈이 있다고…….”

“그건 학비잖아.”

아유미는 이전에 어머니가 도와주기로 한 사실을 유키토

에게 털어놓은 걸 후회했다. 유키토는 고개를 끄덕였다. 일부러 한발 물러선 거였다. 밀어붙여도 안 된다면 당기라는 모로오카의 조언을 떠올린 것이다.

"역시 그렇지. 무리한 부탁을 해서 미안. 지금 한 말은 잊어버려."

아유미는 여기에 반응했다.

"돈이 왜 필요한데?"

"일하다가 실수를 좀 했어. 그래서 원래는 100만 엔을 갚아야 하는데, 도와준 선배가 절반은 내주신다고 하셔서. 남은 50만 엔은 어떻게든 내가 마련해야 하는 상황이야."

"또 부탁할 사람 없어?"

유키토는 입질이 오는 걸 느끼기 시작했다.

'조금만 더 하면 넘어오겠어. 나도 이제 예전의 내가 아니라고.'

"부탁할 사람은 아유미뿐이야. 일은 금세 들어올 거니까 돈 받으면 바로 갚을게. 이자로 5만 엔도 얹어줄게."

아유미는 잠시 침묵했다. 그 모습을 본 유키토는 거절당했다고 느꼈지만, 아유미가 침묵한 데는 다른 이유가 있었다. 아유미는 50만 엔이라는 금액보다 이자가 5만 엔이라는 소리에 마음이 동했다. 그냥 빌려주기만 했을 뿐인데 5만 엔을 받을 수 있다는 사실이 무척 매력적으로 다가왔다. 유키토를 믿는 건 아니었다. 하지만 지금의 아유미는 아르바이트로 그만한 돈을 벌기 쉽지 않았고 사실 어머니가 어렵게 학비를 마련했다는 사실도 알고 있었다. 그러니 조금이나마 돈을 더 벌 수 있는 쪽이 좋았다. 아유미가 입을 열었다.

"진짜 갚을 거지?"

"그, 그렇다니까. 꼭 갚을게."

"언제?"

"글쎄, 한 달 정도면 될 거야."

진즉에 포기했던 유키토는 싱글벙글했다. 그래도 한 달 정도면 모로오카로부터 일도 더 많이 받고 일용직이라도 하루도 쉬지 않고 일한다면 해결할 수 있다고 유키토 나름대로 계산했던 것이다.

"알았어. 한 달 후에는 꼭 50만 엔 돌려줘야 해. 언제까지 주면 돼?"

"빌려주는 거야? 정말 고마워. 빠르면 빠를수록 좋아."

"그럼, 돈 찾아놓을 테니까 연락해."

이틀 후, 유키토는 아유미로부터 현금 50만 엔을 받았다. 유키토는 고맙다며 아유미에게 몇 번이고 머리를 숙이고는 곧바로 모로오카에게 전화를 걸었다.

"50만 엔 준비됐습니다."

"이야, 빠르네. 역시 유키토야. 늘 보던 카페에서 보자."

"네, 이번 일은 정말 죄송합니다."

그곳은 아유미와 돈 이야기를 했었던 역 앞 카페였다. 모로오카는 기분이 무척 좋았다. 설마 유키토가 이렇게 빨리 50만 엔을 준비할 줄은 전혀 예상하지 못했기 때문이다.

"50만 엔 맞네. 내가 회사에 전달해 둘 테니까 뒤는 나한테 맡겨. 어떻게든 해결할 테니까. 역시 유키토. 믿음직스럽다니까. 다음에 일이 들어오면 연락할게. 아, 커피값은 내가 낸다."

지폐를 한 장씩 꼼꼼하게 세어본 모로오카는 이 말을 끝으로 자리에서 일어났다. 유키토는 모로오카의 말을 믿었다. '믿음직스럽다'는 말을 들었기에, 그 말을 믿지 않을 이유가 없었다. 그러나 그 후로 모로오카로부터 연락이 오는 일은 없었다.

24 아유미의 재촉

한 달이 지났을 무렵, 아유미는 전문학교 입학 시험에 합격했다. 아유미가 선택한 전문학교는 원래 불합격자가 없기로 유명했지만, 그래도 아유미와 지즈코는 축하 파티를 열어 합격의 기쁨을 만끽했다.

"진로가 결정되어서 다행이야. 이제 한시름 놓을 수 있겠어. 아, 입학금은 먼저 보내야지."

"입학금은 내가 모은 돈으로 낼게."

"아유미, 괜찮겠니?"

"응, 이제 자립해야지."

아유미 입장에서는 슬슬 유키토에게 빌려준 50만 엔을 받을 때이기도 했다. 한 달 지났고, 이자 5만 엔은 아유미 돈이었다. 식사가 끝나고 아유미는 유키토에게 LINE을 보낸 뒤 답장을 기다렸다. 유키토도 분명히 고마워할 거다.

—나 합격했어! 입학금 내야 하는데 돈은 언제 받을 수 있어?

이자로 5만 엔 주는 거 잊으면 안 돼!

메신저는 곧바로 읽음 표시로 바뀌었지만, 아무리 기다려 보아도 유키토는 답장하지 않았다. 아유미는 한 번 더 메시지를 보냈다.

—왜 대답 안 해?

이번에도 읽기만 할 뿐 대답은 돌아오지 않았다. 스마트폰을 쥔 아유미의 손이 떨려왔다. 설마. 만일 50만 엔을 갚지 않는다면 나는 전문학교에 갈 수 없다. 문득, 멍하니 웃던 유키토의 얼굴이 비웃는 얼굴로 겹쳐 보였다. 설마, 처음부터 날 속일 작정이었나?

아유미는 떨리는 손으로 새로운 메시지를 입력했다.

—돈 안 갚으면 경찰에 신고할 거야

메시지 옆의 1이 사라지자마자 답장이 도착했다.

—미안, 요새 폰 상태가 안 좋아서. 갚을게. 조금만 기다려줘

—기다리라니, 언제까지? 한 달이라고 했잖아. 입학금 내야 한

단 말이야

아유미를 속일 생각은 눈곱만큼도 없었다. 하지만 모로오카의 연락이 끊기는 바람에 유키토의 예상을 완전히 빗나가 어쩔 수가 없었다. 고작 10만 엔 정도인 일용직 월급으로는 한 달 안에 갚을 수도 없었다. 또 아유미는 어머니가 학비를 대준다고 했으니 조금만 더 기다려달라고 부탁할 심산이었다. 다만 혹시 모를 사태에도 대비는 해야 했다.

ㅡ알겠어. 그럼 갚을 테니까 이따가 다이센 공원에서 보자

유키토의 LINE 메시지를 확인한 아유미는 옷을 갈아입기 시작했다.

"엄마, 나 잠깐 나갔다 올게."

"응? 이 시간에 어딜?"

"여행 다녀온 친구가 선물을 주고 싶대."

"그래. 하지만 밖이 어두우니 조심하렴."

시계는 밤 9시를 지나고 있었다. 아유미가 밤늦게 외출하는 일이 거의 없다 보니 지즈코는 걱정이 될 수밖에 없었다. 그런데 친구가 거의 없는 딸이 얼마 전부터 누군가와 자주 밥을 먹는 듯했다. 지즈코는 아유미가 한층 더 성숙해진 것 같아 뿌듯했지만, 그 친구가 유키토라는 사실은 알지 못했다.

25 공원에서

다이센 공원은 아유미의 집에서 자전거로 10분 거리에 있었다. 맨션이 즐비한 도심에 위치한 큰 공원으로 휴일이 되면 부모들이 아이들을 데리고 많이 놀러 왔다. 다만 밤에는 인적이 거의 없었다.

아유미가 다이센 공원 입구에 도착하니 유키토는 이미 도착해 있었다. 아유미는 자전거를 세우고는 잰걸음으로 다가갔다. 낮과는 다르게 정적이 내려앉은 공원은 어쩐지 으스스하게 느껴졌다.

"왜 이런 데서 보자고 했어? 깜깜해서 무서운데."

생각보다 섬뜩한 분위기에 아유미는 내심 긴장했다. 왜 이런 곳으로 부른 거지?

"미안해."

"돈 가져왔지? 어서 돌려줘."

곧바로 돈 이야기를 꺼내는 아유미를 보며 유키토는 아유미가 멀게 느껴졌다.

"그거 말인데. 조금만 더 기다려주면 안 돼?"

"뭐? 돌려준다고 했잖아!"

아유미의 얼굴이 무시무시하게 변했다. 아유미가 이렇게나 무서운 표정을 지을 줄이야. 유키토는 움찔했다.

"미안해. 사과하고 싶어서 그랬어."

"그게 무슨 소리야? 그건 내가 전문학교에 가려고 모은 소중한 돈이란 말이야!"

"알아. 하지만 어머니가 돈 보태주신다며."

화가 머리끝까지 치솟은 아유미는 이성을 잃고 고래고래 소리를 지르기 시작했다.

"그게 무슨 상관인데! 이자는 됐으니까 얼른 50만 엔 돌려줘! 설마, 그 돈도 없는 건 아니지?"

유키토는 침묵했다. 아유미는 울먹이며 계속 소리쳤다.

"너무해! 이 거짓말쟁이! 경찰에 신고할 거야!"

"경찰이라니. 안 갚는다는 게 아니라,"

유키토가 가까이 다가가자 아유미는 반사적으로 거리를 벌렸다.

"오지 마!"

아유미의 말에 유키토는 평정심을 잃었다. 동시에 경찰에 체포되는 자신의 모습과 료코의 낙담한 얼굴이 떠올랐다. 유키토는 근처에 있던 손바닥만 한 돌을 주워 뒤로 돌아선 아유미의 뒤통수를 있는 힘껏 내리쳤다.

둔탁한 소리와 함께 손에 확실한 느낌이 전해졌다. 아유미는 아무 말 없이 옆으로 풀썩 쓰러졌다. 땅은 어두워서 잘 보이지 않았지만, 유키토는 아유미의 몸을 뒤집고 그 위로 올라타 입을 다문 아유미의 목을 계속 눌렀다.

아유미의 집에서는 지즈코가 딸에게 줄 축하 선물을 고민

하며 아유미가 돌아오기만을 기다리고 있었다. 지금까지 아
유미도 자신도 앞만 보며 열심히 살아왔으니 조금은 비싼
걸 선물해도 괜찮을 것 같고, 학교에 입고 갈 옷도 필요할 것
같다. 혹은 바빠지기 전에 여행도 한번 다녀오면 어떨까.

그러나 시곗바늘이 10시를 넘어가도 아유미는 돌아오지
않았다. 시간 가는 줄도 모르고 수다를 떠는 게 분명했다.
그렇다고는 해도 너무 늦지 않은가. 지즈코는 조금씩 걱정
되기 시작했다.

26 유키토와 료코

그 무렵 유키토는 이미 집에 돌아와 있었다. 저녁을 먹다
말고 갑자기 외출한 탓에 유키토의 밥에는 랩이 씌워져 있
었다. 료코는 TV를 보면서 맥주를 마시고 있었다.

"유키토, 갑자기 어디 다녀온 거니? 밥이 다 식었잖아."

"아, 친구가 갑자기 게임을 돌려달라고 해서."

"그래. 밥 먹을 거니?"

"응, 배고파."

료코는 귀찮다는 듯 유키토의 접시를 전자레인지에 넣고
돌렸다. 그리고 가스레인지에 된장국 냄비를 올렸다. 료코
는 문득 생각났다는 듯 물었다.

"그러고 보니 요새는 양복을 입고 나가질 않네. 무슨 문제라도 생겼니?"

"아니, 선배 회사 사정이 안 좋아져서 잠깐 쉬래. 그래도 다시 바빠지면 부른다고 했어."

유키토가 모로오카의 연락을 기다리는 것은 사실이었다.

"하긴. 요새는 다 힘드니까."

"응, 하지만 나를 '믿을 수 있는 사람'이라고 소개한 모양이야. 회사가 안정되면 제일 먼저 불러준대."

"그러니? 남한테 민폐나 끼치지 않으면 다행이겠는데."

유키토는 언제 경찰이 들이닥칠지 몰라 심장이 터질 것 같았지만, 태연한 척 료코가 데워준 밥을 먹었다.

"남한테⋯⋯. 나도 맥주 마셔도 돼?"

평소 술은 거의 입에 안 대는 유키토지만 오늘 밤만큼은 왠지 술이 당겼다. 료코는 다소 의아한 표정으로 유키토의 컵에 남은 맥주를 따라주었다. 두 사람은 잠자코 TV를 보았다.

그날 밤, 유키토는 평소보다 빨리 씻고 잠자리에 들었다. 이불 속에서 눈을 감으니 귀신의 모습을 한 아유미가 다가왔다. 언제 경찰이 초인종을 누를지 생각하면 몸이 뜨거워져 좀처럼 잠에 들 수 없었다.

정신을 차리고 보니 부드러운 아침 햇살이 커튼 너머에서 반짝이고 있었다. 결국 경찰은 오지 않았다. 혹시나 꿈이 아닐까 싶었지만, 어젯밤 남에게 민폐나 끼치지 않으면 다행이라고 했던 료코의 말이 생생하게 떠올랐다. 꿈이 아니었다. 유키토는 이불을 정리한 뒤 옷을 갈아입고는 방에서 나와 어머니를 찾았다. 확인하고 싶었다.

"오늘은 일찍 일어났네? 벌써 옷까지 갈아입었네. 일 나가니?"

"아니, 그게 아니라 물어보고 싶은 게 있어."

"뭔데?"

"어제 나한테 남에게 민폐나 끼치지 않으면 다행이라고 했었어?"

료코는 기뻤다.

"기억하니? 그래, 다른 사람에게 민폐를 끼치면 안 돼."

역시 료코가 그 말을 한 건 사실이었다. 그리고 유키토는 어젯밤 일이 꿈이 아니었음을 받아들였다.

"응, 알겠어. 그런데 엄마, 나 할 이야기가 있어."

"무슨 이야기? 나중에 하면 안 돼? 엄마 출근해야 하는데."

"실은, 어젯밤에……."

유키토는 료코에게 어젯밤 일을 털어놓았다. 그리고 제 발로 경찰에 출두하겠다고 했다. 그로부터 두 시간 뒤인 오전 10시, 유키토는 료코와 함께 동네 경찰서에 가서 자수했다. 료코는 유키토의 이야기를 듣고는 '내 인생은 어떻게 하냐'며 울부짖었다. 그 후로 료코는 마치 유키토를 없는 사람

취급하며 입을 꾹 다물었다.

유키토에 대한 판결은 8개월 후에 내려지게 되었다.

27 집에서

그날 저녁도 로쿠무기는 아사미와 둘이 먹었다. 안나는 또 학원이 늦게 끝난 모양이다.

"우리가 중학생일 때는 학원 같은 건 없었는데 말이야. 요새 애들은 참 힘들겠어."

로쿠무기가 옛날이야기를 꺼내려는 낌새에 아사미는 얼른 화제를 돌렸다.

"아, 맞다. 안나한테 남자 친구가 생겼나 봐."

"같은 동아리 친구라는 아이?"

로쿠무기는 그리 놀랍지도 않았다. 오히려 어렸을 때부터 많은 사람들과 사귀며 남자 보는 눈을 키워야 한다고 생각했다.

"응, 남자 배구부 부원이래. 키가 크고 잘생겼다던데. 공부는 잘하려나?"

"아무렴 어때? 지금부터 사귀어보는 게 좋아. 그래야 나중에 이상한 남자를 안 만나지."

"당신 같은?"

로쿠무기는 손가락으로 아사미의 옆구리를 찔렀다.

"아하하, 그만해."

아사미는 웃으며 피했다.

"그건 내가 할 말이거든."

로쿠무기는 신문에 실려 있던 미용사 지망생 사와베 아유미의 얼굴을 떠올렸다. 그 얼굴은, 좋은 사람을 만나야 좋은 인생을 살 수 있다고 말하던 안나의 목소리와 겹쳐졌다.

일본에서 발생하는 살인 사건은 연간 약 1,000건으로 추정된다. 이 중 소년 범죄는 50건 남짓에 불과하다. 전체 소년 형법범의 0.2퍼센트에 지나지 않지만, 10대가 저지른 살인은 그 수보다 훨씬 큰 충격과 파장을 남긴다.

살인을 저지르는 소년은 도대체 어떤 사람일까. 나는 정신과 병원부터 소년원 근무 시절까지 오랜 기간 살인을 저지른 소년들과 만나봤다. 상대방 잘못이라며 전혀 반성하지 않던 소년, 화를 꾹꾹 눌러 담다 결국 참지 못하고 사람을 찌른 소년, 상대가 불쌍하다며 살해한 소년, 의도와는 다르게 살인을 저지른 소년 등 그 사정은 저마다 달랐다. 때로는 '유례없는 잔혹한 살인 사건'으로 언론의 집중 조명을 받는 소년도 있었다. 그가 이송되어 오던 날, 소년원 전체가 긴장 속에 움직였다. 어떤 소년은 성격이 거칠고 작은 일에도 쉽게 폭발했지만, 또 어떤 이는 말수가 적고 행동도 느릿느릿해 곁에 있어도 존재감이 거의 느껴지지 않았다.

진료실에서는 이러한 소년들과 마주하게 된다. 개중에는 외모만 보면 왜 이곳까지 오게 됐는지 알 것 같은 소년도 적지 않았다. 피해자를 생각하면 용서받을 수 없지만, 일반적인 책임 능력을 물을 수 없겠다는 생각이 드는 소년들이었다.

다마치 유키토는 아이큐 68, 경도 지적 장애를 지닌 소년이다. 정신 연령은 아무리 높게 잡아도 초등학교 6학년 수준이다. 우리가 어렸을 적을 떠올려 보면 그가 마주하게 될 다양한 어려움은 상상하기 어렵지 않다. 지시를 이해하지 못하고, 이유를 모른 채 혼나며 방어적으로 반응하고, 누군가의 꾐에 쉽게 넘어가거나 거금을 잃고도 알아채지 못한다. 무엇보다, 곁에서 이를 도와줄 어른도 없다. 유키토를 초등학생이라고 생각한다면 본문에 나온 그의 모든 행동이 이해될 거라 생각한다.

유키토는 자신을 이해해 주던 아유미를 제 손으로 살해하고 만다. 미용사가 되겠다는 소박한 꿈을 향해 첫걸음을 내딛으려던 딸을 돈 때문에 잃은 피해자 가족은 슬픔, 분노, 그리고 원통함 속에 살아야 한다. 아유미처럼, 꿈을 향해 나아가던 아이가 또다시 희생되지 않으려면 우리는 무엇을 바꾸어야 할까. 그리고 지금 이 순간, 유키토와 같은 소년이 곁에 있다면 어떻게 다가가야 할까. 이 이야기가 그 물음 앞에 조금이나마 머무는 계기가 되기를 바란다.

2장

가도쿠라 교코

가도쿠라 교코가 여자 소년원에 입소했을 당시, 열다섯 살에 임신 8개월째였다. 다니던 중학교의 담임 교사를 폭행해, 늑골 골절과 망막 박리라는 증상을 입혔다. 피해 교사는 실명 가능성까지 제기될 정도였다. 교코는 어머니와 이복 남동생까지 셋이 함께 살았다. 아이큐는 79로, 경계선 지능 수준이었다. 어머니는 상습적으로 폭력을 행사했고, 집 안은 늘 긴장감에 싸여 있었다.

출산 후 아이는 교코의 어머니가 데려갔다. 교코는 소년원에서 폭력 방지 프로그램을 이수하며 조금씩 변화를 보이기 시작했다. 하지만 어머니와 면회하고 나면 매번 공황발작을 일으켰다. 어머니를 마주한 뒤엔, 어린 시절 어머니가 장애가 있는 남동생에게 식칼을 겨눴던 기억이 되살아났기 때문이다.

교코는 열일곱 살에 출소했다. 딸, 아이나도 이미 첫 돌을 지난 상태였다.

1 도노치라 여자 소년원

가도쿠라 교코가 도노치라 여자 소년원에 입소한 날은, 슬슬 더워지기 시작하는 5월의 어느 월요일이었다. 겨우 열다섯 살이던 교코는 임신 8개월이었다.

매주 금요일은 로쿠무기가 도노치라 여자 소년원으로 출근하는 날이다. 의료 인력 부족은 교정 시설이라고 해서 예외는 아니다. 로쿠무기는 이루카노하라 소년원에 상근 의사로 근무하고 있지만, 의사가 한 명도 없는 교도소도 있다. 만일 수감자 중에서 긴급 환자가 나오면 의료 교도소로 이송하거나 외부 의료 기관으로 보내 진료를 받게 해야 하는데, 그때마다 많은 인원이 함께 이동하다 보니 큰 문제가 되고 있다. 도노치라 여자 소년원도 사정은 마찬가지였다. 그래서 로쿠무기는 이루카노하라 소년원에 출근하면서 주 1

회는 이곳에 근무하고 있다.

교정 시설은 범죄자를 진료해야 한다는 특수성 외에도, 낙후된 설비와 낮은 급여, 지방 근무라는 조건 때문에 일반 병원보다 의사 유치가 어렵다. 특히 신체 질환 진료과의 경우, 굳이 이곳에서 일할 이유가 없다. 교정 시설 의사 대부분은 병력, 직장 갈등 등 사연 있는 경우가 많다.

정신과 의사 입장에서 보면 법 정신 의학과 범죄 심리학과 관련된 흥미로운 임상 현장이지만, 그럼에도 지원자는 드물었다. 최근에는 야근이나 당직이 없으며, 정시에 퇴근할 수 있고 연차도 쓸 수 있다는 이유로 아이가 있는 여성 의사들이 부임하는 사례도 늘어나고는 있다. 하지만 사명감을 가지고 교정 시설에서 열심히 일하는 의사를 로쿠무기는 아직 한 명도 만나본 적이 없다. 당장 로쿠무기만 하더라도 의국 인사팀의 지시에 따라 이곳에서 일하고 있을 뿐이었다.

도노치라 여자 소년원에 가는 날은 아침 6시에 일어나면 된다. 가장 가까운 역에서 내려 5분 정도 걸어서 주택가를 빠져나가면 나오는 가로수길을 10분 정도 더 가면 목적지다. 아침 시간대의 주택가에서는 삼삼오오 등교하는 초등학생들과 마주치게 된다. 안전 순찰대 조끼를 입은 백발의 노인이 아이들에게 인사를 건네는 모습도 종종 볼 수 있다. 그러나 아이들 대부분은 무시하듯 눈길도 주지 않는다. 아이는 어른에게 먼저 인사해야 한다고 배워온 로쿠무기에게는 그 풍경이 자꾸 마음에 걸렸다. 요즘은 오히려 '모르는 어른을 경계하라'고 가르친다. 하지만 정작 그 노인은 로쿠무기가 옆을 지나갈 때면 수상한 사람으로부터 아이들을 지키려는 듯 날카로운 눈빛을 보내왔다.

주택가를 벗어나 국도를 건너 골목길에 접어들면 빅토리아 연꽃이 빼곡히 핀 늪이 보인다. 그 너머에 소년원의 문이 있고, 정문으로 들어가면 콘크리트로 세워진 칙칙하고 살벌한 풍경의 본관 입구가 보인다. 개방적인 외관의 이루카노하라 소년원과는 달리 바깥에서는 그 안을 들여다볼 수가 없다.

여자 비행 청소년을 수용하는 여자 소년원은 현재 일본에 아홉 곳 있다. 다만 이루카노하라 소년원과 같이 지적 장애나 발달 장애가 있는 비행 소년을 수용하는 여자 특수 소년원은 없다. 원칙적으로 장애가 있어도 보통의 여자아이들과 함께 생활해야 한다. 규모는 각자 다른데, 도노치라 여자 소년원에는 서른 명 정도가 수용되어 있었다. 보호관들도 대부분 여성이었는데, 사무나 교육 관련 부서에는 남성 직원들도 있었다. 구조는 일반 소년원과 거의 비슷하지만 원내 여기저기에 꽃을 많이 심어두었다는 점이 달랐다.

로쿠무기는 정면 현관으로 들어가 서무과에 들러 금고에

비밀번호를 입력한 뒤 열쇠를 꺼냈다. 이곳에 근무하는 직원들에게 하나씩 배부되는 마스터키였다. 이미 몇 명의 직원이 출근해 있었는데도 사무실은 어두웠다. 전기 절약을 위해 업무 시작 전까지는 불을 끄고 있는다. 그러나 업무 시작종이 울려도 아무도 불을 켜려고 하지 않는다. 절전을 위해서인지 의욕이 없는 것인지 로쿠무기는 판단하기 어려웠지만, 열쇠를 가지러 오는 것뿐인데도 빛이라고는 햇빛이 전부인 어슴푸레한 사무실에 들어올 때마다 가슴이 답답했다.

"좋은 아침입니다."

로쿠무기의 인사에 고개를 들어 답을 하는 사람은 아무도 없었다. 다른 시설에서 나온 로쿠무기라는 걸 알았다면 누군가가 대답했을 수도 있었다. 하지만 애초에 아무도 고개를 들지 않으니 누가 인사하는지도 모르고 그저 젊은 사원 중 하나려니 하고 생각하는 듯했다. 로쿠무기는 이곳의 그러한 분위기가 조금은 껄끄러웠다.

로쿠무기는 열쇠를 가지고 의사 대기실로 향했다. 과거 보호실로 사용했던 곳을 급하게 개조하였기 때문에 두꺼운 철문이 달려 있다. 안에도 책상과 사물함뿐이다. 컴퓨터도 있지만 인터넷은 사용할 수 없고 또 외부로부터 저장매체를 가지고 올 수도 없으므로 음악을 듣거나 쉬는 시간에 DVD를 볼 때만 사용했다.

2 도노치라 여자 소년원 의무실에서

로쿠무기가 대기실에서 의사 가운으로 갈아입고 의무실
에 들어왔을 때는 이미 불이 켜진 다음이었다. 이곳 의무실
은 서무실과는 달리 남향이라 창문으로 쏟아지는 밝은 햇
살 덕분에 마치 온화한 성격의 양호 교사가 있는 학교 보건
실 같은 밝고 청결한 느낌이 든다. 책상은 창문을 향해 놓여
있고 그 옆에는 진료용 간이침대가 있다. 로쿠무기가 책상
에 짐을 올려두고 의자에 앉은 순간 뒤에서 목소리가 들려
왔다.

"안녕하세요, 로쿠무기 선생님. 좋은 아침이네요."

법무 공무원으로 일하는 간호사 야스모토였다. 안쪽 창
고에서 의료 기구를 정리하고 있던 모양이었다. 삼십 대 후
반인 그녀는 소년원 보호관 하면 떠오르는 엄격한 이미지
와는 달리 늘씬하고 청초한 분위기를 풍겼다. 과거 소아과
병원에서 일했었던 탓인지도 모른다. 둘 다 일반 병원에서
근무했던 경험 때문인지 말이 잘 통해 편하게 느껴졌다.

"좋은 아침입니다. 오늘도 일찍 출근했네요."

"로쿠무기 선생님이 출근하신 걸 보니, 이제 곧 주말이네
요. 정말이지 일주일이 눈 깜짝할 사이에 지나간다니까요."

"나이가 들면 더 그렇답니다. 1년 정도는 금방이에요."

"선생님은 두 군데로 출근하시잖아요. 힘들지 않으세요?"

“기분 전환도 되고 괜찮아요.”

웃는 낯으로 대답하던 로쿠무기는 문득 서무과의 어두침
침한 분위기가 떠올랐다. 괜한 거짓말 같아 조금은 후회했다.

“선생님. 오늘 진료 희망자는 다섯입니다. 신입이 한 명
있으니 입소 초진까지 합하면 모두 여섯 명이네요.”

“신입이 있군요. 언제 들어왔죠?”

“월요일이요. 이름은 가도쿠라, 열다섯이고요. 임신 8개
월이래요. 출산은 후지모리 의료 소년원에서 할 예정입니
다. 일단 감별소에서는 산모와 아이 모두 건강하다고 전달
받았습니다.”

후지모리 의료 소년원은 일본에 두 곳뿐인 병원 역할을
하는 소년원이다. 여러 과의 의사가 상주하고 있고 전국 각
지의 소년원에서 골절이나 출산, 조현병 등 의료적인 처치
가 필요한 소년들이 이송된다.

“10대 임산부라. 그러면 후지모리 의료 소년원에서 출산
하고 나면 다시 이곳으로 돌아오겠군요. 아기와는 헤어지게
되겠지만.”

“가도쿠라의 어머니가 근처에 살고 있어서 출소할 때까
지 돌봐주신다고 하네요.”

로쿠무기는 야스모토의 대답에 위화감을 느꼈다.

“아이 아버지는요?”

“누군지 모른대요.”

야스모토는 당연하다는 듯한 말투로 대답했다.

"그러면 어머니가 맡으셔야겠네요. 그 가도쿠라라는 아이는 왜 들어온 거죠?"

"중학교 선생님을 때려서 다치게 했다나 봐요. 자세한 내용은 이걸 읽어보시면 됩니다."

"선생님을 때렸다고요? 음, 가도쿠라가 제일 마지막 순서군요. 진료 전까지 읽어볼게요."

로쿠무기는 간단히 정리된 가도쿠라의 소년부 기록을 훑어보았다.

죄명: 상해

가족: 어머니(유미, 41세)와 남동생(쇼메이, 12세)과 생활 중. 어머니는 본 소년이 어렸을 때 이혼. 본 소년과 남동생은 이부형제. 모친은 음식점에서 아르바이트를 하며 생활비를 벌고 있고, 집안 형편이 어려움.

내용: 본 소년이 다니는 중학교에서 담임 여교사(무라니시 아야코, 34세)에게 나태하다는 지적을 받고 화가 나 발길질을 하는 등 폭력을 행사. 여교사는 정강이 골절, 망막 박리로 실명의 위험이 있음. 피해 배상은 미정.

아이큐: 79

의료상 유의점: 현재 임신 8개월. 산모와 태아 모두 안정적. 태아의 생부는 불명.

'제자에게 그런 일을 당한다면 견딜 수 없을 거야. 이 아이도 경계선 지능인가?'

이루카노하라 소년원에 있는 소년들의 얼굴이 머리를 스쳐 지나갔다. 이때 야스모토가 최신 정보를 알려주었다.

"이 담임 선생님, 다행히 실명은 피했는데 심리적인 충격이 크다고 하네요."

"그렇겠죠. 앞으로 학생들을 무서워할 수도 있고요. 심리 치료를 잘 받아야 할 텐데. 이건 가도쿠라에게도 알려주는 편이 좋겠네요."

눈앞의 가해자와는 달리, 피해자에 대해서는 서류로 유추하는 수밖에 없다. 연계 기관을 통해 피해자에 대한 새로운 정보가 들어오는 경우, 가능한 범위 내에서 조금씩이라도 수집해 두었다. 로쿠무기는 야스모토에게 가도쿠라를 마지막 순서에 부르라고 지시했다. 다른 아이들보다 진료 시간이 더 오래 걸릴 것 같았기 때문이다. 이곳 소년들은 로쿠무기가 정신과 의사라는 걸 알고 있어서인지, 대부분 잠을 못 자거나 짜증이 난다며 진료를 요청하곤 했다. 잠시 후, 야스모토가 첫 번째 진료 희망자를 의무실로 데려왔다. 생활복인 파란색 운동복을 입은 소녀는 진료 의자에 털썩 앉았다.

"아라모토 양. 오늘은 어디가 안 좋은가요?"

"선생님, 저, 정말 짜증이 나서 돌아버릴 것 같아요."

진료기록부에는 감별소 입소 당시 화려하게 금발로 머리를 물들인 소녀의 증명사진이 붙어 있었다. 염색도 화장도 금지된 눈앞의 소녀는 사진과 전혀 달랐다. 막 땅에서 캐낸 토란처럼 약간 거무스름하고 동글동글한 얼굴에 눈도 부어 있었다. 죄명란에 적힌 '각성제 단속법 위반'은 아무리 상상력을 발휘한다고 해도 이 소녀와는 어울리지 않았다.

"각성제를 했었군요. 지금 복용하는 약이 잘 듣지 않나요?"

"전혀요."

"그러면 양을 조금 더 늘려보도록 하죠. 너무 강하다 싶으면 말하고요."

"감사합니다."

증상을 약간 과장했을지는 모르겠으나 지금은 이 아이의 말을 믿는 수밖에 없었다. 어차피 약의 투여량에는 한계가 있으니 늘린다고 해도 거기서 거기다.

각성제를 복용했던 소년들은 체포되면 유치장에서 소년 감별소로 보내졌다가 가정 법원에서 판결이 내려진 뒤에 소년원에 들어온다. 그러나 대개는 그 무렵부터 금단 현상이 나타나므로 난동이나 자살 소동을 벌이거나 불안, 초조함 등이 느껴지지 않도록 소년 감별소에서 미리 정신과 약을 주기도 했다. 또 그러한 소년들은 소년원에 들어와도 그대로 정신과 약을 계속 복용하기도 한다.

3 가도쿠라 교코의 진료

로쿠무기는 네 명의 진료를 마친 뒤, 마지막으로 가도쿠라를 불러달라고 야스모토에게 부탁했다. 잠시 후, 머리를 하나로 묶은 소녀가 고개를 숙인 채 야스모토의 손에 이끌려 천천히 진료실로 들어왔다.

키는 그 또래 평균인 158센티미터였지만, 만삭의 커다란 배는 넉넉한 운동복 속에서도 도드라져 보였다.

"가도쿠라 교코 양. 나는 정신과 의사 로쿠무기라고 해요. 이곳에서는 일주일에 한 번 진료를 봅니다. 오늘은 가도쿠라 양에게 무슨 문제가 있어서 부른 건 아니고, 이곳에 새로 들어오면 가볍게 이야기를 듣기 위해 부르는 거니까 긴장하지 말아요."

"네."

교코는 고개를 들고 작은 목소리로 대답했다. 정면에서 보니 피부가 하얬고 인상이 날카로웠다. 화장기 없는 얼굴만으로도 또렷한 인상이었기에, 그와 어울리지 않게 도드라진 배가 더욱 눈에 띄었다.

"조금만 더 있으면 다른 소년원에서……."

로쿠무기가 말을 하려던 그때였다.

"선생님!"

야스모토가 로쿠무기의 말을 가로막았다.

원칙적으로는 소년들에게 앞으로의 이송 계획에 대해 일절 알려주어서는 안 된다. 퍼뜩 정신을 차린 로쿠무기는 아무 일도 없었다는 듯 진료를 계속했지만, 교코는 말하지 않아도 이미 알고 있는 듯했다.

"지금 임신 8개월이죠? 힘든 게 있으면 말해봐요."

"약은 먹으면 안 되죠? 가끔 머리가 아픈데."

"지금 시기 정도면 절대 안 되는 건 아니지만 되도록 먹지 않는 게 좋죠."

"그러면 참을게요."

의외로 순순한 대답에, 로쿠무기는 지금껏 마음을 전했다가 매번 거절당했을 교코의 처지가 떠올랐다.

"출산은 어떨 거 같아요?"

"열심히 할게요."

다짐하듯 힘주어 말했지만, 표정에서는 불안을 감추지 못했다. 진료가 끝나고 교코는 방으로 돌아갔다.

진료실로 돌아온 야스모토에게 로쿠무기가 말했다.

"아이큐가 79이니 육아는 힘들겠네요."

"하지만 선생님, 일단 70은 넘었으니 괜찮지 않을까요? 감별소에서도 별 다른 말은 없었는걸요."

로쿠무기는 소년원에서 일하는 사람들이 왜 이러한 간단한 사실도 모르는 것인지 늘 불만이었다. 그래서 설명을 이어나갔다.

"지금은 아이큐 70에서 84 사이를 지적 장애와는 구분해 '경계선 지능'이라고 부르죠. 하지만 지능에 문제가 없다는 뜻은 아니에요. WHO의 질병 분류인 ICD에서도, 1965년부터 1974년까지는 아이큐 70~84를 '경계선 정신지체'로 분류한 적이 있었어요."

"정신지체면, 지적 장애잖아요?"

"맞아요. 지금 말하는 지적 장애가 예전에는 그렇게 불렸죠. 한참 전에는 '경도'는 우둔, '중등도'는 치우, '최중도'는 백치처럼 부르기도 했고요."

"그렇다면 지금은 경계선으로 분류되는 사람도, 당시 기준으로는 지적 장애로 판단됐을 수도 있겠네요."

"맞아요. 지능 수치만 보면 차이가 없어도, 살아가는 데 어려움은 지적 장애와 다를 바 없을 수 있어요."

"그 수가 어느 정도나 될까요?"

"전체 인구의 14퍼센트 정도라고 하네요."

"네? 그렇게나 많이요? 그럼 저도 해당될 수 있겠네요."

"설령 아이큐가 낮아도 일을 하거나 사회생활을 하는 데 문제가 없으면 지적 장애 진단은 내리지 않아요. 그러니 안심해요."

이 이야기는 어린이 관련 지원 단체의 관계자들에게 몇 번인가 이야기한 적이 있다. 이러한 사실은 특수학교 교사를 꿈꾸는 학생들조차 좀처럼 배울 기회가 없으니 의대는 두말할 것도 없다.

두 달 뒤, 7월. 산달이 임박한 교코는 출산을 위해 후지모리 의료 소년원으로 이송되었다. 로쿠무기는 그 뒤로도 매주 금요일, 도노치라 여자 소년원으로 출근했다.

4 카페 TINAMI

여자 소년원으로 향하는 가로수길에는 북유럽 스타일의 카페 'TINAMI'가 있다. 이 일대에선 드물게 개방감 있는 구조를 지닌 카페로, 천장에는 원목 느낌의 두꺼운 대들보가 십자 모양으로 얹혀 있고 아래쪽 기둥이 이를 받치고 있다. 이 기둥 또한 가게를 돋보이게 하는 포인트였다. 가게에는 부드러운 가죽 의자를 비롯해 빈티지 느낌이 물씬 풍기는 북유럽풍의 고급스러운 가구들이 배치되어 있었다. 커다란 창문 너머로는 바깥 풍경이 보였다. 웬만하면 곧장 집으로 퇴근하는 로쿠무기도 자주 들르곤 했다.

이 가게는 주인인 스나즈키 게이카가 아르바이트생들과 함께 일을 했다. 원래 이 자리에서 아트플라워 공방을 운영했던 게이카는 3년 전쯤에 카페로 업종을 바꾸었다. 그래서 가게 곳곳에는 조화가 장식되어 있다. 아트플라워 공방에서 카페로 바꾼 이유를 묻지는 않았지만, 약간 괴짜 기질이 있는 데다가 변덕스러운 성격 탓일 거라고 막연하게 추측할 따름이다. 게이카는 5년 전에 이혼하고 이 가게 근처에 있는 친정으로 돌아왔다고 한다. 전 남편과의 사이에는 초등학교 2학년이 된 아들이 있는데, 부모님이 돌봐주고 있는 듯하다. 30대 중반이지만 스타일이 좋고 동안인지라 20대 중반처럼 보여 그녀를 보러 오는 단골손님도 많았다.

그날 저녁, 로쿠무기는 TINAMI에 들렀다.

"바빠?"

"어머, 어서 와."

게이카가 상냥한 미소로 로쿠무기를 맞이했다. 가게 안에는 북유럽풍의 인테리어에 어울리는 시벨리우스의 피아노곡이 흘러나오고 있었다. 둘러보니 구석 원탁에 커피잔을 앞에 두고 모자를 푹 눌러쓴 채 스마트폰을 보고 있는 초로의 남성과 심각한 표정으로 무언가 이야기를 나누는 대학생처럼 보이는 여성 두 명 정도가 있을 뿐 가게는 드물게 한가했다. 로쿠무기는 게이카와 마주 보고 이야기를 할 수 있는 카운터석에 앉아 평소처럼 말을 걸었다.

"장사는 어때?"

"그럭저럭. 로쿠무기 씨는?"

"아, 오늘은 일이 좀 많았어."

처음에는 늘 이런 식으로 대화를 시작했다.

"늘 마시던 걸로?"

"응. 아, 그리고 와플도."

"배고픈가 봐?"

이 가게에서는 막 구워 낸 와플에 생크림과 아이스크림이 함께 나온다. 따뜻한 와플 위에 아이스크림을 올려 한 입 떠먹고, 쓴 커피를 마시면 입 안에서 맛이 조화롭게 어우러진다.

"어서 오세요."

새로운 손님에게 인사를 건넨 게이카는 아르바이트생에게 주문을 맡기고 로쿠무기와 이야기를 계속 이어나갔다.

"얼마 전에 이 근처에서 중학생이 게임 살 돈을 마련하려고 처음 보는 사람을 찔렀다는 뉴스가 나오더라고."

"이 근처에서?"

"그 애, 혹시 로쿠무기 씨가 일하는 소년원으로 가는 거 아냐?"

게이카도 로쿠무기의 근무지를 알고는 있었지만, 소년의 신상에 대해선 말할 수 없었다.

"지적 장애나 발달 장애가 있는 아이라면 아마 그럴지도 모르지."

"혹시 오면 알려줘."

"그건 안 돼."

업무상 알게 된 소년의 정보와 관련해서는 비밀 엄수 의무가 있었다. 게이카는 입을 비쭉이며 토라진 듯한 표정을 지었지만, 서로의 속내를 모르는 바 아니었다. 일곱 살이나 어린 게이카와 말을 편하게 하는 사이기도 했고 말이다.

5 출산 후 복귀

10월 초, 더위가 물러가고 선선한 바람이 불기 시작했다. 그날 아침, 로쿠무기는 평소처럼 여자 소년원으로 향했다. 역에서 이어지는 길은 고요했고, 공기도 맑았다. 등굣길의 초등학생들도 무리를 지어 씩씩하게 걸어가고 있었다.

"안녕하세요, 로쿠무기 선생님."

"안녕하세요. 아, 10월이 되니 이제 좀 살 것 같네요. 오늘은 몇 명이죠?"

"오늘은 세 명이요. 그리고……."

야스모토는 살짝 머뭇거렸다.

"이건 다음 주 이야기인데요. 다음 주 초에 가도쿠라가 돌아온다네요. 딸을 무사히 낳았고, 아기는 이미 어머니가 데려가 키우고 있다고 하네요."

"아, 가도쿠라 양. 벌써 돌아오나요? 어머니도 고생이겠어요. 어떻게 지내시려나."

교코의 어머니에 대해서는 잘 몰랐지만, 야스모토에게서 조금 까다로운 사람이라는 소리를 들은 적이 있었다.

"아르바이트를 하시는 것 같던데. 아기가 어린이집에 다니기 전까지는 쉰다고 하더라고요."

"그것도 큰일이군요. 가도쿠라 양의 남동생도 아직 초등학생 아닌가요?"

"네. 그래서 사회 복지사도 방문한다고 하더라고요."

사정을 들어보니 엎친 데 덮친 격인 듯하다.

"당사자도 걱정이군요."

그다음 월요일, 교코는 여자 소년원으로 돌아왔다. 전보다 야윈 듯했지만, 오히려 그 모습이 이 아이 본래의 얼굴 같았다. 후지모리 의료 소년원에서 출산과 회복을 잘 마쳤다는 보고를 받은 뒤라 다음 날부터는 곧바로 단체 생활에 참여하기로 했다.

6 폭력 방지 프로그램

이 여자 소년원은 아침 6시 반에 기상해 함께 아침을 먹고 조례를 한다. 그 뒤로는 다른 소년원과 마찬가지로 의무 교육 연령에 해당하는 소년들은 수업을 받고, 중졸 이상은 여러 그룹으로 나뉘어 활동한다. 또 주 2회, 오후 시간에는 교화 프로그램을 받는다.

그날 오후도 마찬가지였다. 한 방에 다섯 명의 아이들이

책상 앞에 앉아 있었고, 교탁에는 눈꼬리가 위로 치켜 올라
간 중견 여성 보호관이 서 있었다. 학교 교실처럼 앞에는 칠
판과 화이트보드, 교탁이 놓여 있었다. 이 방은 '폭력 방지
프로그램' 수업을 진행하는 공간이다. 이 프로그램에서는
물리적 폭력뿐 아니라 언어폭력이나 성적 가해, 미래 자녀
에 대한 학대까지 포함해 다룬다. 그래서 여자 소년원에서
는 상해 사건 가해자를 비롯해 대부분이 이 수업을 듣는다.
교코도 그중 한 명이었다.

"자, 여러분! 지금부터 폭력 방지 프로그램 수업을 시작
하겠습니다."

소녀들의 부석부석한 얼굴이 긴장으로 살짝 굳어졌다.

"오늘은 화를 삭이는 방법에 대해 배워볼 겁니다. 여러분
중에는 금세 화가 나서 폭력을 행사하는 사람도 있겠죠. 세
상을 살면서 화가 나는 건 당연한 일입니다만, 절대로 누군
가를 때려서는 안 됩니다. 그러므로 이번 시간에는 화가 나
도 꾹 참는 법을 배워봅니다."

몇몇 소녀들은 난처하다는 듯 고개를 숙였다. 세간의 인
식과는 달리 여자아이들도 폭행 및 상해 사건으로 소년원
에 많이 들어오는데, 특히 범죄별로 구분했을 때 중학생 연
령대는 전체의 4분의 1을 차지한다. 피해자는 동급생이나
후배, 편의점 직원 등 다양하다.

"네!"

소녀들은 한목소리로 보호관에게 대답했다. 들으면 아주 의욕적인 반응 같지만 대부분은 반사적인 응답에 불과했다.

여성 보호관은 조용히 교실을 돌며 종이를 하나씩 나눠 주었다. 그리고 목소리에 힘을 실어 말했다.

"그럼, 이제 방법을 설명합니다. 지난 일주일 동안 소년원 생활을 되돌아보며 기분이 나빴던 일을 떠올리세요. 날짜와 시간, 그리고 '무슨 일이 있었는가?' 질문에 그 상황을 적는 겁니다. 그리고 그때 느꼈던 기분도 적어봅니다. 그 다음 '세기는 어느 정도였는가?'라는 질문에는 그 기분을 퍼센트로 표현합니다. 예를 들어, 화가 100퍼센트였다면 상대방을 때리고 싶을 정도로 화가 났다고 보면 됩니다. 다 쓰고 나면 순서대로 발표할 겁니다."

"선생님, 화나게 한 사람 이름도 써요?"

발표라는 소리에 보호관 앞에 앉아 있던 소녀가 조심스레 물었다.

"예전에 누구한테 화가 났었는지 이름을 알게 돼서 싸움이 벌어진 적이 있었어요. 그러니 이 안에 있는 사람의 일은 빼고 적도록 해요."

보호관의 말대로 과거 모두의 앞에서 한 교실에 있던 다른 아이를 비꼬는 듯한 내용을 발표해 몸싸움이 일어났던 적이 있었다. 다들 묵묵히 적어 내려가기 시작한 가운데, 교코는 혼자 주변을 두리번거리더니 잠시 후 조용히 종이를 작성하기 시작했다.

　보호관은 잠자코 소녀들이 적는 모습을 돌아다니며 지켜보았다. 교코는 이렇게 적었다.

　언제?

　(10월 17일, 2시쯤)

　어디서?

　(복도에서)

　무슨 일이 있었는가?

　(다른 아이와 지나쳤을 때 그 아이가 내 얼굴을 보며 웃었다)

　당신은 어떻게 했는가? 어떻게 생각했는가?

　(날 바보 취급했다)

　어떤 기분이었나? 세기는 어느 정도였는가?

　(화남. 80퍼센트)

　전체적으로 둘러본 뒤 보호관은 아이들이 다 썼는지 확인했다.

　"다 썼나요? 그럼, 그 싫은 기분을 해소할 수 있는 서로 다른 방법 세 가지를 생각해 적으세요. 그리고 그 방법을 떠올렸을 때 기분의 강도가 어떻게 바뀌는지 퍼센트와 함께 그때의 감상도 적어보세요."

　아까 질문했던 소녀가 곧바로 다시 손을 들었다.

"선생님, 어떻게 쓰는지 모르겠어요."

일단 이 소녀는 일단 스스로 생각해 본다는 습관이 없었다. 보호관은 바로 소녀의 종이를 보며 친절하게 설명해 주었지만, 그러한 행동이 오히려 그녀의 '스스로 생각하는' 힘을 빼앗고 있다는 사실은 모르는 듯하다.

소년 보호관은 결코 교육 전문가가 아니다. 특히 젊은 보호관은 선배 보호관으로부터 자세하게 배울 기회도 많지 않다. 그래서 시행착오를 거치면서 만들어낸 본인만의 방법으로 소년들을 대하기 때문에 이러한 장면을 흔히 볼 수 있다. 이 보호관처럼 이해하기 쉽게 가르치는 일에 중점을 두게 되면 오히려 아이들이 사고할 힘을 빼앗게 된다.

아이들이 모두 작성을 끝낸 걸 보고 여자 보호관은 말을 이었다.

"그럼, 이제 발표하겠어요. 가도쿠라 양이 쓴 내용이 간단하니 먼저 발표해 볼까요?"

"예? 제가요? …… 알겠습니다."

교코는 당황해 허둥댔지만, 자신은 이제 엄마라는 생각에 마음을 다잡고 앞으로 나갔다. 보호관은 마카 자국이 잔뜩 남아 있는 오래된 화이트보드에 교코가 작성한 종이를 자석으로 붙였다.

"자, 가도쿠라 양. 한번 설명해 볼까요? 일단은 무슨 일이 있었는지부터."

교코는 화이트보드 옆에 서서 설명을 시작했다.

"네. 10월 17일 2시쯤, 복도에서 다른 아이가 지나가면서 제 얼굴을 보고 웃었어요."

"가도쿠라 양의 얼굴을 보고 웃었군요."

다른 참가자가 이해하기 쉽도록 보호관이 교코의 말을 반복했다.

"그래서 가도쿠라 양은 어떤 생각을 했나요? 그리고 어떤 기분이었고, 그 세기는 어느 정도였나요?"

"그러니까, 저를 바보 취급한다고 생각했어요. 화가 났고 세기는 80퍼센트 정도였습니다."

교코의 얼굴이 험상궂게 일그러졌다.

"화가 80퍼센트 정도 났군요. 100에 가까운 수치네요. 그렇다면 그 화를 삭일 수 있는 방법을 생각해 볼까요."

교코는 얼굴을 펴고 말을 이어갔다.

"네. 첫 번째로는 다음번에는 나도 웃어준다고 생각했습니다."

"그랬더니?"

"화가 85퍼센트까지 올라가서 더 화가 났습니다."

"그럼 안 되겠네요. 그럼, 두 번째 생각은 뭐였나요?"

"두 번째는 무시한다고 생각했습니다. 그랬더니 60퍼센트까지 화가 내려갔어요. 세 번째는 생각나질 않았습니다."

보호관은 괜찮은 예시가 나왔다는 듯한 얼굴을 했다. 그리고 아이들을 향해 큰 목소리로 질문했다.

"그래도 아직 화가 많이 났네요. 화를 누그러뜨릴 좋은 방법이 또 없을까요?"

교코의 오른쪽 옆에 앉아 있던 소녀가 손을 들었다. 얼굴도 몸집도 동글동글한, 중학생 티가 나는 아이였다.

"그런데 걔가 정말로 가도쿠라를 바보라고 생각해서 웃었을까요?"

몸집이 작은 어린 소녀의 지적에 교코는 찬물을 맞은 듯 등줄기가 서늘해졌다.

'무슨 말이야! 아무 것도 모르면서!'

교코의 귓가가 뜨거워졌다. 그러나 보호관은 그 중학생의 편을 들었다.

"좋은 의견이네요. 가도쿠라 양, 어떻게 생각하나요?"

'내 착각이라는 거야? 아냐, 그럴 리 없어······. 진짜로 바보 취급했다니까.'

그러나 교코는 속내를 들키지 않으려고 가까스로 되받아쳤다.

"아니요. 확실히 내 얼굴을 보고 웃었어요."

그러자 또다시 아까 그 중학생이 자기가 보호관이라도 된 것 마냥 말을 덧붙였다.

"다른 일 때문일 수도 있고, 갑자기 뭐가 생각나서 웃었을 수도 있잖아?"

고작 중학생이면서 어떻게 그런 걸 아는 걸까. 심지어 반말이었다. 교코는 창피함과 화가 뒤죽박죽 섞여 볼까지 빨개졌다.

"그, 그럴지도."

교코는 겨우 대답했다. 보호관이 쐐기를 박았다.

"맞아요. 만일 그렇다면 어떨까요? 화는 몇 퍼센트 정도가 될까요?"

"5, 5퍼센트요."

"잘했어요. 이렇듯 어떻게 생각하느냐에 따라 화가 80퍼센트에서 5퍼센트로 줄어들 수 있습니다. 그러니 앞으로는 화가 나면 자신이 착각한 건 아닌지 생각해 보는 방법도 있다는 사실을 잊지 마세요."

보호관은 미리 정해진 시나리오가 있던 것처럼 매끄럽게 말을 이어나갔다. 그러나 교코는 중학생에게 지적당했다는 사실에 머리가 멍해져 움직일 수 없었다. 휘청거리는 모습을 보고 그 중학생이 자신의 동요를 알아차릴까 두렵고 비참했다. 동시에 어렴풋한 의문도 피어오르기 시작했다. 그날, 자신을 바보 취급하며 주의를 줬던 중학교의 무라니시 선생님 또한 어쩌면 단순한 오해였던 걸까.

7 어머니의 면회

프로그램이 끝나고 소녀들은 각자 방으로 돌아갔다. 교코의 방은 4인실이었다. 교코는 책상 앞에 앉아 벽을 멍하니 바라보다가, 문득 오래전 기억이 떠올랐다.

초등학교 4학년 때, 교코는 서른여섯의 어머니 유미와 어린이집에 다니는 다섯 살짜리 동생 쇼메이와 셋이 살았다. 경계선 장애가 있던 동생은 좀처럼 웃지 않았고, 밥을 자주 흘렸다. 그게 어머니의 화를 돋우는 일이 되곤 했다. 밥을 흘릴 때마다 어머니는 동생의 뺨을 가차 없이 내리쳤다.

"지 애비를 닮아서 쓸데없기는!"

어머니는 늘 쇼메이를 눈엣가시로 여겼다. 아마도 헤어진 남편에 대한 원망도 섞였을 것이다. 초등학생이던 교코는 아무 말도 하지 않았다. 그저 그 화살이 자신에게 향하지 않도록 행동하기에 급급했다.

어느 날, 교코는 우연히 화가 머리끝까지 난 어머니가 동생의 등 뒤에서 식칼을 치켜드는 모습을 보고 말았다. 다행스럽게도 어머니는 식칼을 다시 도마 위에 세게 내려놓았다. 교코는 못 본 척했지만, 그날 이후 어머니 얼굴만 보면 속이 심하게 뒤틀리는 듯한 감각이 밀려왔다. 그 뒤로도 어머니는 쇼헤이를 몇 번이나 죽이려고 했다. '언젠가는 내게도 칼끝을 들이밀지도 모른다.'

그때의 집 풍경이 생생하게 되살아나며 가슴 안이 뻐근하게 부풀었고, 이내 숨이 가빠졌다. 그때였다. 여성 보호관이 부르는 소리에 교코는 압박감에서 해방되었다.

"가도쿠라 양, 면회예요."

하지만 해방되자마자 또 다른 압박감이 가슴을 짓눌렀다. 면회를 올 사람은 어머니인 유미뿐이다. 그 무서운 여자가 왔다.

교코는 보호관을 따라 면회실로 향했다.

보통 면회는 대부분 보호자가 미리 시간을 예약한다. 하지만 소년원에서는 이를 미리 알려주지 않고 면회 시간 직전에 갑자기 호출한다. 아무 연락 없이 면회를 오지 않는 일도 많아 소년들이 배신당했다는 기분을 느끼지 않게 하기 위한 배려이기도 했다. 하지만 교코의 경우는 달랐다. 애초에 면회를 바라는 마음도 없다. 언제 몇 시에 올지 몰라 두려움에 떠는 기분을 영원히 맛보고 싶지 않다. 단지 그뿐이었다.

면회실에 들어가자 어머니가 새근새근 잠이 든 교코의 딸을 안고 앉아 있었다. 딸의 이름은 아이나라고 지었다. 어머니는 옷차림에는 신경을 썼지만, 갈색으로 염색한 머리는 흰머리가 듬성듬성 나 있었고 화장은 땀으로 번질거렸다. 팔다리는 길고 깡말라서 하이힐을 신으니 비틀거렸고 아이를 안은 모양새도 불안했다. 면회를 참관하는 보호관은 신경도 쓰지 않았다. 어머니는 교코를 보자마자 땅이 꺼져라 한숨을 쉬었다.

"이 나이에 또 갓난쟁이 뒤치다꺼리라니. 정말이지 힘들어 죽겠다. 자, 니가 안아."

어머니는 긴 팔을 뻗어 아이를 툭 내밀었다. 교코는 아이를 조심스레 안고, 어머니의 눈치를 살폈다. 지금은 자신의 딸보다 어머니의 기분을 거스르지 않는 일이 중요했다.

"니가 빨리 나와야 할 텐데. 애 때문에 돈도 못 벌고, 이게 뭐냐?"

어머니는 불평만 늘어놓을 뿐 아이를 낳은 교코의 몸 상태를 궁금해하는 기색은 전혀 없었다. 교코는 관자놀이 안쪽을 누군가가 꽉 움켜쥔 듯한 통증을 느꼈다.

"으, 으아앙."

교코의 품에 안겨 있던 아이나가 갑자기 울기 시작했다. 그러자 통증이 더욱 심해졌다. 교코는 아득해지는 정신을 붙잡고 아이를 달랬다.

"왜 이러지? 아이나, 괜찮아."

"이리 내."

어머니가 아이나를 안고 얼러도 울음을 그칠 기미가 보이지 않았다. 짜증이 난 유미가 아이를 앞뒤로 거칠게 흔들었다. 아직 목도 가누지 못하는 아이나의 머리가 불안정하게 덜렁거렸다.

"울지 마!"

결국 얼굴을 들이밀고 윽박질렀지만, 아이나의 울음소리는 더욱 커져만 갔다. 당황한 보호관이 제지했다.

"저기, 어머님. 아이가 배가 고픈 거 아닐까요?"

"아, 그럴지도 모르겠네요. 귀찮아서, 정말."

교코는 유미가 아이나를 거칠게 다루는 모습을 처음 보았음에도 태연했다. 어느 정도 예상은 하고 있었다. 동생인 쇼메이에게 했던 것처럼 어머니는 집에서 아이나에게 손을 대고 있는 게 분명했다.

면회가 끝나고 방으로 돌아온 교코의 얼굴은 핼쑥했다. 교코는 아득해졌다. 정신을 차려보니 소리를 지르며 벽을 주먹으로 내리치고 있었다. 같은 방에 있던 소녀들도 교코의 갑작스러운 행동을 보고 무서워했다.

"가도쿠라, 멈춰!"

가까이에 있던 보호관이 소리를 치자 금세 보호관 여럿이 일제히 방으로 들어왔다. 교코의 주먹에서는 피가 흐르고 있었다. 교코는 곧 보호관들에게 제압당했다.

"보호실로."

현장을 통제하는 수석 전문관의 무미건조한 지시에 보호관들은 아무 말 없이 매뉴얼대로 움직이기 시작했다. 교코는 두 사람의 보호관에게 양팔을 결박당한 채 보호실로 향했다.

8 공황발작

그 후에도 교코는 종종 공황발작을 일으켰다. 보호실에 들어가는 일도 한두 번이 아니었다. 공황발작은 대부분 어머니와 면회한 다음에 일어났다. 로쿠무기가 출근했던 그날도 교코는 이미 보호실에 들어가 있었다.

야스모토는 막 출근한 로쿠무기에게 상황을 전달했다.

"선생님. 가도쿠라 양이 어머니와 면회하고 나면 자주 발작한다고 합니다. 혹시 상담이나 약물 치료가 필요하지 않을까요?"

"그래요? 야스모토 씨는 그 아이가 공황발작을 일으키는 이유가 뭐라고 생각해요?"

로쿠무기는 문득, 야스모토는 이 상황을 어떻게 보고 있을까 궁금해졌다.

"싫은 기억이 떠오르기 때문 아닐까요?"

"물론 그럴 수도 있죠. 어머니의 고함 소리가 촉매제가 되었을 수도 있고, 또 아이나가 걱정이지만 당장 어떻게 해줄 수 없으니까요. 그런 여러 가지 이유가 겹쳤겠죠. 그리고 지적 장애가 있으면 공황발작을 일으키기 쉽다고도 하고요."

"왜요? 지적 장애는 오히려 둔감할 것 같은데요."

야스모토의 의아한 표정을 보며 로쿠무기는 이 부분을

제대로 짚고 넘어가야 한다는 사실을 깨달았다. 의료 관계자들조차 이에 대해서는 제대로 알지 못했다.

"대처 능력의 문제죠. 곤란한 상황에 놓였을 때, 방향을 잡고 생각해 나갈 수 있는 힘이 있으면 사람은 어떻게든 버텨낼 수 있죠. 만일 지적 장애 때문에 사고력이 부족하다면 어떻게 대처해야 할지 몰라 우왕좌왕하게 됩니다. 그러면 공황장애를 일으키게 되는 거죠."

"가도쿠라 양은 머릿속이 멈춰버려서, 그게 공황 상태로 이어진다는 거군요. 아, 선생님. 차 드릴까요?"

이해가 갔는지 야스모토는 찻잎을 새로 넣고 찻주전자에 뜨거운 물을 부었다. 향긋한 녹차 향이 방안을 맴돌았다. 여기서는 시간이 천천히 흘러간다. 로쿠무기는 찻잔을 조용히 들고, 다시 말을 이었다.

"대처 능력이 부족한 부모들에게도 흔히 나타나는 양상이죠. 가도쿠라 양 어머니도 그런 흐름 안에 있었을 가능성이 있어요. 아마 가도쿠라 양도 이곳을 나간 뒤 생각지도 못한 일을 만난다면 공황 상태에 빠져 아이에게 손찌검할지도 모릅니다. 물론 이건 제 추측일 뿐이에요. 하지만 소년원에 있는 여자아이들 중에는 아마 그런 애들이 많을 겁니다."

"그런 생각은 해본 적이 없는데, 듣고 보니 그렇네요."

교코의 출소가 결정된 것은 그로부터 8개월쯤 지난 초여름이었다. 아이나는 한 살, 교코는 열일곱이었다.

9 의국에서

로쿠무기는 가미다테 대학 의학부로 향했다. 가미다테 대학병원은 로쿠무기의 모교이자 소속 병원이기도 했다. 소년원에서 근무하는 교정 의관은 주5일 근무 중 소년원에 출근하지 않는 이틀은 자주적으로 연구할 수 있게 되어 있었다. 로쿠무기는 소년원에 출근하는 3일 중 이틀은 이루카노하라 소년원에서, 하루는 도노치라 여자 소년원에서 근무하고 남은 이틀 중 하루는 이전부터 근무하던 공립 정신과 병원에서 비상근 외래를 보았다. 그리고 정기적으로 모교를 방문해 의학 박사 학위를 따기 위한 연구를 병행하고 있다.

이날은 연구 진척 상황을 보고하기 위해 정신과의 시타모리 교수와 약속을 잡은 상태였다. 약속한 오후 4시까지 시간이 남기에 의국에 들러 기다리기로 했다. 의국은 병원 직원들의 공유 공간이다. 문을 열고 들어가니 의국 비서가 처음 눈에 들어왔으므로 가볍게 목례했다. 그러자 누군가가 안쪽에서 낮은 목소리로 로쿠무기를 불렀다.

"이야, 로쿠무기 선생. 오랜만이야."

안쪽을 보니 각진 얼굴에 수염을 기른 오쿠마가 소파에

앉아 있었다. 그는 조교이자 로쿠무기의 선배였다.

"오랜만입니다."

"잘 지냈어? 요새 어디로 출근한다고 그랬지?"

"덕분에요. 지금은 소년원에 있습니다."

오쿠마의 양어깨가 살짝 움찔했다.

"뭐? 왜 아직도 거기에 있어? 되게 오래 있네?"

"처음에는 2년이라고 했었죠. 벌써 5년째네요."

"그건 좀 너무하네. 지원하는 사람이 없어서 그런가. 교수님께 여쭤보지 그래?"

남 일처럼 말하는 오쿠마의 반응은 어찌 보면 당연했다.

이 의국 안에서 로쿠무기의 경력은 아무런 위협이 되질 않았다. 로쿠무기는 공대를 졸업한 뒤 회사원으로 일을 하다가 의대에 다시 입학해 의사가 되었으므로 곧바로 의대에 진학했던 사람보다 8년 정도 뒤처져 있다. 그래서 의대에는 로쿠무기 나이대의 준교수들이 수두룩하다. 대학병원의 출세 경쟁에서 밀려나 있는 로쿠무기가 이미 조교인 오쿠마를 추월할 가능성은 희박하다. 게다가 오쿠마는 로쿠무기보다 한참 어리다. 그런 로쿠무기가 교수에게 근무지 이동 신청을 한들 오쿠마와는 아무런 상관이 없는 것이다. 이번에도 인사이동에 대한 언급이 없을 거라는 사실은 로쿠무기도 어렴풋이 느끼고 있었다.

그때 의국에 전화가 왔다.

“알겠습니다. 전달하도록 하겠습니다.”

의국 비서가 전화 내용을 로쿠무기에게 전달했다.

“시타모리 교수님께서 일정이 빨리 끝나셨답니다. 아무 때나 와도 된다고 하시네요.”

“네. 지금 갈게요. 그럼, 오쿠마 선배님. 저는 먼저 가보겠습니다.”

로쿠무기는 오쿠마가 껄끄러웠다. 한시라도 빨리 그 자리에서 벗어나고 싶었기 때문에 바로 자리에서 일어났다.

교수실은 의국 건너편 복도 끝에 있었다. 로쿠무기는 먼저, 옆에 붙어 있는 비서실 문을 노크했다. 교수와 면담하려면 비서에게 용건을 전달해야 했다.

“시타모리 교수님, 로쿠무기 선생님이 오셨는데요.”

“네, 들어오라고 하세요.”

안에서 시타모리 교수의 목소리가 들려와 옷깃을 가다듬고 안으로 들어갔다. 의대는 다른 단과 대학과는 결이 조금 다르다. 과거 로쿠무기가 의대생이던 시절, 풍채 좋은 소아과 교수가 했던 말은 지금도 잊을 수가 없다.

“의대 교수들 아래에는 수백 명의 의국 직원이 있지. 그러니 어떻게 보면 중소기업 사장과 비슷할지도 모르겠어.”

의사처럼 고학력 전문 인력을 수백 명씩 거느리는 조직은 드물다. 그 인사권을 쥔 의대 교수의 위상은, 외부에서 보면 기업 임원과 비슷해 보일 수도 있다. 물론 최근에는 그

체계에 따르지 않는 의사들도 점점 늘고 있다.

"교수님, 바쁘신데 시간 내어주셔서 감사합니다. 이건 다 같이 간식으로 드세요."

로쿠무기는 가방에서 포장된 화과자를 꺼내어 시타모리에게 건넸다.

"고맙네. 이런 걸 챙기는 건 자네뿐이란 말이야. 비서, 잠깐 들어와요."

시타모리는 부드러운 몸짓으로 화과자를 받아들었다. 말투는 무뚝뚝한 편이지만, 의국에서는 인덕 있는 교수로 통한다. 시타모리는 비서에게 로쿠무기가 준 선물을 건네고는 말을 건넸다.

"자네, 지금 어디서 일한다고 했지?"

"그게……."

약간 맥이 빠졌다. 분명 의국에 소속된 사람은 많다. 그러니 누가 어느 병원에 있는지 일일이 파악할 수 없는 노릇이긴 하다.

"이루카노하라 소년원입니다."

"아참, 그랬지. 몇 넌째더라?"

정말로 기억해 낸 건지는 확실하지 않지만, 로쿠무기에게는 어느 쪽이든 마찬가지였다.

"5년째입니다."

5년 전에 2년 후 새로 발령을 내겠다고 말한 사실도 기억하지 못하는 걸까. 이번에도 인사이동의 가능성은 없어 보인다.

"벌써 그렇게 됐나. 이제 슬슬 후임을 생각해야겠는걸."

"정말이십니까?"

"그래. 자네도 다른 데서 일해보고 싶겠지?"

"네. 물론 소년원에서 많은 걸 배웠지만, 이제는 다른 곳도 경험해 보고 싶습니다."

그런데 예전에도 이런 대화를 했었다는 기억이 떠올랐다.

"알겠네. 생각해 보지. 그래, 오늘 용건이 뭐였지?"

이번에도 인사이동에 관한 이야기가 유야무야되는 듯싶다. 시간도 빠듯했으므로 로쿠무기는 가방에서 작성 중인 논문 자료를 꺼내어 본론으로 들어갔다.

"네, 박사 논문에 관해서 드릴 말씀이 있어서요."

"그렇군. 논문은 잘 되어 가나?"

연구 이야기를 꺼내자 시타모리가 몸을 앞으로 내밀었다. 이러한 점은 확실히 전문가답다. 시타모리는 논문을 눈으로 훑으며 고개를 끄덕이더니 이윽고 탄성을 질렀다.

"이런 일도 있었군."

시타모리는 로쿠무기의 논문에 실린 그래프를 보며 중얼거렸다. 얼마간 시타모리와 이야기를 나눈 뒤 로쿠무기는 의국을 나섰다. 시타모리는 로쿠무기의 논문이 적잖게 흥미로운 듯했다. 그리고 동시에 이번에는 로쿠무기가 인사이동을 원한다는 사실을 확실하게 머릿속에 새겨 넣었다.

여자 소년원은 남자가 수용되는 소년원에 비해 거의 알려진 바 없다. 여자 소년원은 일본 전국에 아홉 곳이 있는데 그 수는 남자 소년원의 약 5분의 1 수준이다. 2021년판 《범죄 백서》에 따르면 입소 인원은 남성의 약 10분의 1 수준인 137명이었다. 여자 소년원에서도 1년 넘게 근무하면서 남자 소년원과는 다른 분위기를 느꼈다. 사람들의 눈길이 닿는 시설 외관은 여성 간부의 의향도 반영된 탓인지 꽃을 많이 심어 다소 화사해 보인다. 시설 내부의 구조와 질감은 남성 시설과 크게 차이가 없지만, 땀 냄새에 찌든 남자 시설과는 달리 초등학교 교실처럼 은은한 흙냄새가 나는 게 인상적이었다.

입소하는 소녀들은 범죄를 저지르기 전 대부분 어떠한 피해를 입는다는 특징이 있다. 이는 연소소년(14, 15세) 중 우범자(성격 및 환경에 따라 장차 죄를 저지를 우려가 있다고 인정되는 자)가 약 4분의 1, 연장소년(18, 19세)의 각성제 단속법 위반이 약 5분의 1을 차지한다는 사실을 봐도 알 수 있다. 둘 다 남성은 수가 적다. 우범자의 피학대 경험이 약 70퍼센트(남성은 약 40퍼센트)라는 점이나 각성제를 사용한 배경에 질 나쁜 남자의 그림자가 드리워져 있다는 점 또한 특징이다. 남자 친구의 각성제 비용을 벌기 위해 몸을 파는 소녀들이 적지 않다. 그런 남자와 당장 헤어지라는 말을 수도 없이 들었겠지만, 소녀들에게 그는 자신의 이야기를 들어주는 몇 안 되는 사람이자 때로는 친부모보다 가까운 존재였다.

여자 소년원의 또 다른 특징은 보호관 대부분이 여성이라는 점이다. 교정 기관 중에서도 드문 여성 중심 조직이다. 신입 여성 교도관이 짧은 기간 내 퇴사하는 경우가 많은 것을 보면, 교정 시설에서 여성만이 겪는 어떤 특수한 사정이 있는 것으로 보인다. 그러나 소녀들은 이러한 여성 소년 보호관을 어머니처럼 따르기도 한다. 담임 보호관을 둘러싼 소녀들끼리의 쟁탈전도 빈번히 발생한다는 소리를 듣기도 한다.

가도쿠라 교코는 열다섯의 나이에 입소했다. 입소 당시 임신 8개월이었는데, 실제로 가도쿠라처럼 소년원에 입소하는 소녀 임산부들은 종종 있다. 임신 초기라면 의료 소년원에서 중절 수술을 받을 수도 있고 출산할 수도 있다. 후자는 출산에 시선이 쏠려 소년원 입소 원인인 범죄 내용이 간과되기 쉽다. 하지만 교사 폭행 사건은 확실하게 짚고 넘어가야 한다. 그에 대한 예시로 화를 조절하는 법 등의 교화 프로그램을 소개했다.

교코의 경우는 출소 후에도 험난한 육아가 기다리고 있다. 이는 제5장에서 이어서 소개한다.

3장

아라이 미치히코

아버지와 함께 사는 열네 살 소년 아라이 미치히코는 아버지를 골탕 먹이려고 아무도 없는 틈을 타 집에 기름을 뿌리고 라이터로 불을 붙였다. 가벼운 불장난으로 끝내려고 했지만 집이 모두 다 타버렸고, 옆집으로까지 옮겨붙어 그곳에 살던 여성이 불에 타 숨지고 말았다. 미치히코는 아이큐가 73으로 경계선 지능 장애 수준이었으며, 인지 기능 문제 때문에 다른 사람의 시선을 상상하는 것을 극단적으로 어려워했다. 겉으로만 반성하는 체하던 미치히코는 어느 날, 소년원에서 방화 사건 피해자 가족의 강연을 듣게 된다. 다른 사람의 인생을 엉망진창으로 만들어버리는 방화 사건의 심각성을 이해한 미치히코는 이를 계기로 변하기 시작했다.

소년원을 출소한 미치히코는 피해자 유족에게 배상금을 내기 위해 아버지 가쓰이치와 함께 공사 현장에서 일하기 시작한다. 방화 사건으로 할머니를 잃은 미치히코의 동급생 리코는 왠지 모르게 부러운 마음으로 그 모습을 지켜보았다.

1 미치히코의 식탁

아라이 미치히코와 아버지 가쓰이치는 식탁에 앉았다.
마주 앉은 두 사람 사이엔 정적만 감돌았다. 음식을 씹는 소
리, 그릇이 부딪히는 소리만이 불규칙하게 퍼졌다. 식사를
먼저 끝낸 가쓰이치는 아무 말 없이 자리에서 일어나 밥그
릇을 개수대에 대충 던졌다.

"아버지 나간다. 11시까지는 자라."

부엌문이 쿵, 하고 닫혔다.

두 사람이 제대로 대화를 나눠본 게 언제일까. 미치히코
는 아버지에게 어디 가느냐고 물어보지도 않았다. 오히려
아버지의 외출이 반가웠다. 어차피 아침까지는 돌아오지 않
는다. 그런데 이런 생활, 도대체 언제까지 계속될까. 아버지
가 없으면 마음은 편했지만 미치히코는 이런 생활에 싫증
이 난 지 오래였다.

시간은 새벽 1시를 넘어가고 있었다. 가쓰이치가 나가고 난 뒤 옷도 갈아입지 않은 채 이불 속에서 뒹굴던 미치히코는 아버지가 아직 돌아오지 않았다는 사실을 확인하고는 안경을 쓰고 이불을 걷어차며 일어났다. 그리고 페트병에 담긴 물을 한 모금 마시고는 1층으로 내려가 현관 밖으로 나갔다. 그리고 주차장 한쪽의 작은 창고로 향했다. 어슴푸레한 빛에 의지해 창고 문을 열고는 안으로 손을 뻗어 등유 통 손잡이를 잡았다. 오른손으로 용기를 들어 올려 양이 충분한지 확인한 미치히코는 그대로 들고, 부엌으로 돌아왔다.

생전 처음 느끼는 짜릿함이었다. 이걸로 뭔가 달라질지도 모른다. 떨리는 손으로 뚜껑을 열고 등유 통을 기울이자 부엌 바닥에 기름이 콸콸 쏟아졌다. 코를 찌르는 익숙한 등유의 냄새가 부엌 안으로 퍼져 나갔다. 가쓰이치의 당황한 얼굴과 자신에게 눈물을 흘리며 사과하는 모습이 떠올랐다. 미치히코는 그 황홀한 상상에 도취되었다. 준비해 둔 신문지를 둘둘 말아 주머니에서 라이터를 꺼내 불을 붙였다.

치익.

한밤중의 고요함 속에 라이터를 켜는 소리가 크게 울려 퍼졌다. 미치히코는 신문지 끝에 불을 붙이고는 바닥에 가만히 내려놓았다. 불이 서서히 바닥을 타고 번지기 시작했다. 아버지와의 허무한 일상에, 처음으로 어떤 온기가 스며드는 것 같았다.

‘어차피 금방 꺼질 건데, 뭐.’

미치히코는 현관으로 몸을 돌려 뒤도 돌아보지 않고 집을 나섰다. 그리고 200미터 정도 떨어진 편의점으로 갔다. 늦은 시간에 이곳을 찾은 건 처음이었다. 가는 도중 뒤를 돌아봤지만, 집은 그대로였다.

‘그럼 그렇지.’

편의점 앞에서 잠시 망설였다. 외국인 점원이 혼자 계산대에 서 있는 걸 보자, 이상하게 마음이 놓였다. 미치히코는 가게 안을 천천히 둘러보았다. 주스가 진열된 냉장고를 훑어보고는 잡지 코너로 다가가 눈에 띄는 잡지를 아무거나 집어 들고 훌훌 넘겨보았다. 평소라면 쳐다보지도 않겠지만 오늘은 뭐든 집중할 게 필요했다. 한밤중에 방문하니 신선해서 기분이 좋았다.

다음 잡지를 집으려는 찰나, 가게 밖이 소란스러워졌다. 그리고 갑자기 누군가가 크게 소리쳤다.

“불이야!”

그 목소리가 들리고 얼마 지나지 않아 소방차의 사이렌 소리가 깊은 밤하늘을 가르며 울리기 시작했다.

‘어, 어, 설마.’

미치히코는 사이렌 소리에 이끌리듯 편의점 밖으로 나가 자기 집 방향으로 시선을 돌렸다. 뭉게뭉게 피어오르는 더러운 구름 같은 검은 연기 사이로 시뻘건 화염이 섞여 있었다. 연기는 옆집으로도 퍼져 갔다. 미치히코의 얼굴이 점점 굳어져 갔다.

2 이루카노하라 소년원에서

로쿠무기는 소년원의 진료실에서 소년부 기록을 보고 있었다.

아라이 미치히코(14세)는 아버지(아라이 가쓰이치, 45세)를 골탕 먹이고자 아버지의 부재를 틈타 자택 부엌에 등유를 뿌리고 라이터로 집에 불을 지름. 불은 옆집까지 전소. 이때 옆집에 사는 여성(65세)이 대피하지 못하고 불에 타 사망.

부모는 미치히코가 어렸을 때 이혼. 이후 양육권은 아버지가 가짐. 가정 형편이 유복한 편은 아님. 미치히코가 중학교에 입학한 뒤로는 시험 성적이 나쁘다며 아버지가 체벌하기 시작함. 미치히코는 도망치고 싶다는 마음과 아버지를 골탕 먹이고 싶다는 마음에 집에 아무도 없을 때 부엌에 등유를 뿌려 방화를 저지름. 미치히코는 단순한 불장난이었다고 진술.

진단: 자폐 스펙트럼 장애 의심

아이큐: 73

"이번에는 방화범인가."

"방화는 초범이더라도 바로 소년원에 수감되더라고요."

등 뒤에서 미도리카와의 목소리가 들렸다.

"맞아. 그만큼 사안이 중대하니까. 결과적이지만 이번에도 사람이 죽었잖아."

"아버지가 싫었다면 불을 지르지 말고 그냥 도망치는 게 더 낫지 않았을까요?"

그게 가능했다면 이런 사건도 일어나지 않았을 것이다. 어떻게 설명해야 좋을지 로쿠무기는 고민했다.

"그야 그렇지. 아마 본인은 그냥 가볍게 골탕 먹이려는 생각이었을 거야."

"자폐 스펙트럼 장애 때문일까요?"

"글쎄, 어디까지나 자폐 스펙트럼 장애가 의심될 뿐이지 확정된 건 아니니까. 오히려 낮은 아이큐 때문일지도 모르지. 비단 자폐 스펙트럼이 아니더라도 여기 있는 아이들은 대부분 그런 일을 하면 어떻게 될지 상상하지 못할 거야."

잠시 뒤 누군가가 의무실의 문을 두드렸다.

"로쿠무기 선생님. 실례합니다. 아라이 미치히코 들어갑니다."

보호관이 미치히코를 데리고 들어왔다. 160센티미터 정도의 키에 어쩔 줄 모르는 표정을 한 소년이 모습을 드러냈다. 지급된 수감복은 몸이 야윈 탓에 헐렁했고 이미 빡빡 밀은 동그란 머리가 옷 위로 불쑥 솟아 있었다.

"수고하셨습니다. 자, 여기 앉아요."

말을 거니 미치히코가 움찔하며 허공을 힐끗 바라보았다가 로쿠무기의 얼굴과 눈앞의 의자를 확인하고는 얌전히 자리에 앉았다. 알이 작은 검은 안경테가 동그란 머리 양쪽에 달린 큰 귀 뒤에 파묻혀 있었다. 원시용 안경 때문인지 동그랗고 커다래 보이는 눈이 이리저리 움직였다. 그러다가 렌즈 너머로 로쿠무기를 바라보았다.

"아라이 군. 정신과 의사 로쿠무기라고 해요. 아라이 군에게 무슨 문제가 있어서 부른 건 아니고, 이곳에 오면 누구나 하는 검사니까 안심해요. 여기 온 감상은 어떤지 말해볼래요?"

"그냥 그래요."

감정이 없는 짧은 대답이 금세 입 밖으로 튀어나와도 로쿠무기는 놀라지 않았다.

"생활하는 데 어려운 점은 없나요?"

미치히코는 머리를 좌우로 까딱이며 생각했지만, 끝내 "지금은 없어요."라고 대답했다. 들어온 지 얼마 되지 않았으니 충분히 그럴 수 있다. 그 후에도 로쿠무기는 몇 가지 정해진 질문을 던졌지만, 미치히코는 기운 없는 말투로 대답을 이어갔다. 하지만 얼마 지나지 않아 지겨운지 점차 입이 무거워졌다. 로쿠무기는 여기서 질문의 방향을 바꿨다.

"다음 질문. 자신의 단점이 뭐라고 생각하죠?"

지금까지의 생활이나 성격을 돌아보는 일은 교정 교육에서도 특히 중요한 분기점이 된다. 하지만 이번에는 출발선에 섰을 때, 즉 입소 시 자신을 얼마나 잘 알고 있는지 확인하기 위해 던진 것이라 할 수 있다.

"단점은 뒷일을 생각하고 행동하지 않는다는 점이요."

"예를 들면?"

"이번 사건 같은 거요."

"그렇군요. 예전부터 그랬나요?"

"네. 그냥 생각나는 대로 행동했던 적이 많아요."

미치히코가 방화 사건에 대해 조금은 반성하고 침울해하지 않을까 싶었지만, 역시 아니었다. 하지만 바로 반성한다고 했어도 신빙성에 의심이 생길 수 있다는 문제가 있다. 갱생의 여부는 앞으로의 소년원 생활을 통해 자신이 저지른 잘못을 어떻게 인식하고 변화해 가느냐에 따라 달려 있다. 어쨌든 미치히코의 대답을 통해 적어도 자신이 잘못을 저질렀다고 생각한다는 사실은 확인할 수 있었다.

"그러면 본인의 장점은?"

"착해요."

차트에 메모하던 로쿠무기의 펜이 멈췄다. 자신을 '착하다'고 말하는 아이는 드물지 않았다. 하지만 사망자가 발생한 사건의 당사자에게서 그 말을 듣는 건 예상 밖이었다. 허를 찔린 로쿠무기는 순간 말문이 막혔다.

"…… 왜 그렇게 생각하죠?"

"사람들에게 친절하니까요."

"그렇군요. 혹시 누구에게 친절한가요?"

"어른들이나 애들이요. 그래서 친구들이 저보고 착하다고 했어요."

로쿠무기는 유효한 대답을 이끌어내고자 최대한 감정을 자제하며 신중하게 물었다.

"그렇군요. 그건 그렇고, 이곳에는 어떤 사건 때문에 들어오게 됐죠?"

"방화입니다."

"불을 지르니 어떻게 되었나요?"

이제 깨달았을까. 로쿠무기는 기다렸다.

"할머니 한 분이 피하지 못해서 돌아가셨어요."

"결과적으로 사람을 죽이고 말았죠."

"네."

두리번거리던 미치히코의 시선은 장난친 게 들켜서 크게 혼이 난 어린아이처럼 그대로 책상에 고정되어 꼼짝하지 않았다. 로쿠무기가 말을 덧붙였다.

"그런데도, 본인은 여전히 자신이 착하다고 생각해요?"

미치히코는 속내를 들킨 사람처럼 고개를 번쩍 들었다. 동그란 눈을 크게 뜨고는 벌게진 얼굴로 어설프게 웃으며 대답했다.

"아니요. 안 착해요. 최악이에요."

로쿠무기는, 자기 자신에 대해 하나하나 지적을 받아야만 알아차리는 이 아이에게 '불을 질렀다'는 사실조차 큰일이 아니었을 수 있다는 생각이 들었다. 이 아이가 그간 어떻게 살았을지 조금은 이해할 수 있었다.

"그러면 오늘은 여기까지 할까요? 3개월 후에 다시 만나요."

"감사합니다."

미치히코가 방을 나간 뒤, 로쿠무기는 괜스레 미도리카와와 이야기가 나누고 싶어졌다.

"꼭 남의 이야기를 하는 듯하네. 감별소가 왜 저 아이를 자폐 스펙트럼 장애라 의심했는지 알 것 같아."

"하지만 선생님, 아라이 군은 자기에 대해 잘 모르는 것 같던데요."

미도리카와 또한 옆에서 진료 받는 모습을 보며 궁금했던 모양이다. 그의 손에는 로쿠무기가 마실 커피가 들려 있었다.

"아, 자기를 착하다고 대답한 거 말이야? 원래 사람은 자신을 제대로 알려면 상대방이 보내는 신호를 정확하게 받아들일 줄 알아야 하는 법이니까."

"예를 들면요?"

로쿠무기는 커피를 받아 들고 대답을 기다리는 미도리카와에게 설명을 이어갔다.

"누군가와 이야기를 하는 중이라고 가정해 보자고. 상대방이 늘 웃고 있다면 나를 좋아한다고 느낄 테고 상대방이 늘 짜증을 낸다면 자신을 싫어한다고 생각하겠지. 보통은 이런 식으로 상대방이 나를 어떻게 생각하는지를 알 수 있지만, 만일 상대방이 화를 내고 있는데도 웃고 있다고 느끼거나 웃고 있는데 화를 낸다고 느낀다면 상대방의 신호를 정확하게 읽어내지 못하는 상태인 거야."

"아, 어디선가 읽은 적이 있어요. '자기 평가는 다른 사람과의 관계를 통해 키운다'라는 거죠?"

"맞아. 그래서 발달상의 문제와 같은 이유로 다른 사람과 제대로 관계를 맺지 못하면 자신이 어떤 사람인지 잘 모르게 되는 거지."

로쿠무기는 미도리카와가 내린 진한 커피를 한 모금 마시며 한숨을 돌렸다.

"그래서 결과적으로 사람을 죽였다는 사실까지 말해야만 자신이 어떤 사람인지를 깨닫게 되는 거로군요. 뭔가 심오하네요."

"이런 아이들을 교육하는 건 생각보다 어렵지. 그래서 '피해자 시점'을 반영한 새로운 교육이, 어쩌면 더 나은 접근이 될지도 몰라."

미도리카와도 그 존재는 알고 있었지만, 실제로 소년들이 교육받는 모습을 본 적은 없었다.

"아아, 피해자의 시점이라면. 자신의 범죄를 마주하기 위한 교육이군요."

"지금처럼 반성하게만 교육하는 게 아니라 피해자의 입장이 반영된 교육이라면 아이들의 마음을 움직일 수 있지 않을까."

로쿠무기는 미치히코의 차트에 가만히 시선을 던졌다.

3 기숙사 생활

미치히코는 소년원에서 단체 생활을 하게 되었다. 식사는 소년들이 서로 담소를 나누지 못하도록 창문을 향해 놓은 테이블에 일렬로 앉아 먹는다. 저녁 식사 후에는 신문이나 잡지가 배부되어 그 상태로 앞에서부터 순서대로 읽을 수 있는 시간이 주어진다. 하지만 다른 소년들이 기다리고 있기 때문에 읽으면 바로 뒷사람에게 넘겨주어야 했다.

"아, 뭐야. 선생님. 신문이 안 와요."

갑자기 한 소년이 손을 들고는 보호관을 향해 짜증 섞인 목소리로 말했다. 주변 소년들도 미치히코를 노려보았다. 미치히코가 오랫동안 신문을 붙잡고 있었기 때문이었다. 보호관도 이를 알아차리고는 큰소리로 화를 냈다.

"아라이! 뒷사람이 기다리고 있으니 빨리 읽고 넘겨라."

"아, 죄송합니다."

미안한 기색도 없이 돌아보지도 않고 머리 너머로 신문을 넘기는 미치히코를 보며 또 다른 소년이 혀를 찼다.

아침 세면 시간도 상황은 비슷했다. 각 방에 세면대가 있기는 하지만 수도꼭지는 하나뿐이다. 그래서 같은 방을 쓰는 소년들은 늘 서로 순서를 양보해 왔다. 이 양보 또한 소년원에서 익혀야 할 규칙 중 하나였다.

하지만 미치히코는 가장 먼저 세면대를 차지하고는 오랫동안 세수하고 이를 닦았다. 세면대 뒤로는, 짜증 섞인 얼굴로 줄을 선 아이들이 서 있었다.

4 옆에 있는 동급생

중학교 3학년인 리코는 6년 전인 초등학교 3학년 때 이곳으로 이사왔다. 그전까지는 아버지인 쇼헤이의 본가가 있는 옆 동네에서 할머니인 기요코, 어머니 미사코와 넷이 살았다. 쇼헤이가 과장으로 승진하고, 또 남동생이 태어나면서 방이 부족해지자 아버지는 이 동네에 단독주택을 구입했다. 신축은 아니었지만 깔끔한 서양식 주택으로 방도 많아서 가족 모두의 마음에 쏙 들었다. 집을 살 때 돈을 보태 준 어머니도 언젠가 모시고 살기에도 좋았다.

아버지를 일찍 여의고 형제도 없었던 쇼헤이에게 어머니는 어린 시절부터 하나뿐인 가족이었다. 지금은 옆 동네에 혼자 살고 있다. 맞벌이를 하느라 퇴근이 늦은 쇼헤이 부부를 대신해 자주 아들의 집에 들러 아이들을 돌봐주었다. 또 선생님이었던 어머니는 아들이 훌륭한 사람이 되길 바라는 마음으로 엄하게 공부를 가르쳤다. 덕분에 쇼헤이는 성적이 좋았다. 그 결과, 국립대에 진학한 뒤 지방 대기업에 취직했다.

"아버지가 국립 대학을 가고 지금 회사에 취직할 수 있었던 건 다 할머니 덕분이란다. 그러니 리코도 할머니에게 공부를 배우면 좋을 거야."

쇼헤이는 리코가 어렸을 적부터 공부에 의욕을 갖게끔 했지만, 정작 할머니인 기요코는 "여자애들은 적당한 대학만 들어가도 괜찮아."라며 손녀에게는 일절 공부를 강요하지 않았다. 리코는 어렸을 적부터 화투를 치며 같이 놀아주는 할머니를 정말 좋아했다.

"나는 할머니가 너무 좋아. 그러니까 나중에 커서 어른들을 돌보는 간호사가 될 거야."

리코는 입버릇처럼 말했다. 쇼헤이는 이렇게나 할머니를 생각하는 착한 딸을 자랑스럽게 생각하면서도 내심 자신처럼 대기업에 취직하길 바랐다. 그래서 기회가 있을 때마다 고등학교 입시 시험을 앞둔 리코에게 공부하라는 말을 해 달라고 부탁했다. 하지만 기요코는 늘 웃으며 얼버무렸다. 자신에게는 엄했던 어머니가 손녀에게는 이렇게 무르게 대하다니. 쇼헤이는, 예전과는 전혀 다른 어머니의 모습을 보며 사람은 나이를 먹으면 정말로 변하는구나 싶었다.

2년 전, 여든셋을 맞이한 기요코가 화장실에서 넘어지는 바람에 대퇴골두가 부러져 거동이 불편해졌다. 이를 계기로 쇼헤이는 어머니에게 함께 살자고 권했다. 쇼헤이의 집에는 이미 어머니의 방이 마련되어 있었다. 며느리 미사코와도 사이가 좋았고, 가끔 아들의 집에서 묵고 가는 일도 잦았기에, 함께 살기로 한 일은 무리 없이 이루어졌다.

옆집에는 리코와 같은 중학교에 다니는 동급생 아라이 미치히코가 아버지인 가쓰이치와 둘이 살고 있었다. 미치히코의 집은 리코의 집에 비하면 더 작고 낡았으며 밤이 되어도 불을 켜지 않을 때도 있었다.

이사했을 때 초등학교 3학년이었던 리코는 미치히코와 함께 등교했다. 어머니가 없는 미치히코는 집합 시간에 자주 지각해 모두를 곤란하게 했다. 늘 같은 옷에 준비물을 챙기지 않은 날도 많았다. 리코는 이사한 지 얼마 안 되었지만, 어린 마음에 말수도 적고 친한 친구도 없는 미치히코가 불쌍했다.

"옆집 미치히코가 안됐어. 한창 엄마의 손길이 필요한 나이인데."

미사코도 리코의 앞에서 종종 이런 말을 했다.

"남의 집 형편까지 봐줄 정도로 우리 집도 여유가 있는 건 아니잖아."

쇼헤이는 그렇게 대답하며 말을 가로막았다. 아무래도 이웃인 가쓰이치가 마음에 들지 않는 듯했다. 쇼헤이 부부가 새로 이사를 왔다며 인사하러 갔을 때, 마침 가쓰이치는 퇴근하고 집에 들어오던 참이었다. 작은 체구에 입고 있는 작업복은 더러웠고 얼굴이나 손도 검댕이 묻어 있었다. 쇼헤이 부부의 인사에도 퉁명스레 대꾸했다.

"전에 그 집에 살던 사람들, 정상이 아니었수다. 정원에서 고기를 구워 먹질 않나, 한밤중에도 시끄럽게 떠들지 않나. 내가 출근이 일러서 일찍 자야 되는데 아주 죽겠습디다. 그래서 따지기도 많이 따졌지. 애 엄마가 없어서 애 뒤치다꺼리하기도 바쁜데."

마치 쥐 죽은 듯이 살라고 말하는 뉘앙스였다.

"아, 아이 엄마와 헤어지셨나 보네요."

미사코가 무심코 중얼거리자 가쓰이치가 바로 반응했다.

"흥, 그딴 여편네, 내가 먼저 이혼하자고 했수다!"

미사코는 허둥대며 화제를 바꾸려고 했다.

"그, 그러시구나. 저기, 아드님이 저희 딸이랑 나이가 같더라고요."

"네, 네. 아무튼 부탁 좀 합시다."

그렇게 말하고는 시간이 아깝다는 듯 집 안으로 얼른 들어가 버렸다. 그런 가쓰이치의 행동을 본 쇼헤이는 아라이네 집에 대해 좋게 생각할 수가 없었다. 매일 아침 꼬질꼬질한 작업복 차림에 담배를 입에 물고 소형 트럭을 몰고 출근하는 가쓰이치와 훤칠한 키에 단정한 양복을 입고 회사로 출근하는 쇼헤이는 사는 세계가 달랐다.

미사코는 앞집에 사는 여자와 친하게 지낸 덕에 아라이네 집 사정도 자주 들을 수 있었다. 그래서 중학교 입학을 앞두고 리코에게 미치히코에게 어머니가 없는 이유를 알려주었다. 아무래도 가쓰이치의 안 좋은 술버릇 때문에 아내가 정나미가 떨어져 미치히코가 초등학교에 입학하기 전에 집을 나간 듯했다. 그때부터 미치히코는 완전히 활기를 잃어버렸고 가쓰이치와도 거의 대화를 하지 않는 것 같았다. 그래도 운동회 날이 되면 가쓰이치가 도시락을 싸 들고 응원하러 온다고 했다.

리코는 이혼이라는 말의 무게에 몸이 부르르 떨렸다. 제일 좋아하는 엄마에게 학교에서 있었던 일이나 친구와의 일을 시시콜콜 털어놓는 리코는 어머니가 없는 생활을 상상도 할 수 없었다.

같은 중학교에 입학한 리코와 미치히코는 어쩌다 마주쳐

도 인사조차 나누지 않았다.

"이걸 지금 성적이라고 받아 왔냐! 이래서야 밥은 제대로 벌어먹겠냐고!"

가끔 옆집에서는 고성과 함께 미치히코로 추정되는 울음소리가 들려왔다. 리코는 자신이 처한 환경에 안도하면서도 미치히코를 동정하지 않을 수 없었다.

그런 나날이 계속되는 가운데, 리코가 중학교 3학년이 되어 새로운 반에 적응해 가던 무렵이었다.

5 화재

"불이야! 다들 어서 일어나!"

깊은 밤, 폭탄이 터진 듯 커다란 소리가 울려 퍼졌다. 리코는 쇼헤이의 목소리에 이제껏 경험해 본 적 없는 공포를 느끼며 이불을 박찼다. 미사코는 다섯 살이 된 남동생을 끌어안고 잠옷 차림으로 문을 열고 방에서 뛰쳐나왔다. 하얀 연기가 희미하게 복도에 번지고 있었다.

"리코! 이리로!"

리코는 연기 속에서 숨을 멈추고 필사적으로 미사코의 뒤를 따라 현관 밖으로 달려 나갔다. 쇼헤이는 미사코와 두 아이를 무사히 집 밖으로 내보낸 뒤, 1층 안쪽 방에서 자고 있던 기요코를 구하러 다시 집으로 들어갔다. 집 안쪽에서 희미하게 기요코의 비명 소리가 들리는 듯했다. 하지만 갑자기 얼굴에 훅 끼치는 맹렬한 열기에 쇼헤이는 다리가 얼어붙은 듯 꼼짝할 수 없었다.

'나는 살아야 해.'

쇼헤이는 반사적으로 속으로 이렇게 중얼거렸다. 의식적으로 몇 번이고 되뇌었다. 어느 순간부터 정신없이 도망치고 있었다. 밖에 있던 리코는 쇼헤이의 모습이 보이지 않아 마음을 졸였다. 이윽고 재를 뒤집어쓴 잠옷 차림의 쇼헤이가 집밖으로 뛰쳐나왔다.

"…… 죄송해요, 어머니."

불길에 집이 삼켜지는 걸 바라보며, 쇼헤이는 나직이 중얼거렸다. 리코는 쇼헤이의 말뜻을 알아차렸다.

"하, 할머니……."

옆집을 바라보니 바람을 타고 더욱 거세진 불길이 가쓰이치의 집 쪽에서 쇼헤이의 집으로 향하고 있다는 사실을 깨달았다. 쇼헤이는 어디서 불이 났는지 알았다.

"저 자식 집에서 불이 난 거였어!"

네 식구는 기요코가 남겨진 집을 망연자실하게 바라보았다. 소방차의 사이렌 소리가 시끄럽게 울려 퍼졌지만, 이미 거센 불길이 기요코를 완전히 집어삼킨 후였다.

6 기요코의 장례식

머칠 뒤, 기요코의 장례가 거행되었다. 향년 여든다섯이었다. 장례에는 상복을 입은 친족과 기요코의 친구들, 과거 제자들이 참석했다. 유해가 심하게 훼손된 탓에 관에 달린 작은 문은 닫혀 있었다.

"중학생이 불을 질렀다던데⋯⋯. 세상에, 얼마나 뜨거우셨을까."

리코는 어머니와 함께 가장 앞줄에 앉아 있었다. 친척들이 건네는 위로의 말은 어떤 소음보다 더 크게 울렸다. 장례가 시작되기 전, 아버지에게서 옆집 중학생 미치히코가 불을 질렀다는 얘기를 들었다. 그 불로 할머니가 세상을 떠났다는 사실은, 리코에게 또 다른 충격이었다.

"유해가 이미 불에 탔는데 또 화장해야 하나?"

"당연하지. 저대로는 유골함에 안 들어가잖아."

"두 번이나 불 속에 들어가야 한다니. 불쌍해서 어쩌나."

뒤에서 누군가의 목소리가 들렸다.

화재 이후, 리코의 가족은 임시로 회사 사택으로 들어갔다. 사건이 일어나고 약 한 달 후, 쇼헤이는 신문에서 사건에 관한 기사를 읽었다.

　　○○현 ○○시에서 주택 두 채가 전소, 잔해에서 한 구의 시신

이 발견되었다. ○○가정 법원은 불을 지른 중학교 3학년인 소년(14)에 대해 제1종 소년원으로 송치하는 보호 처분을 내렸다.

"사람이 죽었는데! 고작 보호 처분이라고?"

쇼헤이의 외침에 미사코도 쇼헤이의 곁으로 다가가 신문을 읽었다.

"말도 안 돼. 나라에서 보호해 준다는 거잖아요."

"하여튼 죽은 사람만 억울하지."

사건 후 가정 법원 조사관으로부터 미치히코가 소년원에 가게 될 거라는 소리는 들었지만, 소년원 송치가 보호 처분이라는 사실을 쇼헤이와 미사코는 알지 못했다.

리코는 그런 부모님의 모습을 복잡한 심경으로 바라보았다. 회사 사택에서 등교하려면 지하철을 타야 했다. 리코는 학교가 끝나면 바로 학원으로 가기 때문에 밤이 되서야 집에 들어갔다. 리코는 지나가는 길에 번화가 옆 도로 공사 현장에서 흙을 뒤집어쓴 채 묵묵히 일하고 있는 가쓰이치를 자주 보았다. 한번은 가쓰이치가 위로금을 들고 집에 찾아온 적이 있었다. 하지만 쇼헤이는 문을 열어주기는커녕 당장 돌아가라며 인터폰 너머로 소리쳤다. 하지만 그 뒤로 가쓰이치가 정말로 얼굴을 내밀지 않자 쇼헤이는 더욱 화를 냈다.

"집이야 화재 보험이 있으니 어떻게든 되겠지만, 할머니가 돌아가시게 한 죗값은 무슨 일이 있어도 받아낼 거야."

쇼헤이는 가족들에게 입버릇처럼 말했다. 대리인을 통해 이야기한다는 보상 금액도 도대체 얼마나 될지 리코는 상상도 할 수 없었다. 밤낮으로 일하는 가쓰이치의 모습에 자신의 아버지를 대입해 보니 다른 사람의 일처럼 여겨지지 않았다. 리코는 오히려 가쓰이치에게 연민의 정을 느꼈다. 미치히코가 낸 불 때문에 기요코가 죽은 것은 사실이었다. 하지만 한밤중에 들려오던 가쓰이치의 고함소리, 늘 괴로운 얼굴로 학교로 향하던 미치히코의 모습을 떠올렸다. 소년원으로 가게 된 그 아이의 처지. 그리고 앞으로 꼬리표처럼 따라다닐 죄의 무게를 생각하면, 리코는 도저히 그 아이를 미워할 수 없었다.

7 아버지와의 면회

미치히코가 소년원에 들어온 지 한 달이 지났을 무렵, 보호관이 면회실로 호출했다.

"아라이, 면회다."

미치히코의 가슴이 세게 뛰기 시작했다. 면회에 올 사람은 아버지인 가쓰이치밖에 없기 때문이다. 보호관을 따라 면회실에 들어가니 백발이 성성한 초로의 남성이 등을 돌리고 앉아 있었다.

'이 사람은 누구지?'

처음 보는 뒷모습에 걸음을 멈췄다. 그러나 검붉게 탄 얼굴을 마주한 순간, 미치히코는 아버지를 알아봤다.

"오랜만이구나. 여기서는 얌전히 있나?"

자신이 알고 있는 아버지는 이렇게 머리가 하얗지도, 얼굴이 시커멓지도 않았다. 180도 달라진 모습에 미치히코는 아버지의 힘든 상황을 눈치챌 수 있었다. 다만 화상을 입은 것처럼 벌겋게 그을린 얼굴 안쪽에 빛나는 눈빛은 결코 녹슬지 않았다.

"네, 그럭저럭요."

두 사람은 보호관의 입회하에 책상을 사이에 주고 마주 앉았지만 미치히코는 무서워서 가쓰이치를 쳐다보지도 못하고 바닥만 바라보았다. 고개를 들 때마다 시선은 늘 아버지를 비켜갔다.

"그래. 감기 조심하고 선생님 말씀 잘 들어야 한다. 그래야 빨리 집에 돌아오지. 아버지가 기다리고 있을 테니까."

미치히코는 고개를 끄덕였다. 그 뒤로도 대화는 가쓰이치의 말에 아들이 짧게 응답하는 식으로 이어졌다.

그런 아들의 모습에 가쓰이치의 고개도 점점 숙여졌다. 얼마간 침묵이 이어지자 보다 못한 보호관이 말을 걸었다.

"아버님, 미치히코는 잘 지내고 있으니 걱정 마세요. 저희가 잘 돌보겠습니다.”

그 말에 망설임이 사라진 탓인지 다른 보호관이 미치히코를 기숙사에 데리고 돌아가자 가쓰이치는 말을 걸었던 보호관에게 물었다.

“미치히코의 장애 때문에 정신과 선생님께 여쭙고 싶은 게 있는데, 가능할까요?”

“알겠습니다. 될지는 모르겠지만 일단 확인해 보도록 하겠습니다.”

로쿠무기는 보호관으로부터 연락을 받고 흔쾌히 면담을 수락했다.

“알겠습니다. 만나 뵙죠. 마침 저도 얘기를 나눠야겠다고 생각하던 참이었으니까요.”

보호자의 면담 요청은 드문 일이었다. 하지만 미치히코의 심정을 파악하기 위해서는 어떤 부모 밑에서 자랐는지는 알아야 하니 좋은 기회였다. 로쿠무기는 가쓰이치가 혼자 기다리고 있는 면회실로 향했다.

“안녕하세요. 정신과 의사 로쿠무기라고 합니다.”

“선생님, 바쁘신데 죄송합니다.”

방에 들어선 로쿠무기에게 남자가 머리를 깊이 숙였다. 아직 사십 대 중반인 가쓰이치는 눈에 띄는 백발에 얼굴은 군데군데 햇볕에 그을려 있었다. 흡사 노인으로 착각할 정도였다. 로쿠무기는 이 남자가 상식 밖의 부모들과는 다르다는 걸 곧바로 느꼈다.

이곳에 들어온 소년들은 부모로부터 학대를 받는 일도 많다. 그리고 그러한 부모들은 대개 공격적이고 권위 의식이 강했다. 부모 허락 없이 정신과 진료를 받게 하지 말라고 우기기만 하는 부모, 말로만 면회를 오겠다고 하는 부모, 폭력적인 부모, 알코올이나 약물 중독자인 부모, 자취를 감춰 연락이 끊긴 부모. 부모만 보면 범죄를 저질러도 이상하지 않을 아이들도 많았다. 그러나 로쿠무기의 눈에 가쓰이치는 그러한 부류와는 다른 성실한 사람처럼 보였다.

"아닙니다. 아버님이야말로 여기까지 면회 오시느라 고생이 많으십니다. 그런데 제게 확인하고 싶은 게 있으시다고요."

"네, 저기……, 사실 미치히코가 집으로 돌아오면 어떻게 대해야 할지 잘 모르겠습니다. 저, 이혼했어도 아이가 엄마 없이 자랐다는 소리 안 듣게 하려고 제 딴에는 열심히 키웠습니다. 초등학생 때까지는 평범하게 잘 지냈는데, 중학교에 들어가고 나더니 갑자기 말수가 줄더군요. 성적이 좋지 않다고 손을 든 적은 있습니다. 그렇지만 이번 사건 때문에 감별소에서 아들이 발달 장애가 의심된다고 했을 때는 정말이지 깜짝 놀랐습니다. 제가 아이를 잘못 키워서 저렇게 된 거라고 하더라고요."

주름 사이만은 아직 타지 않아, 햇볕에 탄 얼굴이 비교적 최근의 일임을 짐작게 했다. 이를 눈치챈 로쿠무기는 말을 신중하게 골랐다.

"쉽게 말씀드릴 문제는 아니네요. 이곳에 들어오는 아이들의 보호자분들은 누구나 자신의 아이가 행복하기를 누구보다 바라고 계십니다. 하지만 한 분도 빠짐없이 이렇게 말씀하시더군요. 아이가 왜 비뚤어졌는지 모르겠다고 말입니다. 주변에서 잘못 키웠다, 사랑이 부족했다며 손가락질할 테니 무척 힘드시다는 거 압니다."

가쓰이치는 마치 누명이 벗겨진 용의자처럼 당장이라도 울음을 터뜨릴 듯한 얼굴을 했다. 그 역시도 미치히코의 사건 이후 줄곧 비난을 받아왔기 때문이다.

"저만 그런 게 아니군요. 정말이지 남 부럽지 않게 키우려고는 했는데, 남자 혼자서는 역부족이었습니다. 그렇다면 앞으로는 어떻게 해야 할까요?"

"일단은 아드님의 특성을 파악해야 할 것 같습니다. 어떻게 대응할지는 그 뒤에 함께 생각해 보도록 하죠."

"정말 감사합니다, 선생님. 저기, 혹시 면회는 계속 와도 될까요?"

"왜 그렇게 생각하세요?"

"아이가 말을 안 해서요. 혹시 제가 여기 오는 게 싫은가 싶어서."

가쓰이치는 아들조차 자신을 비난해 입을 닫았을지도 모른다는 생각에 깊은 상처를 입었다.

"미치히코도 이곳 생활이 불안할 겁니다. 아무 말도 하지 않더라도 보러 오시면 좋을 것 같네요. 하지만 아버님, 일 때문에 바쁘신 것 아닙니까? 너무 무리하시면 몸 상하십니다."

"아, 예, 감사합니다. 최대한 오려고는 하는데, 보상금 마련 때문에 휴가 내기가 쉽지는 않네요."

가쓰이치는 불타 없어진 집을 수리하는 데 전 재산을 쏟아부었다. 그 탓에 생활은 궁핍해졌다. 설상가상으로 쇼헤이로부터 아들이 일으킨 사건의 피해 보상까지 요구받았다. 그 돈은 그의 삶 전체를 조용히 갉아먹고 있었다.

8 가족 수업

"이 수업에서는 가족 관계에 대해 배울 겁니다."

수업을 담당하는 아라타 보호관은 소년들에게 설명했다. 이 수업은 이 소년원의 소년 보호관 중에서도 고참에 속하는 아라타가 수업을 맡고 있는데, 요즘 애들은 예전과 달라서 수업이 쉽지 않다며 늘 투덜거렸다.

"뭘 하는 건가요?"

곧바로 한 소년이 질문을 던졌다.

"여러분들 중에는 가족들과 사이가 좋지 않아 비뚤어진 사람들도 분명히 있을 겁니다. 그래서 이 수업에서는 어떻게 해야 가족과 잘 지낼 수 있는지에 대해 배웁니다."

"선생님, 전 태어났을 때부터 가족이 없었는데요."

다른 소년이 태연하게 말을 이었다.

"그런 경우는 시설 선생님과의 관계라도 좋습니다."

"선생님, 저 이번에 10년 만에 엄마를 만나러 가는데요. 무슨 말을 해야 할지도 모르겠고 너무 긴장돼요."

질문이 꼬리에 꼬리를 물었다. 아라타는 평소처럼 장내를 정리했다.

"자, 자, 질문은 그만. 그때는 어떻게 해야 할지 나중에 따로 상담해요. 시간이 없으니 바로 시작할게요. 오늘은 가족을 주제로 그림을 그립니다. 지금부터 종이를 나눠줄 거예요. 아무거나 좋으니 가족이라는 제목으로 자유롭게 그림을 그리세요."

종이를 받아 든 아이들은 조용히 저마다 그림을 그리기 시작했다. 소란이 진정된 교실을 돌아다니며 아이들을 살피던 아라타는 한 소년의 그림을 보는 순간 등줄기가 오싹해졌다. 소년의 그림 속, 다섯 가족은 목이 잘린 채 들판에 놓여 있었다.

들판에 놓인 얼굴은 단칼에 목이 잘린 듯 하나같이 흰자를 드러내고는 입을 크게 벌리고 있었다. 아라타는 소년의

아빠
엄마
나
남동생
여동생

마음 속 심연을 들여다본 기분이었다. 혹시 이 소년의 가족이 정말 살해당한 걸까. 그렇다면 이 아이는 왜 여기에 있는 걸까? 그런 생각이 머릿속에 맴돌았지만, 혹시나 하는 마음에 숨을 고르고 아이에게 물었다.

“이, 이건 뭘 그린 거니?”

“이거요? 가족끼리 온천에 놀러 갔을 때요.”

‘자세히 보니 이건 물결이 맞네.’

아라타가 들판이라고 생각했던 것은 수면이었다.

“그, 그렇구나. 다들 온천에 갔을 때 모습이구나.”

‘이 아이들의 눈에는 세상이 이렇게 보이는 걸까?’

아라타는 얼굴이 뜨거워졌다. 그리고 다른 의미에서 지적 장애를 지닌 이 아이들의 인지 능력에 대한 뿌리 깊은 문제를 다시금 인식하게 되었다. 미치히코도 그 옆에서 조용히 그림에 몰두하고 있었다. 식탁에서 아버지와 둘이 밥을 먹는 모습인데, 식탁이 지나치게 길었다. 두 사람 사이의 거리감이 한눈에 느껴지는 그림이었다. 식탁에 놓여 있는 고봉밥도 눈에 띄었다.

‘쓸쓸해 보이네. 그러고 보니 부엌에 불을 질렀다고 했지. 아버지와의 식사 시간이 고통스러웠던 게 분명해. 이 그림은 로쿠무기 선생님에게도 보여줘야겠다.’

그렇게 생각한 아라타는 수업이 끝나자 미치히코의 그림을 가지고 의무실로 향했다.

9 미치히코의 진료

로쿠무기는 의무실에서 아라타 보호관이 건넨 미치히코의 가족 그림을 들여다보았다. 마침 그날은 미치히코가 이곳에 온 지 석 달이 지나 정신과 정기 검진을 받는 날이기도 했다.

'아라이는 아버지와 화해해야 해.'

똑똑, 하는 노크 소리와 함께 천천히 문이 열리며 보호관이 얼굴을 내밀었다.

"실례합니다, 선생님. 아라이를 데려왔습니다."

"네. 아라이 군, 여기 앉아요."

미치히코에게 의자를 권했다.

"이곳에 온 지도 석 달이 지났네요. 오늘은 정신과 정기 검진을 할 거예요. 문제가 있어서 부른 건 아니에요. 안심하고요. 그럼, 일단 이곳에 와서 달라진 점이 있을까요?"

"아직 3개월밖에 안 되어서 몰라요."

미치히코는 화가 난 듯 딱딱한 표정으로 말했다.

"그러면 나아졌다고 생각하는 점은요?"

그러자 기분이 풀어진 듯 표정이 완전히 바뀌었다.

"공부요. 밖에 있을 땐 아버지가 억지로 시켰어요."

미치히코는 자랑하듯 말했다.

"공부에 재미를 느끼는 건 좋은 현상이네요. 산수 진도는 어디까지 나갔나요?”

“초등학교 5학년이요. 애들이 저보고 천재래요.”

로쿠무기는 수줍어하면서도 자랑스레 대답하는 미치히코의 얼굴을 가만히 바라보았다. 도저히 칭찬하며 자신감을 북돋아 주고 싶은 마음이 들지 않았다. 원래대로라면 중학교 3학년이니 2차 방정식이나 인수분해, 피타고라스 정리 등을 배울 나이다. 그러나 이곳에서는 초등학교 5학년 수준의 산수 문제를 풀었을 뿐인데 다른 아이들로부터 천재 취급을 받고 있다. 그러니 아무리 소년원에서 우등생이었다고 해도 사회에서는 전혀 쓸모가 없다. 출소하는 순간 좌절감을 맛볼 것은 불 보듯 뻔했다. 그렇게 생각하면 아이들을 진료할 때마다 소년원 교육은 아무 소용없을 거라는 생각에 견딜 수가 없었다.

더 나아진 부분은 없는지 확인하기 위해 로쿠무기는 본론으로 들어갔다.

“그때 있었던 일에 대해 지금은 어떻게 생각하나요?”

“돌이킬 수 없는 일을 했다고 생각합니다.”

말은 또렷했지만, 너무 빠르고 정돈돼 있었다. 로쿠무기는 연습한 문장을 꺼내온 듯한 말투에서 진심을 읽어낼 수 없었다.

“지금은 왜 그런 일을 했다고 생각하나요?”

“아버지가 때리는 게 스트레스였어요.”

“그런데 왜 하필 불을 질렀을까요?”

“아버지가 알아줄 것 같아서요.”

이번에도 연습한 것처럼 대답이 빨랐다.

“다른 방법은 없었을까요?”

“그때는 몰랐어요.”

“피해자에게는 어떤 마음이죠?”

“미안해요.”

이 대답을 피해자가 들으면 어떻게 생각할까. 확실하게 반성했다고 느낄까? 아니, 그렇지 않을 것이다. 로쿠무기는 화제를 바꿨다.

“아버지가 면회를 오셨죠? 어땠나요?”

“그냥, 그랬어요.”

“아버지가 뭐라고 했나요?”

“선생님 말씀 잘 들으라고요.”

질문을 더하는 것은 미치히코에게 정신과 진료에 대한 불쾌한 기분을 안겨 줄 수 있다. 로쿠무기는 이쯤에서 진료를 마치기로 했다. 사실 피곤하기는 로쿠무기도 마찬가지였다.

“자, 오늘은 여기까지 하죠.”

로쿠무기는 일어나 문을 열어주며 밖에서 기다리던 보호관에게도 들릴 정도의 목소리로 미치히코에게 말했다.

“이제 진료는 끝입니다. 앞으로 힘든 일이 있으면 언제든 말해요.”

이를 듣고 보호관이 일어나 미치히코에게 말했다.

"아라이, 방으로 돌아가자."

보호관의 뒤를 따라 미치히코는 단체 기숙사로 돌아갔다.

로쿠무기의 피곤함을 눈치챘는지 미도리카와가 바로 말을 걸어왔다.

"상담 어떠셨어요?"

"글쎄, 반성했다고 말하는 것 같은데 진심인 것 같지는 않아. 아버지와도 데면데면한 걸 보니 아버님의 진심도 몰라주는 것 같고. 전에 이야기를 나눴을 때 보면 아들의 장래를 걱정하시는 성실한 분이시던데."

"피해 보상 금액이 상당하더라고요. 앞으로 아버님이 힘드시겠어요."

로쿠무기는 커피 메이커에 마지막으로 남은 커피를 따라 천천히 마셨다. 어느 정도 수분이 날아가 씁쓸해진 커피는 피로를 풀기에 적당했다. 미도리카와의 피해 보상이라는 말에 가쓰이치의 굵은 주름 사이에 숨겨진 하얀 피부가 떠올랐다.

시간은 저녁 8시를 지나고 있었다. 가쓰이치는 회사에서 퇴근하면 야간 도로 공사 현장에서 일을 했다. 그 시각, 학원이 끝나고 밤늦게 집으로 돌아가던 리코는 그 모습을 먼발치에서 지켜봤다.

다음날, 로쿠무기는 단체 기숙사로 왕진을 나갔다. 정신과 약을 먹고 있는 소년들의 약효를 확인하기 위해서다. 의무실로 불러도 되지만 대상자가 여럿이면 일일이 보호관에게 불러달라 부탁하는 것도 서로 피곤하므로 기숙사를 도는 편이 효율적이었다. 로쿠무기가 약을 먹는 소년들에게 순서대로 상태를 물으며 복도를 걷고 있는데 거실 안쪽에서 창밖을 멍하니 바라보는 미치히코의 모습이 눈에 들어왔다. 가끔 히죽거리는 것 같았다.

의무실로 돌아오니 미도리카와가 커피를 건네며 말을 걸었다.

"선생님, 커피 드세요."

"아, 고마워."

미도리카와가 내리는 진한 커피는 답답한 교정 시설 생활에서 기분 전환을 시켜주는 좋은 자극제 같았다.

"유족들은 아라이를 원망하고 있겠죠."

"내 가족이 그런 일을 당했다면 당연히 그러겠지. 우린 그저 이 아이가 진심으로 반성하고 두 번 다시 똑같은 실수를 저지르지 않도록 도와줘야 해. 본인은 아직 잘 모르는 모양이지만 말이야."

"전에 선생님이 말씀하셨던 피해자의 시점을 반영한 교육은 어떨까요?"

"이번에 전국의 소년원을 돌며 피해자의 이야기를 강연

하는 분이 오신다지? 그걸 듣고 미치히코가 어떻게 느끼느
냐가 중요하겠지."

10 피해자 가족의 강연

강연회 당일 오후, 니시모토 아유코는 이루카노하라 소
년원에 있었다. 소년원 강연은 올해 들어 이번이 세 번째였
다. 서른두 살이 되던 10년 전, 자신의 경험을 알리겠다고
마음먹었다. 자신도 아이를 낳고 보니 어머니의 마음을 조
금은 알 것 같았고, 그 마음을 이어받고 싶다고 생각했기 때
문이었다. 하지만 사람들 앞에서 이야기하는 건 몇 번을 계
속해도 익숙해지지 않았다. 슬프고 괴로워하는 어머니의 얼
굴이 눈앞에 떠올라 강연이 끝나고 나면 숨이 턱 막힐 만큼
피로가 몰려왔다.

특급 열차에 몸을 싣고 한 시간 반을 달려 역에 도착하니
살짝 귀여운 느낌의 소년원 제복을 입은 젊은 직원이 마중
을 나와 있었다. 역에서 소년원까지는 차로 이동했다. 도착
하니 현관에서 기다리던 서무 과장인 가와사토가 아유코를
곧장 원장실로 안내했다.

"니시모토 선생님, 반갑습니다. 먼 길 오시느라 고생하셨
습니다."

원장인 기타다는 싱글벙글한 얼굴로 마중을 나왔다. 아유코의 높은 평판은 다른 소년원으로부터 익히 들어 알고 있었다.

"아닙니다. 저야말로 귀한 기회를 주셔서 감사합니다."

"많이 바쁘시죠?"

"네, 최근에 요청이 조금 많아졌네요."

아유코는 겸손하게 대답했다.

"다들 오늘 니시모토 선생님이 해주실 말씀을 기대하고 있답니다."

아유코는 단지 경험담을 이야기하러 온 자신을 왜 선생님이라 부르는지 이해가 되지 않았다. 하지만 기분이 나쁘지는 않았다.

"실례합니다."

서무과의 여성 보호관이 차를 내왔다.

"여기에는 여성 보호관님도 계시네요."

"예, 근무는 하지만 소년들을 직접 대하는 일은 없습니다."

"왜 그렇죠?"

아유코는 호기심이 왕성한 편이었다. 기왕 멀리까지 왔으니 여러 가지를 배워두면 좋을 것 같았다.

"여자만 보면 아이들이 난리가 나거든요."

"아, 무슨 말씀인지 알겠어요. 그래도 저는 괜찮을 것 같네요."

"그렇지도 않습니다. 그냥 여자라는 이유만으로 반응하는 아이들도 있어서요."

기타다가 그렇게 말하니 여성 보호관이 당황하여 말을 제지했다.

"원장님, 그런 말씀은 실례예요."

"아이고, 이거 죄송합니다. 나도 모르게 그만."

아유코는 기타다의 취향이 아닌 모양이었다.

"괜찮습니다."

이런 대화는 강연을 앞두고 긴장을 푸는 데 도움이 된다. 실수했다는 생각에 얼굴을 굳히고 있던 기타다를 보고 있던 가와사토가 손목시계에 시선을 던지고는 대화에 끼어들었다.

"말씀 중에 죄송합니다. 슬슬 강연 시간이라서요."

"그렇군! 니시모토 선생님, 아무쪼록 잘 부탁드립니다. 귀한 말씀, 잘 듣겠습니다."

부자연스러운 큰 목소리에 아유코는 등 떠밀리듯 자리에서 일어나 가와사토의 뒤를 따라 강연회장이 있는 체육관으로 향했다.

오후 한 시 반부터 시작하는 강연을 앞두고 소년들은 이미 체육관에 집합해 있었다. 수많은 보호관들의 감시 속에서 격자 형태로 놓인 간이 의자에 등을 곧게 펴고 조용히 앉아 있었다. 얼마 지나지 않아 체육관 뒤쪽에서 탁탁, 하고 슬리퍼 소리가 들리더니 가와사토의 뒤를 따라 아유코가 들어왔다. 체육관은 80명의 땀 냄새가 뒤섞인 열기로 가득했지만 아유코는 조금도 동요하는 기색 없이 연단으로 이어진 계단을 천천히 올라갔다.

진행은 아라타 보호관이 맡았다.

"조례 때 전달한 바와 같이 오늘은 니시모토 선생님을 초청해 이야기를 듣도록 하겠습니다. 이야기를 잘 듣고 여러분들이 일으켰던 사건의 피해자가 지금 어떤 기분을 느끼는지 생각해 보길 바랍니다. 니시모토 선생님. 잘 부탁드립니다."

아라타가 박수를 치자 소년들과 직원들도 모두 그를 따라 박수를 치기 시작했다. 미치히코도 연단에 선 아유코를 멍하니 바라보며 다른 아이들처럼 박수를 쳤다. 마이크 위치를 몇 번인가 조정한 다음, 아유코는 체육관에 가득 메운 소년들을 둘러보며 이야기를 시작했다.

"여러분, 안녕하세요. 처음 뵙겠습니다. 저는 니시모토 아유코라고 합니다. 오늘은 여러분께 제 어머니에 관한 이야기를 하고자 합니다. 끝까지 잘 들어주시길 바랍니다."

아유코는 천천히 정중하게 고개를 숙였다.

"사실 저는 어렸을 때부터 어머니를 무척 싫어했습니다. 제 어머니의 얼굴에는 커다란 검은 점이 있었거든요. 그리고 어머니는 태어났을 때부터 몸이 허약하고 다리도 불편해서 병원을 자주 들락거렸습니다. 점도 태어났을 때부터 있었다고 합니다. 저는 그런 어머니가 너무 싫었습니다. 그래서 함께 외출해도 뒤뚱거리는 어머니와는 늘 떨어져서 걸었습니다.”

소년들은 등을 쭉 편 자세로 미동도 없이 이야기를 들었다. 아유코는 말을 이어갔다.

“제 어머니가 다른 친구들의 어머니와 다르다는 사실을 확실하게 깨달은 건 제가 유치원 때였습니다. 다른 친구들이 그러더군요. 너네 엄마 얼굴이 무섭다고요. 저는 엄마의 점이 익숙했지만 다른 아이들의 눈에는 무섭게 보인다는 사실을 그때 알았습니다. 그리고 억울한 마음과 슬픈 마음이 한데 뒤섞여 어머니의 얼굴이 점점 싫어졌습니다.”

거기서 아유코는 마른침을 삼키고 숨을 골랐다.

“초등학생이 된 저는 어머니에게 절대 학교에 오지 말라고 말했습니다. 친구들이 보면 따돌림을 당할지도 모른다고 생각했으니까요. 지금 생각하면 그런 제가 너무 한심한데요, 그때는 정말 필사적이었습니다. 그래서 수업 참관일에는 늘 할머니나 아버지가 오셨습니다. 친구들에게는 어머니가 일이 바빠 오지 못한다고 항상 거짓말을 했죠.”

아유코를 바라보는 소년들의 시선이 점차 친근하게 바뀌기 시작했다. 따분한 이야기일 거라 생각했는데 눈앞에 있는 선생님이라 불리는 여성도 어린 시절부터 거짓말을 했었다고 말했기 때문이다.

"그러던 어느 날이었습니다. 매년 가을이 되면 학교에서 음악회가 열리는데, 이때 부모님들은 자녀가 노래하는 모습을 보러 학교 체육관으로 옵니다. 저도 늘 할머니와 아버지가 보러 와주셨죠. 그런데 그해의 음악회는 달랐습니다. 무대에서 노래를 부르고 있었는데 마스크를 쓴 어머니가 체육관 뒤편에 몸을 움츠리고 앉아 계신 모습을 보았거든요."

아유코는 자기 아이를 조금이라도 가까이서 보고자 의자를 앞으로 끌어당겨 앉은 부모들 사이에 할머니와 아버지가 앉아 있는 것을 보았다. 하지만 어머니는 저 멀리 체육관 뒤쪽 구석에, 몸을 숨기듯 웅크리고 앉아 있었다.

"저는 너무 깜짝 놀랐습니다. 가슴이 마구 뛰기 시작했고 순간적이지만 목소리도 나오질 않았으니까요. 내심 조금은 기쁘기도 했습니다. 그래도 다른 사람이 볼까 무서워 금세 시선을 돌려 모르는 척을 했습니다. 다행히 다른 사람들이 눈치채지 못한 사이 무대는 무사히 끝이 났습니다. 그리고 집에 돌아가자마자 어머니에게 이렇게 말해버렸습니다. 지금 생각해 봐도 제 인생을 통틀어, 그리고 사람으로서도 해서는 안 될 말을 한 순간이라고 생각합니다.

저는 무척 화가 난 얼굴로 어머니를 노려보며 이렇게 말했습니다.

'절대 오지 말라고 했잖아! 누가 엄마 얼굴을 보기라도

하면 어떡해! 내 걱정도 좀 해달란 말이야!'

하지만 어머니는 조금도 주눅 든 기색 없이 웃으며 말씀하셨습니다. 제가 노래하는 모습을 꼭 보고 싶었다고요. 머리끝까지 화가 난 저는 그때까지 가슴 속에 품고 있던 응어리를 어머니께 전부 쏟아내고 말았습니다.”

한 소년은 아유코의 기분을 이해한다는 듯 고개를 끄덕였다. 아유코는 말을 이었다.

“'엄마는 왜! 태어날 때부터 다리도 절고 점 같은 것도 달고 있는 거야! 다른 엄마들은 다리도 멀쩡하고 얼굴도 예쁜데! 나도 친구들처럼 엄마랑 같이 쇼핑도 하고 싶고 외식도 하고 싶단 말야! 왜 나만 못하는데, 왜!'

저는 눈물을 펑펑 흘렸습니다. 어머니는 그저 슬픈 얼굴로 저를 바라보기만 하셨죠. 다 자기 탓이라며 계속 사과하셨습니다. 그때, 옆에서 이야기를 듣고 있던 아버지가 무언가 결심한 듯 제게 말했습니다. 그렇게 진지한 표정의 아버지는 처음이었습니다.”

소년들도 이야기의 흐름이 바뀌었다는 사실을 느끼기 시작했다.

“아버지는 제게 이렇게 말씀하셨습니다. '아유코, 엄마가 아무 말 하지 말라고 해서 지금까지는 가만히 있었다만, 엄마가 가여워서 더는 두고 볼 수가 없구나. 내 이야기를 잘 들으렴.'하고 말이죠. 아버지는 말리는 어머니를 뿌리치며 이렇게 말씀하셨어요. 제가 두 살 때 집 근처에서 큰불이 났는데, 제가 살던 집까지 불이 옮겨붙었다고요."

불이 났었다는 이야기에 미치히코는 찬물을 뒤집어 쓴 듯한 기분이 들었다. 마치 자기 이야기를 하는 것 같았기 때문이다.

감정이 북받친 아유코는 일단 이야기를 멈추고 옆에 놓인 물을 한 모금 마셨다. 그리고 마음을 다잡고 아버지에게서 들은 화재 이야기를 계속했다.

"그건 제가 두 살 때의 일이었습니다. 아버지는 마침 출장 때문에 집을 비우신 상황이었죠. 어머니와 둘이 밤에 잠을 자고 있는데 집에 불이 났다고 합니다. 눈 깜짝할 사이에 불길이 번지는 바람에 저희는 대피할 틈을 놓쳤지만 어머니는 저를 끝까지 감싸안고 지켜주셨다고 해요. 무언가가 어머니의 등으로 떨어진 것까지는 기억이 나는데, 정신을 차리고 보니 병원 침대 위였다고 하셨습니다. 다행히 저희는 소방관에 의해 구출되었습니다. 저는 어머니 덕에 기적적으로 상처 하나 입지 않았습니다. 또 아버지께서 말씀하시길, 그때 온몸에 큰 화상을 입은 어머니는 목숨이 위태로우셨다고 합니다. 게다가 그 후유증으로 다리도 절게 되고 얼굴에도 화상 자국이 남았던 것이었습니다. 하지만 어머니는 자신의 다리나 화상 자국에 대해서는 아무 말도 하지 않고 그저 제가 무사해서 다행이라고 무척 기뻐하셨다고 했습니다.”

체육관에 침묵이 내려앉았다. 아유코는 목이 메었지만, 계속 말을 이어나갔다.

“그 이야기를 듣고 어머니가 자신을 희생해 저를 지켜주었다는 걸 알게 되었습니다. 어머니의 사랑을 처음으로 깨달았습니다. 저는 그제야 진심으로 고맙다고 울며 사과했습니다. 어머니는 웃으며 아유코가 이렇게 건강하게 자라주어서 정말 행복하다고, 그리고 제가 크게 노래 부르는 모습을 볼 수 있어서 정말 기뻤다고, 그렇게 말씀하셨습니다.”

아유코는 잠시 이야기를 중단했다. 북받쳐 오르는 감정을 진정시킨 뒤 다시 입을 열었다.

“그로부터 6개월 정도 지나 어머니는 결국 화상 후유증이 악화되어 돌아가시고 말았습니다. 지금 생각해 보면 어머니는 돌아가시기 전에 딱 한 번만이라도 제가 노래하는 모습이 보고 싶으셨던 것 같아요. 저는 왜……, 왜 어머니께 더 많은 사랑을 드리지 못했을까요? 그렇게 훌륭한 어머니셨는데 말이에요. 지금도 너무 후회가 됩니다.”

오늘은 울지 않겠다던 아유코의 다짐은 이번에도 무너졌다. 촉촉해지는 눈가를 더는 감출 수 없었다. 아라타도 눈물이 흐르지 않도록 눈을 부릅뜨고 정면에 시선을 고정했다. 하지만 아라타와는 달리 다른 소년들은 솔직했다. 손등으로 계속 얼굴을 훔치거나 눈물을 닦는 소년들도 보였다. 미치히코도 예외는 아니었다. 잠시 침묵이 흘렀다. 다시 이야기를 시작해도 눈물이 나지 않을 것 같을 때, 아유코는 마지막으로 소년들에게 진심으로 호소했다.

"어머니가 돌아가시고 난 뒤, 아버지는 그날 불을 지른 것은 어떤 소년이었다고 말씀해 주셨습니다. 그 아이를 원망하고 싶지 않습니다. 그 아이도 분명 괴로운 일이 많았을 테니까요. 하지만, 하지만 여러분. 이것만큼은 기억하세요. 방화는 모두의 인생을 엉망으로 만든다는 사실을요. 그것만큼은 꼭 기억해 주시길 바랍니다. 끝까지 들어주셔서 감사합니다."

아유코의 이야기가 끝난 체육관은 고요했다. 가와사토가 힘차게 박수를 치기 시작하자 이를 신호로 소년들의 박수 소리가 이어졌다. 미치히코는 뒤통수를 크게 얻어맞은 듯 꼼짝도 할 수 없었다.

그날 밤, 미치히코는 침대에 누워 지난날을 회상했다. 세상에서 제일 좋아하던 어머니가 사라지고 눈물로 지새던 어린 시절. 서툴지만 열심히 자신을 키워준 아버지 가쓰이치의 모습. 아버지는 매일 아침 일찍 일어나 도시락을 싸주었다. 운동회도 보러 와주었다. 그렇게 자신은 아버지에게 사랑받아 왔던 것이다. 그런 아버지를 돌이킬 수 없는 방식으로 배신했다. 미치히코의 눈물은 날이 새도록 그칠 줄을 몰랐다.

11 중학교의 상담 요청

"어머? 어서 와."

로쿠무기가 오후에 카페 TINAMI에 모습을 나타내자 게이카가 놀란 얼굴로 말을 걸었다.

"안녕."

"웬일이야, 이렇게 이른 시간에? 쉬는 날?"

"중학교 선생님과 면담이 있어서. 학교가 이 근처라 여기서 만나기로 했어."

로쿠무기는 늘 애용하던 카운터석이 아닌 안쪽 테이블석에 자리를 잡았다. 5분 정도 지나자 50대 전후로 보이는 말끔한 정장 차림의 중년 남성이 들어왔다. 가게 안을 둘러본 뒤 로쿠무기를 알아본 듯 다가와 말을 걸었다.

"로쿠무기 선생님이신가요? 처음 뵙겠습니다. 도노치라 중학교 3학년 주임을 맡고 있는 호소카와라고 합니다. 바쁘실 텐데, 이렇게 먼 곳까지 와주셔서 감사합니다."

"마침 근처에 용건이 있어서요. 괜찮습니다."

두 사람은 명함을 교환한 뒤 테이블을 사이에 두고 마주 앉았다. 게이카가 주문을 받으러 왔다.

"주문하시겠어요?"

"저는 커피."

"커피 두 잔 부탁해."

커피는 금세 나왔다. 로쿠무기는 커피잔을 코끝에 대고 먼저 향을 음미했다.

"여기 커피는 깊은 맛이 있어요. 향도 참 괜찮고요."

"진짜 그러네요. 여기 근처에 이런 가게가 있는 줄은 몰랐습니다."

"저녁에는 술도 판답니다. 그건 그렇고, 아라이 군에 관련해서 하실 말씀이 있으시다고요?"

1주일 전, 호소카와는 이루카노하라 소년원을 출소한 뒤 도노치라 중학교로 전학을 가게 된 아라이 미치히코에 대해 상담할 일이 있다며 연락해 왔다.

"전화로 말씀드린 것처럼 아라이 군이 저희 중학교에 전학을 올 예정입니다. 그런데 저희 학교는 소년원 출신 아이를 받는 게 처음이라서요. 게다가 방화 사건이라서요."

로쿠무기는 주변을 둘러보았다. 게이카와 눈이 마주쳤지만, 그녀는 곧바로 시선을 내렸다.

"호소카와 선생님, 그 아이는 미성년자니 사건 이름은 작게 말씀해 주시기 바랍니다."

"아, 네. 죄송합니다. 아무튼 학교도 만반의 준비를 해야 할 것 같아서요. 아라이 군에 대해서는 소년원과 이전 학교의 교감 선생님께 여쭈어보았습니다."

"고생 많으셨겠네요. 그럼, 구체적으로 어떤 걸 확인하고 싶으신 건가요?"

로쿠무기는 호소카와의 비싸 보이는 양복에 시선을 두고 커피를 한 모금 마셨다. 최근 양복을 잘 입지 않는 로쿠무기는 최신 유행 스타일에 금세 마음을 빼앗겼다.

"얼마 전에 아라이 군의 아버님이 학교로 찾아오셨습니다. 학교에서 특별한 배려를 해주었으면 한다고 하셨습니다. 하지만 아라이 군은 초등학교와 이전 중학교에서 일반 학급에 다녔기 때문에, 저희 학교에서 얼마나 '특별한 배려'를 해야 할지 고민하고 있는 상황입니다. 이 부분은 조금 말씀드리기 조심스럽습니다만."

호소카와는 말을 멈추고 시선을 내리깔았다. 로쿠무기는 뒷이야기가 궁금했다.

"괜찮으니 말씀해 보세요."

"역시 소년원에 가는 아이들은 그 보호자에게도 어떤 문제가 있을 거라고 생각합니다. 그런 학부모는 어떻게 대해야 할지도 여쭤보고 싶어서요."

소년원 관계자가 자기 말을 어떻게 생각할지 신경이 쓰이는 눈치였다. 누구나 그렇게 생각하기 마련이다. 로쿠무기는 그보다도, 가쓰이치가 그런 말을 하게 된 배경이 더 궁금했다.

"아라이 군의 아버님이 그런 말씀을 하셨군요. 그분은 매달 아들을 만나러 오셔서 제가 잘 압니다. 그 아버님이라면 괜찮을 거예요."

그렇게 대답하면서 긴장감에 살짝 굳어 있던 로쿠무기의 뺨도 서서히 풀려갔다. 그 아버지라면 분명 잘해낼 것이다.

12 출소

아라타의 말로는 그 강연회를 들은 날부터 미치히코가 변하기 시작했다고 한다. 방에서도 먼저 순서를 양보하는 등 다른 소년들을 배려하기 시작했다. 보호관으로부터 칭찬을 듣는 일도 늘어났다. 며칠 뒤, 가쓰이치와의 면회가 있었다. 미치히코는 말없이 아버지를 만나러 갔다. 면회에는 아라타가 입회했다.

미치히코는 면회실로 들어가 아버지의 백발이 성성한 머리를 본 순간, 면회를 와주어 고맙다며 큰 소리로 인사했다. 가쓰이치의 기억 속에서는 아들이 이렇게 목소리를 크게 낸 적이 없었다. 순간 말문이 막혔다. 도대체 무슨 일이 있었길래, 이렇게 변했는지 그 의도를 전혀 파악할 수 없었다. 이는 아라타도 마찬가지였다.

"아버지, 그동안 정말 죄송했습니다. 이제 여기서 빨리 나가서 열심히 돈 벌게요."

미치히코가 가쓰이치의 눈을 똑바로 바라보는 모습을 보며 아라타는 무엇이 이 아이의 마음을 움직였는지 알 것 같왔다. 가쓰이치는 얼떨떨해하면서도 미치히코의 입에서 나오는 말들을 곱씹으며 눈물을 흘렸다.

석 달 뒤, 출소한 미치히코는 아버지와 함께 집으로 돌아갔다. 아라타를 비롯한 보호관들과 로쿠무기는 두 사람을 배웅했다. 그 뒷모습을 보며 로쿠무기는 중얼거렸다.

"앞으로도 많은 일들이 있겠지만, 저 두 사람이라면 분명 잘해낼 거야."

몇 개월 뒤, 중학교를 졸업한 미치히코는 아버지 가쓰이치와 함께 도로 공사 현장에서 일하기 시작했다. 일은 힘들었지만, 미치히코는 성실하게 일했고, 그 모습을 보며 가쓰이치는 자랑스러워했다. 그리고 고등학생이 된 리코는 먼 발치에서 이상하리만치 부러운 기분으로 그 모습을 바라보았다.

13 안나

그날 밤, 로쿠무기는 피곤한 몸을 이끌고 9시 반이 넘어서야 고베의 집에 도착했다. 초인종을 눌렀지만 아무도 나오지 않자, 로쿠무기는 열쇠로 문을 열고 집으로 들어갔다. 불이 켜진 거실에서는 아사미가 누군가와 통화 중이었다.

"정말로 죄송합니다. 네, 나중에 찾아뵙겠습니다."

아사미는 전화기를 들고 계속 머리를 숙이다가 전화를 끊었다. 그리고 로쿠무기의 인기척에 다시 크게 한숨을 쉬었다.

"고생했어."

로쿠무기에게 인사를 건넸지만, 얼굴에 드리운 그늘은 걷힐 줄을 몰랐다.

"무슨 일 있어?"

"아, 안나 학교 전화야."

"왜?"

아사미는 아무 말 없이 등을 돌리고는 가스레인지에 불을 켰다.

"밥 먼저 먹을래?"

"그래. 밥 먹으면서 듣지 뭐. 안나는?"

"방에."

식탁에는 생선구이와 샐러드를 담은 큰 접시가 놓여 있었다. 그 옆에 돈지루를 내려놓고 아사미는 이야기를 시작했다.

"잘 먹겠습니다."

로쿠무기는 따뜻한 돈지루를 한 모금 마시고는 샐러드로 젓가락을 뻗었다.

"화내지 말고 들어. 안나가 친구들이랑 같이 공원 화장실 벽에 어떤 아이 험담을 쓴 모양이야. 그걸 마침 그 아이가 발견했는데, 누가 쓴 건지 알았대. 그것 때문에 전화하셨더라고."

입에 든 음식을 씹어 삼키며 로쿠무기는 그 상황을 머릿속으로 되짚어 보았다.

"안나가 그런 짓을 했다고? 난감하네. 교감 선생님은 뭐라셔?"

"상대방 보호자에게도 단순한 장난이고 본인도 반성하고 있다고 설명했으니 걱정하지 말라서. 교감 선생님은 그 사실을 알자마자 바로 낙서 지우러 가셨대. 그래도 일단 학교에 가서 이야기도 들어보고 상대 부모님에게도 사과하러 가야 하지 않겠어?"

갑자기 로쿠무기는 자신이 비행 청소년들을 교화시키는 소년원에서 일하고 있다는 사실이 마음속에서 걸리기 시작했다. 자신의 아이가 잘못된 행동을 하고 있는데 어떻게 비행 청소년들을 올바른 방향으로 이끌 수 있겠는가. 머릿속에서 소년들에게 이런저런 조언을 하는 자신의 모습을 떠올리니 얼굴이 화끈거렸다. 뜨거운 돈지루 때문에 더 그렇게 느껴지는지도 모른다. 매일 밤 집으로 퇴근은 하지만 직장이 멀다 보니 딸과의 대화가 줄어든 것은 사실이었다.

"역시 집 근처로 이직해야 하나."

로쿠무기는 중얼거렸다. 잠시 뜸을 들인 아사미가 속내를 털어놓았다.

“나는 그러면 좋겠어. 하지만 그렇게 간단한 문제가 아니잖아?”

“교수님은 슬슬 옮길 때가 되었다고는 하셨는데.”

“그 말, 믿어도 돼?”

“모르지. 다음에 확실하게 옮겨달라고 말씀드려 볼게.”

로쿠무기는 그날 밤 안나와 이야기하지 않기로 했다. 아사미 말로는, 안나는 집으로 돌아온 뒤로는 토라져 방에 들어가 침대에 누워있다. 게다가 지금은 무슨 말을 해도 잔소리가 되어버릴 것 같았다. 그보다도 머릿속은 이미 근무지를 옮길 생각으로 가득 차 있었다.

2021년판《범죄 백서》에 따르면 방화는 형법범 중 미성년자가 차지하는 비율은 약 0.2퍼센트로, 비교적 드물다. 하지만 2019년에 일어난 교토 애니메이션 화재 사건, 2021년에 발생한 오사카 빌딩 화재 사건 등을 보면, 무고한 사람들에게까지 큰 피해를 주는 무서운 범죄다. 절도만으로 소년원에 송치되는 일은 매우 드물다. 반면에 방화는 살인 다음으로 무거운 죄로 여겨, 전과가 없더라도 소년원 송치가 결정되기도 한다.

본 장에 등장한 아라이 미치히코는 그러한 범죄를 저지른 소년 중 하나다. 아버지로부터 벗어나기 위해 불을 질렀다는 범행 동기는 발달 장애가 있는 중학생의 정신 상태를 감안한다면 충분히 있을 수 있는 경우다. 발달 장애를 가진 사람들 중에는 충동적이고 즉각적인 반응을 보이는 경우가 많다. 미치히코도 그런 특성을 가진 소년 중 하나였다. 아버지로부터 벗어나기 위해 불을 지르는 수밖에 없다는 생각에 사로잡혀, 문제를 해결하려는 생각은 못한 채 순간적인 결정을 내리게 된 것이다. 그 결과, 소년원에서의 단체 생활에도 적응하기 어려워했고, 다른 소년들과 어색한 관계를 이어갔다.

아라이 미치히코를 등장시킨 또 다른 목적은,《케이크를 자르지 못하는 아이들》에서도 언급했던 스스로 '착하다'고 대답하는 소년들의 존재를 생생하게 전달하기 위함이다. 이는 내가 소년원에서 근무하면서 놀랐던 일 중 하나이기도 하다. 죄를 짓고 소년원에 들어온 아이가 어떻게 자기를 '착한 사람'이라고 이야기하는지 처음에는 도저히 이해가 가지 않았다. 하지만 소년원에서 오래 근무하면서 자기 인식의 불균형이 교화 작업을 방해한다는 사실을 깨닫게 되었다. 자신을 착하고 좋은 사람이라고 굳게 믿고 있다면 굳이 자신을 고치려 하지 않을 테니 말이다.

본 장에서는 이러한 소년들을 가르치는 방법 중 하나로 '피해자의 시점을 반영한 교육'*을 소개했다. 이 교육은 피해자 가족의 이야기를 듣고 그들의 기분을 알게 하고 가족의 고마움을 깨닫기 위함이 목적이다. 그리고 실제로 피해자의 이야기나 수기가 갱생의 계기가 되었다는 소년들이 많았다.

피해자의 시점을 반영한 교육
피해자나 그 유가족의 심정을 인식시켜, 진심으로 사죄하고 동시에 다시 죄를 저지르지 않겠다는 결의를 다지게 하기 위한 교육이다. 피해자 유가족 등의 초청 강연, 집단 지도, 피해자의 수기, 역할 교환 편지법 등으로 지도한다.

옮긴이의 말
교토 애니메이션 화재 사건(2019년) 일본 애니메이션 제작사인 교토 애니메이션의 스튜디오에서 발생한 방화 사건으로, 36명이 사망하고 범인을 포함한 33명이 중경상을 입었다. 이 사건은 헤이세이 시대 이래 가장 많은 희생자를 낸 형사 사건으로 기록되었으며, 피고는 10년 이상의 망상 장애를 앓고 있다고 주장했지만, 법원은 이를 받아들이지 않았다.

오사카 빌딩 화재 사건(2021년) 오사카 시내에 위치한 한 빌딩에서 발생한 방화 사건으로, 25명이 사망하고 여러 명이 부상을 입었다. 용의자가 사망해 범행의 원인을 규명하는 데 어려움을 겪었다.

4장

이즈미 료이치

열네 살의 이즈미 료이치는 근처에 사는 초등학교 2학년인 아야와 어렸을 적부터 친하게 지냈다. 원래는 어머니들끼리 사이가 좋았다. 이후 료이치의 어머니가 이혼 후 집을 나가면서 이를 불쌍하게 여긴 아야의 어머니가 잘 챙겨주었다.

어느 날 료이치는 혼자 공원에서 놀고 있는 아야를 유인해 공원 화장실에서 부적절한 행동을 한다. 이것이 발각되어 소년원에 입소하게 되었다. 소년원에서는 자폐 스펙트럼 장애라는 료이치의 특성을 고려해 보호관인 누노카와가 열심히 지도했지만, 료이치는 출소 후에도 또다시 범죄를 저질러 소년원으로 돌아오고 만다. 그때까지 열심히 아들을 뒷바라지하던 아버지 또한 실망한 나머지 그대로 연락을 끊으면서 료이치는 돌아갈 곳이 없어진다.

소년원 직원이 동분서주했지만, 성범죄자를 받아줄 곳은 쉽게 나타나지 않았다. 료이치는 피해자의 수기를 읽고 반성의 문턱에 섰을 즈음 간신히 찾은 시설로 떠났다.

1 저녁 무렵, 공원

해 질 무렵, 하교한 초등학생들이 공원에서 놀고 있었다. 부드러운 햇살이 아이들을 비추고 있었다. 이 모습을 몸집이 작고 얼굴이 하얀 소년이 멀리서 지켜보고 있었다. 아직 어린 티를 벗지 못한 이즈미 료이치는 얼마 전 중학교 3학년이 되었다.

아이들과 조금 떨어진 곳에서는 아무렇게나 머리를 묶은 소녀가 땅에 나뭇가지로 그림을 그리고 있었다. 올해 초등학교 2학년이 된 아야였다. 료이치는 아야의 옆옆집에 사는 소꿉친구다. 어렸을 적에는 어머니끼리 사이가 좋았는데 료이치가 다섯 살 때 부모님이 이혼하면서 어머니는 집을 나갔다. 아야의 어머니는 그런 료이치에게 기회가 있을 때마다 친절하게 말도 걸어주고 집에 부르기도 했다. 료이치가 초등학교에 입학할 무렵 태어난 아야는 가끔 집에 놀러 오는 료이치를 오빠처럼 따랐다.

료이치는 아야에게 다가가 말을 걸었다. 다른 아이들이 아야와 떨어져 있는 걸 확인한 후였다.

"아야, 안녕."

"어, 료이치 오빠."

료이치는 그 나이 또래보다 키가 작았다. 아야와는 겨우 3센티미터 정도 차이가 났다.

"재미있는 거 보러 갈래?"

"좋아! 뭔데, 뭔데?"

료이치가 조금 떨어진 곳에 있는 공원 화장실을 향해 걷기 시작하자 그 뒤를 아야가 깡총거리며 따라갔다. 그 모습은 마치 주인과 산책 중인 강아지 같았다.

"누가 보면 큰일이니까 화장실 안에 들어가서 보여줄게. 들어와."

료이치는 장애인 화장실이 비어 있는 걸 확인하고 아야를 먼저 들여보냈다. 그리고 문을 잠갔다.

"재미있는 게 뭐야?"

아야는 얼마 전에 배운 노래를 흥얼거리며 신기하다는 듯 화장실 안을 둘러봤다. 료이치는 아무 말 없이 아야를 바라보았다.

2 료이치의 입소

로쿠무기는 오늘도 진료실에서 소년들을 진료했다. 앞에
앉은 소년은 말을 심하게 더듬었다.

"약이 조금 셌던 모양이네. 절반으로 줄일게요."

"어, 어, 언제부터요?"

소년이 더듬더듬 물었다.

"약사 선생님이 한꺼번에 약을 배부하니까 오늘 중으로
는 바뀔 거예요."

"아. 그, 그 약사 선생님이요. 아, 알겠습니다. 기다릴게요."

말을 더듬으면 아무래도 반응이 과장되어 보인다. 처방
하는 사람에게는 일상적인 일이지만 소년들에게는 약을 바
꾸는 일이 크게 느껴지는 문제다. 때문에 한층 더 말을 더듬
게 된다. 오전 진료를 대충 마무리하고 로쿠무기가 한숨을
돌리는데 미도리카와가 말을 걸었다.

"선생님, 고생하셨어요. 방금 나간 아마시로 군도 석 달
후면 출소네요."

"벌써 시간이 그렇게 되었나. 여기 온 뒤로 말더듬이 현
상이 더 심해진 것 같아서 마음에 걸리는데. 그래도 슬슬 약
을 줄여야겠다고 생각했으니 마침 잘됐지."

로쿠무기는 아마시로의 이름이 적힌 차트를 들고 훌훌
넘겼다.

"밖에서 통원 치료할 병원을 찾는 것도 일이겠어요."

"소년원에서 왔다고 하면 노골적으로 싫어하는 병원들도 있으니까."

"소견서만 봐도 알 수 있으니까요. 아, 그리고 오후에 한 명이 새로 입소한다고 합니다."

"아, 그렇지. 어린 여자아이한테 외설 행위를 했다는 그 소년 말이군."

점심시간이 되어 로쿠무기는 본인의 방으로 향했다. 방에 들어가자마자 TV를 켰다. 버라이어티 방송에서 흘러나오는 시끌벅적한 목소리는 로쿠무기 혼자 사용하는 이 넓고 조용한 방에 적절한 활기를 불어넣어 주는 백색소음 역할을 했다.

오늘은 오랜만에 아사미가 도시락을 싸주었다. 안나의 도시락을 만드는 김에 같이 준비했다고 한다. 점심값을 아껴야 할 정도는 아니지만 편의점 도시락을 너무 먹어 물리기도 했다.

이날도 어김없이 아침 일찍 일어났기 때문에, 점심을 먹고 나니 갑자기 졸음이 밀려왔다. 검은색 사무용 의자에 몸을 기대어 뒤로 젖히니 등받이가 딱 알맞게 기울어져 편안했다. 의식이 점점 멀어졌다.

점심시간이 끝나는 종소리에 로쿠무기도 잠에서 깼다. 페트병에 담긴 녹차를 조금 머금어 입 안의 텁텁함을 위 속으로 흘려보냈다. 그리고 의자에서 일어나 진료실로 가 오후에 있을 신입의 진료 준비를 시작했다.

기본적으로 신입이 입소하면 키와 몸무게를 재고 아픈 곳은 없는지 간단한 문진을 실시한다. 시간이 오래 걸리는 정신과 진료는 나중에 진행한다.

오후가 되니 수갑을 찬 소년이 이루카노하라 소년원으로 이송되어 왔다. 이즈미 료이치는 아직 사복 차림이었다. 소지품 검사와 신체검사를 끝낸 료이치는 그길로 보호관과 함께 대각선 반대편에 있는 진료실 향했다.

"선생님, 진료 잘 부탁드립니다."

보호관이 낮은 목소리로 로쿠무기에게 말했다. 로쿠무기는 의자 옆에 멍하니 서 있던 료이치에게 자리를 권했다. 왜소한 몸집의 료이치는 땅에서 캐낸 애벌레처럼 굽은 등을 돌려 정면을 향해 앉고는 입을 꾹 다물었다. 부드러운 머릿결에 갓난아기처럼 반짝이는 큰 눈망울은 아직 초등학생처럼 보였다.

"안녕하세요. 나는 의사인 로쿠무기라고 해요. 이즈미 료이치 군이죠? 지금부터 어디 아픈 곳은 없는지 간단하게 진료할 거예요."

료이치는 묵묵히 고개를 끄덕였다. 일단 키와 몸무게, 체온을 쟀다. 지금까지 크게 아팠던 적은 없는지, 지금 아픈 곳은 없는지 구두로 확인한 다음 청진기를 가슴에 대어

심장 소리와 폐 소리를 들었다. 진료는 대략 10분 정도 걸렸다.

"감사합니다."

아무런 반응을 보이지 않던 료이치를 대신해 보호관이 인사했다. 그 후, 료이치는 보호관 손에 이끌려 소년들이 생활하는 방의 복도를 지나 1인 기숙사로 향했다. 방 안쪽에서 시선이 날아왔다가 금세 흩어졌다. 1인 기숙사에 짐을 푼 료이치는 그대로 이발소로 끌려갔다. 료이치의 머리는 바리깡으로 시원하게 밀렸다.

3 노란색 파일

로쿠무기는 의무실에서 료이치의 소년부 기록을 보았다.

○○년 ○○월 ○○일, 이즈미 료이치는 근처에 사는 피해자 아야(7세)와 잘 아는 사이로, '재미있는 것을 보여주겠다'며 유인해 거주지 근처 공원 화장실로 데리고 감. 거부하는 피해 아동을 억지로 추행함.

아이큐: 92, 진단: 자폐 스펙트럼 장애 의심

가족: 료이치가 다섯 살 때 부모 이혼. 이후 아버지(이즈미 사이지, 41세)와 생활. 사이지는 회사원으로 경제 상황은 양호한 편.

소년부 기록을 다 읽은 로쿠무기는 미도리카와에게로 몸을 돌렸다.

"이 소년원에서 흔히 볼 수 있는 전형적인 유형이야. 조금 까다롭겠는걸."

"선생님의 노란색 파일이 하나 더 늘겠네요."

진료 기록을 정리하고 방으로 돌아온 로쿠무기는 파일이 꽂혀 있는 책장을 바라보았다.

'파란색 파일이 제일 많기는 하지만, 노란색도 만만치 않구나.'

노란색 파일은 서른 개를 넘었다. 즉, 약 80명의 입소자 중 절반에 가까운 숫자가 성범죄를 저질렀다는 뜻이다. 피해자는 대부분 어린 여자아이였다. 전문 서적에서 이야기하는 '성에 대한 인지 부조화'만으로는 설명할 수 없는, 학대를 받아 온 소년들이 괴로움에 몸부림친 끝에 저지른 어리석은 행동이 노란색 파일 안에서 소용돌이치고 있었다.

4 보호관의 호출

로쿠무기는 그날도 가미다테 대학 의학부로 향했다. 며칠 전, 의국의 시타모리 교수에게서 인사이동에 대해 이야기를 나누자며 학교로 오라는 연락을 받았기 때문이다. 자세한 내용은 만나서 얘기하겠다고만 했기에, 이루카노하라 소년원에 남게 될지, 아니면 집 근처로 옮기게 될지는 알 수 없었다.

"로쿠무기 군, 오라고 해서 귀찮게 했나?"

시타모리 교수는 오늘도 여유 있는 표정이었다.

"아닙니다. 오히려 시간 내주셔서 제가 감사드립니다."

두 사람은 교수실 소파에 나란히 앉았다. 옆 테이블에는 축하 리본이 달린 작은 상자가 놓여 있었고, 누군가 두고 간 듯했다. 시타모리 교수가 시계를 흘끗 보더니 먼저 말을 꺼냈다.

"전에 얘기했던 인사이동 말이야. 마침 내년이면 가미다테 대학 보건관리센터에 자리가 하나 날 것 같더군. 자네만 괜찮다면, 내가 추천하려고 해."

"거기서 근무하게 된다는 말씀이신가요?"

"자네만 괜찮다면."

예상치 못한 전개였다. 로쿠무기는 기뻐하는 기색이 얼굴에 드러나지 않도록, 허물어지는 입꼬리를 억지로 다잡았다.

"보건관리센터에서는 어떤 일을 하나요?"

"학생들 심리 상담이나 멘탈 케어가 주 업무지. 상담 없을 땐 연구도 자유롭고. 일단 발령은 조교로 나겠지만 말이야."

연구 실적이 거의 없는 로쿠무기에게 조교라는 위치는 어쩌면 당연했다. 게다가 임시 발령이라면 문제 될 것도 없었다.

"좋은 제안 감사합니다. 쉽게 놓치고 싶지 않은 자리네요. 반대할 이유가 없겠지만, 가족 의견도 들어보고 싶습니다. 그리고 가능하다면 보건관리센터 분위기도 미리 살펴보고 싶습니다."

"물론이지. 가족과 천천히 상의해 보고 연락 주게. 문자도 괜찮고."

"감사합니다, 교수님. 그럼 저는 보건관리센터로 옮기는 방향으로 생각해 보겠습니다."

그렇게 말한 뒤, 로쿠무기는 한 가지가 마음에 걸렸다.

"그런데 소년원에는 저 대신 누가 가게 되나요?"

"사실 아직 정해지진 않았는데, 사람이 부족하니 어쩌면 발령을 못 낼지도 모르겠어."

정신과 의사가 없는 이루카노하라 소년원을 떠올리자, 아이들의 얼굴이 하나둘 머릿속에 떠올랐다. 하지만 그곳에서 일한 지 벌써 5년이나 흘렀다. 이번 기회를 놓치면, 다시는 빠져나오지 못할 것 같았다. 그 생각만으로도 끔찍했다.

가족을 생각하면 이 제안을 받아들이는 쪽이 맞았다. 로쿠무기는 병원 건물을 나서며 좋아할 아내의 얼굴을 몇 번이고 그려보았다. 집으로 돌아가기 위해 역 쪽으로 발걸음을 옮겼다.

원래부터 어려 보였던 료이치가 머리를 빡빡 밀고 나니, 더욱 초등학생처럼 보였다. 료이치는 방에 마련된 책상 의자에 앉아 무심하게 벽을 바라보다가, 보호관이 지나가는 모습을 보더니 갑자기 큰 목소리로 말을 걸었다.

"선생님, 밥은 몇 시에 먹습니까?"

"지금 준비 중이니 잠깐만 기다려라."

"제가 도울 일은 없습니까?"

보호관은 일부러 불쾌한 표정을 지었지만, 료이치는 알아차리지 못했다.

"그냥 방에서 기다려."

그러자, 료이치는 곧바로 말을 이었다.

"그렇습니까? 그럼 다행입니다. 아버지께서 어려움을 겪는 사람은 도우라고 하셨습니다."

아직 입소한 지 며칠 지나지 않았다고는 해도, 료이치는 자신이 처한 상황을 제대로 인식하지 못하고 있었다. 그 모습을 보며 보호관은 짧고 날카롭게 말했다.

"조용히 해."

자폐 스펙트럼 장애를 가진 소년은 주변의 분위기를 읽거나, 자신의 처지를 헤아려 행동하는 데 어려움이 있다. 지금 이곳이 평범한 사회와는 다르다는 사실도, 료이치는 아직 잘 이해하지 못했다.

료이치는 보호관의 말투에 고개를 갸웃했지만, 관심은 금세 창밖으로 옮아갔다. 창문 너머 제방 도로 위로는 아직 환한 오후 햇살 아래 차량들이 줄지어 달리고 있었다.

얼마 뒤 조금 전 보호관이 식사를 들고 료이치의 방에 나타났다.

"식사다."

"어, 늦었습니다."

"뭐?"

보호관이 눈썹을 찌푸렸다.

"저는 이렇게 많이 못 먹습니다."

료이치는 자기 나름대로는 대화를 나눴다고 생각했지만 보호관은 그저 어이가 없을 따름이었다.

6 료이치의 진료

료이치가 이곳에 들어온 지 사흘째 되던 날 오후, 시간이 난 로쿠무기는 미도리카와에게 말했다.

"며칠 전에 들어온 이즈미 군, 오늘 진료할까 하는데."

"알겠습니다. 기숙사 선생님도 그 아이가 조금 문제 있다고 하시더라고요."

“그럴 줄 알았어요.”

얼마 지나지 않아 료이치가 보호관의 손에 이끌려 의무실로 들어왔다. 의무실 안을 두리번거리다 로쿠무기를 보고는 태연하게 중얼거렸다.

“어, 여기 왔을 때 만난 사람.”

“맞아요. 잘 기억하고 있네요. 이리 앉아요.”

정신과 의사로서 아이들이 소년원에 들어오게 되어 우울해하지 않도록 면밀하게 관찰해야 할 의무가 있다. 료이치가 크게 걱정되지는 않았지만 이어지는 말에 또 다른 벽에 부딪힌 듯한 기분이 들었다.

“저, 사람 얼굴을 잘 기억 못하는데 선생님은 재밌는 얼굴이라서 알아요.”

다른 사람을 불쾌하게 만드는 말도 거침없이 하는 소년을 앞으로 냉정하게 진단할 수 있을까. 정신과 의사에게는 익숙한 상황일 수도 있지만, 이곳은 다르다. 이 소년들은 제 발로 진료실에 찾아오는 것이 아니다. 사회에서는 병을 치료하고 싶은 사람이 병원을 찾으니, 굳이 담당 의사와 나쁜 관계를 맺으려 하지 않는다. 그러나 소년원에서는 진료를 원하지 않는 경우도 많다. 그렇기 때문에 환자가 의사와 좋은 관계를 유지하려고 배려하는 일은 드물다. 료이치도 예외가 아니었다. 이 아이가 지닌 자폐 스펙트럼 장애의 특징도 한몫했다.

“지금부터 진료를 시작할게요.”

“얼마 전에 하지 않았습니까? 똑같은 일을 하니 시간 낭비 아닙니까?”

로쿠무기는 평정심을 잃지 않도록 일부러 목소리를 낮게 깔고 간단한 질문부터 시작하기로 했다.

“전에는 신체검사만 했으니까요. 자, 일단 이곳에 온 소감을 말해볼까요?”

“감별소에서 이야기 들었던 것보다는 재미있는 것 같습니다.”

소년원에서 지내는 많은 소년들은 이곳 생활이 재미있다고 이야기한다. 발달 장애나 지적 장애를 앓고 있으면 소년원에 들어오는 의미를 이해하지 못하기도 하는데, 그것이 이들의 갱생을 한층 더 방해하고 있다.

그래서 로쿠무기는 본론으로 들어가기 전에 료이치의 경계심을 허물기 위해 간단한 계산 문제를 내거나 도형을 따라 그리게 하며 30분 정도 시간을 보냈다. 그리고 난 뒤 범죄를 저지른 이유를 묻는다. 소년들은 이러한 질문을 부담스럽게 느낀다. 그래서 처음부터 이러한 질문을 하면 대부분 대답하지 못하거나 진지하게 대답하려고 하지 않는다.

료이치는 조금 편안해진 것처럼 보였다. 그래서 로쿠무기는 본론을 꺼내기로 했다. 여기서부터는 정중한 말투를 사용하려고 신경을 쓰면서 말했다.

"이즈미 군, 지금부터는 왜 이곳으로 오게 되었는지 설명
해 볼까요?"

"음, 진료 받으러 온 것 말입니까?"

"아니요, 이 소년원에 오게 된 이유 말이에요."

"아, 범죄 말이군요."

갑자기 료이치는 창문을 힐긋거리기 시작했다. 로쿠무기
는 개의치 않고 말을 이었다.

"어떤 범죄였나요? 물론 나도 알고는 있지만 이즈미 군
이 설명해 보세요."

"아동 강제 추행입니다."

"맞아요. 그렇다면 왜 그런 행동을 했는지 설명할 수 있
나요?"

"그야, 만져보고 싶었기 때문입니다."

또다시 창문을 힐긋거리기 시작했다. 동요하고 있다는
뜻일까. 로쿠무기는 이를 오히려 긍정적인 신호로 받아들였
다. 그래서 말을 이어갔다.

"왜 만지고 싶었죠?"

"여자에게 흥미가 있기 때문입니다."

"그 마음은 이해합니다. 보통 남성은 여성에게 흥미가 있
기 마련이니까요. 하지만 모두가 생각을 그대로 행동으로
옮기지는 않지요. 그렇다면 이즈미 군은 왜 만진 걸까요?"

료이치는 이번에는 입을 다물고 창밖을 응시했다. 긍정

적인 신호라고 하기에는 조금 이상하다고 생각했다. 로쿠무기는 혹시나 하는 마음에 물어보았다.

"이즈미 군, 밖에 뭐가 있나요?"

"그야, 나비가⋯⋯."

"응?"

로쿠무기도 창문을 바라보니 기척을 느껴서인지 나비가 날아갔다. 동요해서가 아니라 단순히 나비를 보고 있었던 모양이다.

"선생님이 갑자기 돌아봐서 날아갔습니다."

료이치는 조금은 날이 선 목소리로 로쿠무기를 탓했다.

"아이고."

앓는 소리가 절로 나왔다. 감별소의 정신과 의사가 자폐 스펙트럼 장애가 의심된다고 진단한 이유를 알 것 같았다. 아마 똑같은 느낌이었을 것이다. 마음을 다잡으니 로쿠무기의 어조도 평소대로 돌아와 있었다.

"그래서, 대답은?"

"무슨 대답이요?"

료이치는 처음 듣는다는 말투였다.

"방금 왜 만졌냐고 물어봤어요."

"아, 모르겠습니다."

료이치는 산뜻하게 대답했다. 머릿속에 있는 생각을 그대로 내뱉은 게 분명하다. 로쿠무기는 그렇게 직감했다.

“왜 만졌는지 이즈미 군도 모르겠나요?”

“네.”

질문이 핵심에서 벗어나고 있다는 걸 느껴 방향을 바꾸었다.

“그렇다면 왜 어린아이를 선택했나요?”

“동갑은 힘이 세서 제가 질 것 같았기 때문입니다.”

이번에는 마치 자기에게도 이유가 있다는 듯한 말투였다.

“그렇군요. 작은 아이는 저항하지 않으니까?”

“그 아이도 그렇게 싫어하는 것 같지 않았습니다.”

그때는 정말로 그렇게 보였을 수도 있다. 실제로 싫어했다면 하지 않았을 거라고 주장하는 소년들도 있었다. 상대방이 싫어하는 일은 하고 싶지 않다는 그들 나름의 배려였다.

“앞으로 여성과 사귀거나 결혼하고 싶나요?”

“아니요. 사귀는 건 싫습니다. 여자 친구에게 줄 선물을 사는 건 돈이 아깝습니다.”

로쿠무기는 숨을 골랐다. 로쿠무기야 말뜻을 이해하지만, 사정을 모르는 사람이 들으면 충분히 화를 내고도 남을 발언이었다. 다만 이 진료는 어디까지나 소년들의 생각이나 행동의 패턴을 알기 위한 것이지 설교 시간은 아니었다.

“들어온 지 얼마 되지 않았으니 대답하지 못할 수도 있어요. 이곳에서 나갈 때까지 잘 생각해 보고 왜 그런 일을 했는지 말할 수 있도록 노력해 봐요.”

“그게 가능합니까?”

마치 남 얘기를 하는 듯한 어조였다.

“앞으로 이곳에서 ‘성범죄 재발 방지 프로그램’을 받게
되면 알게 될 거예요.”

“그랬으면 좋겠네요.”

이번에는 보호자 같은 말투였다. 진료가 끝난 료이치는
인사도 없이 방을 나갔다.

“역시 감별소 진단대로지?”

로쿠무기는 뒤에서 상황을 지켜보던 미도리카와에게 동
의를 구했다. 짜증을 누군가와 공유하고 싶다는 마음은 정
신과 의사라고 별반 다르지 않다.

“그렇네요. 잘은 모르지만 그런 경향은 있다고 느꼈습니
다. 자기가 저지른 범죄도 남의 일처럼 말하고 반성의 기미
도 보이지 않는 듯하고요.”

미도리카와도 같은 생각을 하고 있다는 사실이 이날따라
특히 더 도움이 되었다. 로쿠무기는 금세 평정심을 되찾을
수 있었다.

“맞아. 그러한 점이 특징이기도 하고.”

“이즈미 군의 담당인 누노카와 보호관에게도 전달해야겠
네요. 오해하지 않도록 말이에요.”

“그렇지. 장난처럼 보일지도 몰라도 결코 그런 게 아니라

고 말이야. 저 아이도 나름대로 사회에서 분명 힘들게 살아
왔을 거야."

7 누노카와 보호관과의 만남

다음날, 누노카와 보호관이 료이치를 면접실로 불렀다.
보호관과 소년이 정기적으로 마주 앉는 공간이었다.

삼십 대 중반의 중견 보호관인 누노카와는 열아홉 살 때
사귀던 여자 친구가 비행 청소년으로부터 폭행을 당했던
사건을 계기로 이 세계에 발을 들였다. 범죄자가 없는 세상
을 만들겠다는 강한 신념을 가지고 있지만, 그렇다고 소년
들을 엄하게만 대하지 않는다. 어떻게 해야 아이들이 두 번
다시 범죄를 저지르지 않을지를 고민하고 또 고민한다. 누
노카와는 면접실에서 처음으로 료이치와 마주했다.

"지금부터 너를 맡게 될 2 기숙사의 누노카와라고 한다.
이즈미 군은 2 기숙사에서 생활하게 될 거야. 잘 부탁해."

"아, 네……. 왜 2 기숙사입니까? 저는 바깥 풍경이 잘 보
이는 3 기숙사가 좋은데."

순간 누노카와의 표정이 굳었지만, 로쿠무기로부터 미리
이야기를 들었던 터라 동요하지 않고 말을 이어갔다.

"그건 네 상황을 고려해서 정해진 거야. 앞으로의 생활은

면담 때 물어보겠지만 다른 원생들도 있으니 자주 하긴 힘들 거다. 그러니까 하고 싶은 말이 있으면 이 일기장에 적도록 해."

누노카와는 B5 크기의 캠퍼스 노트를 료이치에게 건넸다. 일기 쓰기는 소년원 지도 중에서도 중요한 과정이다. 소년원에서는 자유롭게 말할 기회가 거의 없기에, 아이들은 매일 느끼는 감정이나 생각, 고민을 일기에 적는다. 이 내용은 직원들과 공유된다. 소년들이 쓴 일기는 주로 담당 보호관이 보고 빨간 펜으로 코멘트를 적어 돌려준다. 소년원에서 생활하면서 느끼는 불안이나 불만, 가족에게 감사하는 마음, 교화 프로그램에서 느낀 점이나 배운 것, 피해자에 대한 사죄의 마음 등이 대부분이었는데, 다른 원생과 몰래 쪽지를 주고받는 일까지 일기에 보고하는 소년도 있었다.

"이즈미 군은 아직 중학생이니까, 여기서 중학교 과정을 듣게 돼. 그리고 재범 방지를 위한 수업들도 있어. 성 관련 범죄에 해당하니, 내가 맡고 있는 수업에 참여하게 될 거야."

"싫습니다. 그러면 제가 저지른 일을 다른 아이들도 알게 됩니다."

료이치는 노골적으로 싫은 표정을 지었다.

"같은 범죄를 저지른 애들만 모여 있으니 괜찮아. 다들 너처럼 알려지는 걸 싫어하거든."

"정말입니까?"

전혀 믿을 수 없다는 듯한 료이치에게 누노카와는 담담하게 설명했다.

"여기선 다른 애들 얘기 꺼내는 건 금지야. 그거 어기면 규칙 위반, 위반이 쌓이면 출소일도 미뤄져. 그러니까 이즈미 군도 조심해."

"네."

료이치는 아직도 이해하지 못하는 듯했지만, 더는 아무 말도 하지 않았다. 소년원에는 세부적인 것까지 규칙으로 정해져 있었다. 만일 이를 위반하면 입소 기간이 늘어나게 되는 등의 불이익이 주어진다. 누군가가 저지른 범죄를 다른 소년들에게 이야기하는 것은 물론 정해진 장소 이외에서 자신의 범죄를 함부로 떠드는 일 또한 금지되어 있었다.

8 성범죄 재발 방지 프로그램

입소한 지 한 달이 지나자, 료이치는 소년원 생활에 익숙해졌다. 누노카와와의 면담과 일기 쓰기를 이어가며, 조금씩 중학생다운 모습을 되찾아갔다.

"이즈미, 다음 주부터는 피해자의 심정을 헤아려볼 수 있는 그룹 수업이 시작될 거다."

"네. 기대됩니다. 수업 땐 뭘 합니까?"

"몇 명씩 무리를 지어서 이야기를 나눌 거야. 해보면 알게 돼."

그 다음 주부터는 성범죄와 관련된 수업이 시작되었다. 료이치를 포함해 여섯 명이 한 방에 모여 반원 형태로 놓인 간이 의자에 앉았다. 방 앞에 놓인 화이트보드 옆에 누노카와 보호관이 서 있었다. 방 뒤에는 보조 보호관 한 명이 보안을 위해 문 옆에 조용히 서 있었다. 바깥에서 안을 들여다볼 수 있도록 유리창이 달린 문이었다.

시간이 되자 누노카와가 입을 열었다.

"오늘부터 그룹 수업을 시작합니다. 여기가 무슨 수업인지 알고 있나요?"

소년들은 다들 아무 말 없이 눈알을 굴렸다.

"네. 성범죄를 저지른 사람들의 강좌입니다."

그때 료이치가 머뭇거리기는커녕 손을 번쩍 들더니 자신만만하게 대답했다.

"맞아요. 이 강좌는 성과 관련된 범죄를 저지른 사람들만 들을 수 있습니다. 나는 아니라고 생각하는 사람은 손을 들어볼까요?"

소년들은 말을 아꼈다.

"여기서 보고 들은 내용은 절대 다른 사람에게 말해서는 안 됩니다. 오늘부터 1주일에 한 번, 약 4개월 동안 16번 듣게 될 겁니다."

소년들이 아무 말 없이 이해했다는 걸 확인한 누노카와는 화이트보드에 A3 용지를 자석으로 붙였다.

"자, 주목."

화이트보드에 붙인 종이에는 왼쪽 끝에 세로로 선이 그어져 있고, 그 선의 가운데부터 오른쪽으로 가로선이 그어져 있었다. 그리고 세로선의 위쪽 끝에는 '좋았던 일', 아래쪽 끝에는 '나빴던 일', 가로선과 세로선이 만나는 지점에는 '출생', 가로선의 오른쪽 끝에는 '현재'라고 적혀 있었다.

"그럼, 오늘은 여러분이 이 소년원에 들어오기까지의 삶에 대해서 이 종이에 써보도록 합니다. 이건 '인생 그래프'라고 합니다. 가로축은 시간입니다. 왼쪽 끝이 태어났을 때, 오른쪽 끝은 현재입니다. 그리고 세로축은 위쪽은 좋았던 일, 아래쪽은 나빴던 일입니다. 태어나서 지금까지 좋았던 일도 나빴던 일도 많았겠죠. 이를 떠올리면서 '현재' 부분까지 그래프를 그려봅시다. 포물선이 생기면 그때 무슨 일이 있었는지를 쓰면 됩니다. 다 작성하고 나면 순서대로 앞에 나와 발표할 겁니다. 다른 친구들의 삶을 알게 되면 많은 공부가 될 거예요."

곧바로 한 소년이 손을 들었다.

"선생님, 무슨 말인지 모르겠어요."

다른 소년도 말을 보탰다.

"선생님이 하신 말씀은 이해했는데, 저는 지금까지 살면

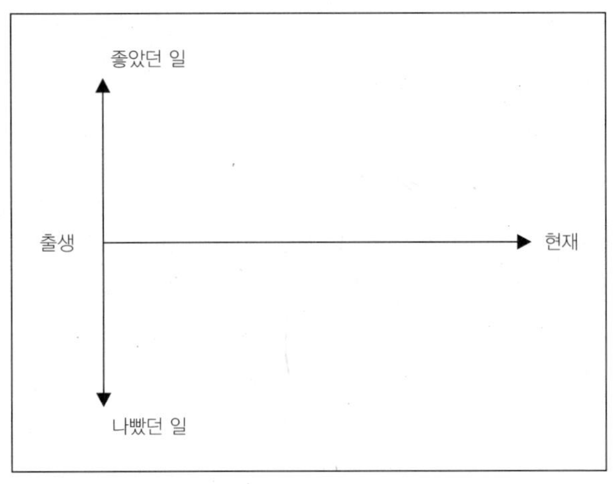

인생 그래프

서 좋았던 적은 한 번도 없었고 나쁜 일만 있었어요. 그래도 괜찮나요?"

"떠오르는 내용을 자유롭게 쓰면 됩니다. 혹시 그림 그리는 법을 모르겠는 사람은 손을 들어볼까요? 따로 가르쳐줄게요."

누노카와의 말에 세 명이 손을 번쩍 들었다. 료이치는 설명을 이해한 듯, 고개를 끄덕였다. 누노카와는 모르겠다고 손을 든 아이들을 하나씩 돌아보며 설명을 덧붙였다.

9 인생 그래프

소년들은 벽에 붙은 책상에 앉아 묵묵히 그래프를 그려 나갔다. 누노카와는 틀리게 그리는 아이는 없는지 조용히 지켜보았다. 누노카와가 료이치 곁으로 다가갔을 때, 그는 막 그래프를 그리기 시작한 참이었다. 연필 끝이 출생 지점에 닿은 다음, 곧장 오른쪽 아래로 선이 내려갔다. 첫 번째 포물선이었다.

료이치의 머릿속에는 과거의 일들이 어지러울 정도로 마구 떠올랐다. 이 수업은 말로 표현하기 힘든 무의식 속의 괴로움을 그래프로 가시화하는 것이 목적이다. 먼저 그래프를 다 그리고 난 뒤 각각의 정점에 일어났던 일을 적어도 좋고, 포물선이 생길 때마다 그때 일어났던 일을 써도 좋다. 시간 축도 본인이 자유롭게 설정한다. 본인에게 중요했던 기간은 넓게, 크게 상관없었던 기간은 좁게 잡아도 좋다. 이를 통해 나에게 가장 중요했던 시기와 그렇지 않았던 시기를 눈으로 확인할 수 있다.

료이치는 첫 번째 포물선의 꼭짓점에 '부모님이 이혼했다'라고 적었다. 태어났을 무렵에는 평범한 가정이었다. 하지만 다섯 살 때, 아버지 사이지가 다니던 회사가 무너졌다. 곧 이사를 해야 했고, 술이 잦아진 아버지는 어머니와 다투기 시작했다. 말다툼은 손찌검으로 번졌고, 어머니는 결국 집을 나갔다. 이후 료이치는 아버지와 단둘이 살게 되었다.

첫 번째 곡선은 천천히 상승했고, 그래프는 두 번째 포물선을 그리기 시작했다. '초등학교에 들어가 친구가 생겼다.' 친구가 생긴 뒤로는 학교 가는 것도 조금은 즐거워졌다. 하지만 그 포물선은 오래 가지 못하고 금세 거꾸로 뒤집혔다.

'초등학교 3학년. 왕따를 당했다.'

사이가 좋았던 친구가 어느 날, 기분 나쁘다며 등을 밀기 시작했다. 냄새가 난다, 세균 덩어리 같다는 말도 곧 따라붙었다. 뒤에서 밀치고, 바지를 벗기고, 물건을 뺏어 가는 일도 생겼다. 그래도 료이치는 화도 내지 않고, 울지도 않았다. 대신 늘 싱글싱글 웃고 있었다. 그 표정이 오히려 따돌림을 부추겼다. 친구들 눈엔 료이치가 그 상황을 즐기고 있는 것처럼 보였을지도 모른다.

10 성에 대한 자각

따돌림은 그 후에도 계속되었다. 료이치는 초등학교 고학년이 되면서 이성에 대해 눈을 뜨기 시작했다. 초등학교 5학년 무렵부터 화장실을 훔쳐보거나 저학년 여자아이들의 몸을 만지기도 했고 동급생 여자아이들이 갈아입을 옷을 훔치는 등의 문제 행동을 일으켰다. 학교 측에서는 아버지인 사이지에게 사정을 설명했지만, 아버지는 신경 쓰지 않았다. 문제를 심각하다고 여긴 학교는 성 문제 전문가인 구로다 사토코 선생님에게 개별적으로 지도 받게 했다.

"료이치 군, 오늘은 성기에 대해서 배워볼 거예요. 성기란 신체 부위 중 다른 사람이 함부로 보거나 만져서는 안 되는 곳입니다. 이 그림을 볼까요? 여기서 수영복에 가려져 있는 부분은 만져서는 안 돼요."

료이치의 앞에는 수영복을 입은 남녀의 그림이 놓여 있었다. 수영복에 해당하는 부위가 바로 사토코가 말하는 성기에 해당했다.

"아아. 여기는 함부로 보거나 만지면 안 돼요."

료이치는 젊고 상냥한 사토코를 어머니처럼 느끼며 따르게 되었다. 그리고 사토코를 위해서라도 여자에게 나쁜 짓을 하지 않겠다고 다짐했다.

인생 그래프 중 가장 높이 솟아오른 곳에는 '초등학교 5학년. 좋은 선생님을 만났다.'라고 적혀 있었다.

그 뒤로는 그래프가 다시 아래로 내려갔다. 중학교에 입학한 뒤로 따돌림은 더욱 심해졌다. 사이지는 그런 상황을 전혀 몰랐다. 그저 진도를 따라가지 못하는 료이치에게 공부를 강요했다. 시험을 못 보면 때리기도 했다.

"네가 싫어서 이러는 게 아니다. 다 널 위해서야. 먹고는 살아야 할 거 아니냐!"

사이지는 입버릇처럼 말했다. 반면 료이치에게는 유일한 놀이 상대이자 근처에 살고 있는 일곱 살 어린 아야를 제외하면 도와줄 사람도, 도망칠 곳도 없었다. 아야와 함께 있으면 숨통이 트이는 기분이었다.

그러던 어느 날, 사이지가 집을 비운 사이 료이치는 우연히 인터넷으로 야한 동영상을 보게 된다. 처음에는 싫어하던 여성이 마지막에는 좋아서 어쩔 줄을 몰라 했다. 그 모습을 보고 그것이 '일반적'이라고 받아들이고 만다.

그리고 중학교 3학년이 된 료이치는 공원에서 놀고 있는 아야에게 말을 걸어 화장실로 데리고 간다. 료이치의 인생 그래프는 가장 깊은 포물선을 만들면서 끝이 났다.

'붙잡혔다. 소년원에 들어왔다.'

그래프를 다 그린 료이치는 멍하니 벽을 바라보았다. 뒤에서 료이치의 그래프를 보며 누노카와는 그 속내를 가늠했다.

저녁 일과가 끝나고 저녁 6시부터 8시까지는 담당 보호관과 소년들의 개별 면담 시간이었다. 마침 프로그램 첫날에 료이치와의 면담이 예정되어 있었다.

"오늘 인생 그래프를 보니 힘든 일이 많았던데."

"아닙니다. 하지만 다른 아이들의 이야기를 듣고 나니 저만 힘든 게 아니라는 걸 알게 돼서 좋았습니다."

곧바로 대답하는 료이치의 모습에 누노카와는 오히려 위

화감을 느꼈다. 그래서 조금 더 파고들어 보았다.

"그러냐. 성범죄를 저지른 아이들은 대부분 따돌림을 당했던데. 이즈미 너도 아버지로부터 맞았다는 걸 아무한테도 이야기하지 못했고 말이야."

료이치가 입을 다물었다. 확실히 이번에는 곧바로 대답하지 못하겠는지 화제를 바꿨다.

"다음 주에는 뭘 합니까?"

"지금 생각 중이야. 기대해도 좋아."

료이치의 태세 전환이 빨랐다.

"그 수업, 재밌어서 계속 참가하고 싶습니다."

참가만으로도 고통스러운 프로그램이 있다. 료이치의 재미있다는 감상이 과연 적절한 걸까? 누노카와는 판단하기는 어려웠다.

11 밸런스 게임

일주일 뒤, 료이치는 다른 아이들과 함께 성범죄 재발 방지 프로그램에 참가했다. 교실 한쪽, 화이트보드 옆에는 누노카와 보호관이 이미 자리를 잡고 서 있었다.

"오늘은 밸런스 게임이라는 걸 할 거예요. 지금부터 정해진 답이 없는 문제를 낼 겁니다. 어떤 마음이 드는지 생각해 보세요."

그렇게 말하고 화이트보드에 가로로 길게 선을 그었다. 오른쪽 끝에 '남자 100퍼센트', 왼쪽 끝에 '여자 100퍼센트', 가운데에는 '0퍼센트'라고 적었다. 그리고 소년들의 이름이 적힌 이름표 여섯 장을 화이트보드 아래에 자석으로 붙였다. 준비를 끝낸 누노카와가 말했다.

"질문입니다. 만일 다시 태어난다면 남자와 여자 중 어느 쪽으로 태어나고 싶나요? 그 정도를 0부터 100퍼센트까지로 표시할 겁니다. 그럼, 끝에서부터 갈까요. 다나카 군?"

"음, 저는 남자 80퍼센트입니다."

다나카가 의미심장하게 대답했다.

"남자 80."

누노카와는 자석으로 고정한 '다나카'라고 적힌 이름표를 떼어냈다. 그러고서는 보드 선 위에 남자 100퍼센트와 0퍼센트 사이, 80퍼센트쯤 되는 지점에 붙였다. 이는 소년들의 응답을 시각화해 보여주는 장치다. 이어서 다음 소년에게 물었다.

"그럼, 모치즈키 군은?"

"저는 여자 20퍼센트요."

남은 소년들에게도 모두 질문을 던졌다. 누노카와는 아이들의 응답에 따라 이름표를 하나씩 화이트보드 선 위에 옮겨 붙였다.

마쓰모토와 미네기시는 남자 100퍼센트에, 다나카는 남자 80퍼센트에, 기타노와 모치즈키는 여자 20퍼센트에, 그리고 이즈미는 여자 90퍼센트에 배치되었다.

다음으로 누노카와는 이렇게 말했다.

"그럼, 이 이름표 위치와 비슷하게 대형을 만들어봐요. 남자 100퍼센트는 여기, 여자 90퍼센트는 저기입니다. 이 안에서 여러분이 대답한 숫자만큼 이동하도록 하세요."

소년들이 의자를 들고 이동하느라 방 안이 소란스러워졌다. 누노카와는 말을 이었다.

"자, 지금부터 왜 그렇게 대답했는지 각자 이유를 말해볼 겁니다. 다른 사람의 말을 듣고 생각이 바뀌었다면 의자를 들고 자리를 이동하면 됩니다. 말을 한 사람은 다른 사람들이 자신의 의견 쪽으로 옮기도록 열심히 설득하기 바랍니다. 100퍼센트라고 대답한 사람부터 시작하죠. 마쓰모토 군, 왜 남자 100퍼센트라고 했는지 이유를 말해볼까요."

갑자기 지목당한 마쓰모토가 잠시 허둥댔지만, 이내 오른팔을 들어 보이며 팔뚝에 힘을 줬다.

"남자는 싸움에 강하기 때문입니다."

"그렇군요. 그럼, 미네기시 군은?"

미네기시는 고개를 숙인 채 대답했다.

"남자가 멋있어서요."

"그럼, 반대 의견을 들어볼까요. 이즈미 군은 왜 여자 90

퍼센트라고 대답했죠?”

이 수업은 답변과 상관없이 숫자를 높게 말한 사람부터 순서대로 이유를 묻게 되어 있다. 그래야 극단적인 의견이 나오기 쉽기 때문이다. 료이치는 딱딱한 어조로 단조롭게 대답했다.

“남자는 일을 해서 가족을 먹여 살려야 하기 때문에 힘듭니다. 그래서 90퍼센트라고 대답했습니다.”

“그렇군요. 지금 이즈미 군의 의견을 듣고 마쓰모토 군은 어떻게 생각하나요?”

마쓰모토는 자신의 생각을 손바닥 뒤집듯 뒤집었다.

“맞아요. 일하는 거 힘들어요. 남자 60퍼센트로 바꿀래요.”

누노카와는 마쓰모토의 이름표를 남자 60퍼센트로 이동시키고, 곧바로 마쓰모토에게 물었다.

“일하는 게 힘들어서 바꾸는군요. 그런데 왜 여자 100퍼센트는 아닌가요?”

“여자는 화장 같은 걸 하니까 귀찮을 것 같아요.”

표면적인 대답이 많은 것 또한 이들의 특징 중 하나였다.

“마쓰모토 군, 의자를 가지고 남자 60퍼센트 위치로 이동해 주세요.”

그 뒤로도 누노카와는 다른 소년에게도 순서대로 의견을 묻고 만일 생각이 바뀐 경우엔 자리도 함께 바꾸게 했다. 새로운 장소로 이동한 다음에는 다시 서로 의견을 교환하게 한다. 소년들은 때로는 크게 웃으며 의자를 가지고 오른쪽으로, 또는 왼쪽으로 이동했다.

이동은 다른 사람의 의견을 듣고 내 생각을 유연하게 바꿀 수 있다는 의미다. 유연한 사고력을 키우려면 처음부터 어느 한쪽으로 치우치는 게 아니라 토론을 통해 이동량을 늘려야 한다. 그래야 이 수업이 지닌 의의가 커진다. 소년들이 편안하게 서로 의견을 내는 모습을 확인한 누노카와는 이렇게 말했다.

"자, 지금까지는 워밍업이었어요. 다음 질문부터는 본론으로 들어가겠습니다."

누노카와는 다시 화이트보드에 선을 그었다. 이번에는 왼쪽 끝에 '100퍼센트, 여성이 잘못했다', 오른쪽 끝에는 '0퍼센트, 잘못하지 않았다'라고 적고, 가운데에는 50퍼센트를 표시했다.

"문제입니다. 한밤중에 미니스커트를 입고 길을 걷던 여성이 성범죄를 당했습니다. 이 여성은 잘못한 걸까요, 그렇지 않을까요? 완전히 잘못했다고 생각한다면 100퍼센트, 전혀 잘못이 없다고 생각한다면 0퍼센트라고 대답해 주세요."

첫 번째 문제 때와는 달리 소년들의 표정이 굳어졌다. 이들은 각자 생각한 수치를 말했고, 누노카와는 그에 따라 이름표를 보드 위에 붙여 나갔다.

이즈미는 90퍼센트라고 답했고, 다나카와 마쓰모토는 각각 80퍼센트였다. 모치즈키는 50퍼센트, 기타노는 40퍼센트를 선택했다. 미네기시는 가장 낮은 수치인 10퍼센트를 말했다. "여성이 전혀 잘못하지 않았다"고 응답한 소년은 없었다.

"의견이 갈렸네요. 이번에도 순서대로 대답해 볼까요? 이즈미 군, 여성이 잘못했다가 90퍼센트인 이유를 설명해 볼까요?"

"미니스커트를 입어서 도발하는 여자가 나쁩니다. 하지만 그렇다고 해서 덮치는 것도 옳지 않으니 90퍼센트라고 생각합니다."

누노카와는 전형적인 의견이라고 생각했다. 하지만 동시에 료이치가 남자도 나쁘다고 생각한다는 사실이 의외라고 느꼈다. 누노카와는 자신의 입장을 드러내지 않고, 다른 소년의 생각을 이어 묻기로 했다.

"알겠습니다. 이 의견을 듣고 10퍼센트라고 대답한 미네기시 군의 생각은 어떤지 들어볼까요?"

"패션은 여성의 자유잖아요. 덮치는 남자의 잘못이라고 생각합니다."

누노카와는 같은 범죄를 저질렀음에도 사고방식에 큰 차이가 있다는 점에 주목했다.

"그렇군요. 이즈미 군은 미네기시 군의 의견에 대해 어떻게 생각하나요?”

“그 말이 맞는 것 같습니다. 복장은 자유니까요. 미네기시 군 쪽으로 이동하겠습니다. 숫자는 20퍼센트입니다.”

료이치는 의자를 들어 미네기시 옆으로 자리를 옮겼다. 이 수업은 사람마다 사고방식이 다르다는 사실을 인식하게 하고, 자신의 사고를 자각하는 계기를 만들기 위한 것이었다. 진행자인 보호관은 어떤 의견도 부정하지 않아야 하고, 자신의 견해를 드러내서도 안 된다. 의견을 부정하면 자유로운 발언이 어려워지고, 보호관의 의견이 ‘모범 답안’으로 굳어져 수업의 의미가 퇴색되기 때문이다.

“다나카 군은 미네기시 군의 의견을 어떻게 생각하죠?”

“음, 저는 여성의 복장은 자유이지만 일부러 미니스커트를 입을 필요는 없다고 생각합니다. 그러니까 이동하지 않겠습니다.”

“알겠습니다. 자, 이런 의견도 있었어요. 그렇다면…….”

누노카와는 계속해서 소년들의 다양한 의견을 들었다. 모두가 같은 가해자지만 생각은 제각각이었다. 성범죄자라고 해서 여성이 100퍼센트 잘못했다고 생각하는 건 아니었다.

12 임산부 체험

다음 주에는 소년들이 임산부를 체험해 보는 프로그램이 준비되어 있었다. 임신 체험복을 입고 직접 몸을 움직이며, 임산부가 일상에서 겪는 불편함과 고단함을 체감하는 활동이다. 동시에 새 생명의 무게와 존엄에 대해 생각해 보는 시간을 갖는다. 프로그램은 외부에서 현직 조산사를 초빙해서 진행했다.

"저는 조산사로 일하고 있는 가와시타라고 합니다. 약 3년 전부터 임산부 체험 수업을 담당하고 있습니다. 임산부 체험에서는 생명의 존엄함을 배웁니다. 바로 시작해 볼까요? 이즈미 군, 이 옷을 입어주세요."

료이치가 첫 번째 주자로 지목되었다. 의자에 앉은 상태에서 가와시타가 료이치의 옷 위에 임신 체험복을 입혔다. 체험복 앞쪽은 임산부처럼 배와 가슴이 불룩하게 솟아 있었다. 등 뒤에 달린 벨크로로 몸에 단단히 밀착시킨다.

"무거워……."

료이치는 자신도 모르게 중얼거렸다. 옷의 무게는 약 7킬로그램 정도였다. 산달이 임박한 임산부의 상태를 체험하기 위해 가슴과 배 부분이 특히 무거웠다.

"여성은 아이를 낳을 때까지 이런 상태로 생활합니다. 자, 이대로 천천히 일어나 볼게요."

“네.”

자리에서 일어나려고 했던 료이치는 비틀거리며 넘어질 뻔했다.

“괜찮아요?”

“네, 그럭저럭요.”

가와시타는 신중하게 다음 지시를 내렸다.

“이제 그대로 천천히 바닥에 엉덩이를 대고 앉아 볼게요.”

“어!”

료이치는 가와시타의 말대로 천천히 앉으려고 했지만 마지막에 엉덩방아를 찧고 말았다.

“괜찮아요? 이번에는 양말을 벗었다가 다시 신어보세요.”

하지만 커다란 배 때문에 생각처럼 양말을 벗거나 신을 수 없었다.

“어렵죠? 이처럼 임산부는 양말을 신는 것도 만만치 않아요.”

“네. 힘듭니다.”

체구가 작은 료이치에게는 특히 더 힘든 체험이었다.

“그럼, 이번에는 아기를 안아볼까요?”

가와시타는 아기 인형을 소년들 앞에 꺼냈다.

“이건 무게도 촉감도 신생아와 똑같은 아기 인형입니다. 그럼, 다시 이즈미 군부터 해볼까요? 아기를 안을 때는 오른손으로 목을 꼭 받쳐 주세요.”

"아, 무거워요."

"어, 목이!"

미네기시가 소리쳤다. 료이치가 목을 제대로 받치지 않았기 때문에 인형의 머리가 아래로 축 늘어졌다.

"아기는 목을 제대로 가누지 못하니까 이렇게 확실하게 받쳐줘야 해요."

가와시타는 료이치의 오른쪽 팔꿈치를 붙잡고 그 안쪽에 인형의 머리가 오도록 했다.

"아. 이렇게 해야 하는군요."

임산부 체험의 목적은 생명의 탄생에 깃든 성의 본래 의미와 가치를 이해하게 하고, 성범죄가 그러한 신성함을 욕망으로 훼손하는 행위임을 인식시키는 데 있다. 성범죄 재발 방지 프로그램에는 다양한 내용이 포함되어 있지만, 특히 소년을 대상으로 할 경우, 기존 성교육에서도 다루는 성 기능에 관한 기초적인 신체 메커니즘을 익히는 것은 필수적이다. 성에 대한 지식이 부족하거나 잘못된 이해를 갖고 있으면 청소년 임신이나 성병 같은 문제로 이어질 수 있다. 심할 경우, 지나치고 왜곡된 자위 방식으로 자신을 다치게 되는 일도 생긴다.

13 범죄를 저지른 이유의 발표

성범죄 재발 방지 프로그램은 그 뒤로도 주 1회 꼴로 계속되었다. 료이치 역시 점차 소년원 생활에 안정을 찾아갔다. 누노카와 보호관과의 면담을 거듭하면서, 왜 자신이 소중했던 아야에게 그런 일을 저질렀는지에 대해 조금씩, 그러나 분명히 이해하게 되었다.

프로그램이 막바지에 가까워질 무렵, 소년들이 차례로 자신의 성범죄 동기를 발표하는 시간이 마련되었다. 발표에는 충분한 시간이 필요했기 때문에, 한 번에 두 명씩 진행되었다. 료이치 차례가 되었을 때도, 진행은 다른 소년들과 마찬가지로 누노카와가 맡았다.

"그럼 오늘은 이즈미 군. 이번 사건을 왜 저질렀는지 발표해 주세요."

"네. 먼저 이걸 화이트보드에 붙이겠습니다."

료이치는 잘라 둔 종이 일곱 장을 자석으로 화이트보드에 붙였다. 그 옆에는 처음에 그렸던 '인생 그래프'도 함께 붙였다.

"지금부터 제가 범죄를 저지른 이유에 대해 설명하겠습니다."

료이치는 다음의 순서에 따라 발표를 이어갔다.

매일 학교에서 따돌림을 당했다.

↓

집에서는 아버지에게 맞았다. 털어놓을 사람이 없어 스트레스가 쌓였다.

↓

인터넷으로 야한 동영상을 봤다. 남자가 만지는 걸 여자가 좋아하는 것처럼 보였다.

↓

여자는 만지면 좋아하니까 만져도 된다고 생각했다.

↓

공원에서 같은 동네 사는 여자아이가 놀고 있는 걸 봤다.

↓

만져보고 싶어서 화장실로 데리고 갔다.

↓

범죄를 저질렀다.

"이게 제가 범죄를 저지른 이유입니다."

전문가가 본다면, '한 방향의 인과관계로만 성범죄에 이르렀다'는 도식이 지나치게 단순화됐다고 말할 수도 있을 것이다. 하지만 발달장애나 지적장애가 있는 소년들에게는 이처럼 단순한 도식화 없이는 사건의 구조를 이해하는 것 자체가 어렵다.

료이치의 설명이 끝나자, 누노카와는 진행을 이어갔다.

"지금부터는 다른 사람들에게서 질문을 받아보겠습니다. 질문이 있는 사람은 손을 들어주세요."

"저요."

미네기시가 손을 들었다.

"미네기시 군, 말해보세요."

"학교에서는 어떻게 따돌림당했나요? 저도 왕따를 당했었거든요."

"애들이 갑자기 발로 차거나 내 물건을 숨기거나 무시당했습니다."

료이치는 주눅 들지 않고 대답했다. 미네기시는 료이치의 이야기에 자신의 경험을 이입하고 있었다.

"다음 질문 있나요?"

누노카와는 다음 질문으로 넘어갔다. 모치즈키가 손을 들었다.

"저요. 야한 동영상은 어떤 것이었나요?"

"남자가 갑자기 여자를 만지니까 처음에는 여자가 굉장히 싫어했는데 점점 좋다고 말하는 동영상이었습니다."

이를 듣고 몇몇 소년들이 히죽거렸다. 이를 본 누노카와는 혹시나 하는 마음에 쐐기를 박았다.

"여러분. 혹시나 해서 물어보겠는데, 그런 동영상은 다 연기라는 사실을 알고 있나요?"

"네? 그게 연기예요? 저는 진짜인 줄 알았는데요."

"저도요."

히죽거리던 소년들의 표정에 당혹감이 떠올랐다. 누노카와는 이곳의 소년들이 인지력이 낮거나, 현실 감각이 부족할 수 있다는 점을 언제나 염두에 두고 있었다. 그중에는 대인 관계가 미숙해 친구를 사귀어본 적 없는 아이도 있었고, 그런 아이들은 또래를 통해 공유되는 '야한 이야기'나 성 인식과도 접점이 없다. 결국 인터넷에서 접한 단편적 이미지가 그대로 '현실'로 각인되는 위험이 있는 것이다.

누노카와가 말했다.

"다른 질문은 없나요?"

"근데요, 스트레스를 받았다고 왜 여자애를 만져요? 그건 아무 상관도 없는 일이잖아요?"

마쓰모토가 강하게 쏘아붙였다.

"그때까지는 여자를 만지면, 뭔가 싫은 기분이 사라졌습니다. 그래서 멈출 수 없었습니다."

"순 자기 멋대로잖아!"

마쓰모토에게 심하게 질책받은 료이치가 고개를 숙였다.

"자, 자, 마쓰모토 군. 그만."

누노카와가 제지하자, 마쓰모토는 그걸로 만족한 듯 시

선을 거두고 흥미를 잃은 사람처럼 자기 손가락을 만지작거리기 시작했다. 그런 마쓰모토 역시, 후배 여자아이를 상대로 강제 추행을 저질렀다. 자신은 제쳐두고 남을 쉽게 비난하는 것은 이곳 소년원 아이들에게 자주 보이는 특징 중 하나였다. 성범죄 재발 방지 프로그램을 집단 지도 형식으로 진행하는 이유는 바로 이런 모습을 통해 다른 사람 안에서 자기 모습을 비춰보게 하려는 데 있다.

약 4개월간 이어진 프로그램은 그렇게 마무리되었다. 그 과정을 거치며 료이치는 누노카와에게서 안정감을 느꼈고, 마침내 믿어도 괜찮은 어른을 처음으로 만난 것 같다고 생각하게 되었다.

14 세 번째 진료

료이치가 이곳이 입소한 지 8개월이 지나 세 번째 정신과 진료를 받게 되었다. 두 번째 진료 때는 이렇다 할 변화가 보이지 않았지만 최근에는 로쿠무기도 조금씩 반응을 느끼고 있었다. 가장 큰 수확은 예의 바르게 변한 료이치의 태도였다. 로쿠무기도 평온한 마음으로 진료를 계속할 수 있었다.

"벌써 8개월이나 지났네요. 큰 문제만 없다면 3개월 후에 출소인데 이곳에 들어왔을 때에 비해 자신이 바뀌었다고 생각하는 점이 있을까요?”

“피해자의 기분을 헤아릴 수 있게 되었습니다.”

료이치의 입에서 ‘피해자의 기분’이라는 말을 듣는 것은 처음이었다.

“좋아요. 자세하게 말해볼까요?”

“자세하게 말하면 피해자에게 평생 씻을 수 없는 마음의 상처를 줬다고 생각합니다. 저를 믿어줬는데도 말이에요. 앞으로 남자가 무섭다고 생각하겠죠. 그래서 결혼하지 못할 수도 있습니다.”

아무 말도 하지 않는 것보다는 나았지만 로쿠무기의 귀에는 아무래도 틀에 박힌 표현처럼 들렸다.

“돌이켜 보면 왜 범죄를 저질렀다고 생각하나요?”

“성폭력 재발 방지 프로그램에서 배웠는데요. 왕따를 당해서 쌓인 스트레스를 풀기 위해서 그랬던 것 같습니다.”

“하지만 왜 추행이었을까요?”

“그것밖에 떠오르지 않았으니까요. 그 사건 전에도 다른 아이에게 하니까 기분이 나아졌거든요.”

범죄의 원인을 스트레스라고 말하는 소년은 많았다. 다만 스트레스를 느끼는 건 비단 비행 청소년뿐이 아니다. 스트레스가 쌓일 때마다 추행 사건을 일으킨다면 그 수는 건잡을 수 없이 늘어날 것이다.

"그렇군요. 앞으로는 스트레스를 제대로 발산해야 하겠어요."

"짜증이 나면 운동을 할 생각입니다."

스트레스를 해소하기 위해 운동을 하겠다는 소년 또한 많았다. 하지만 살면서 운동하는 습관이 없었던 소년들도 많으니 그다지 현실적이라고 할 수 없다.

로쿠무기는 화제를 바꾸어보았다.

"운동 좋네요. 여기서 나가면 어떻게 할 건가요? 사과는 하러 갈 건가요?"

"변호사 선생님이 그러는데, 피해자가 만나고 싶지 않다고 했대요. 아버지도 이사했다고 했습니다."

"아아. 이사를 했군요. 하긴, 아무래도 가까이에서 살기는 어렵죠. 아버지가 면회를 오시나요?"

"네. 아버지도 저에게 조금 엄하게 대했던 건 사실이라고 말했습니다."

여기서도 로쿠무기는 엄한 부모 밑에서 자라면 모두가 성범죄를 저지르는 거냐고 말하고 싶었지만 꾹 참았다. 아마 지금의 료이치는 답을 내놓을 수 없을뿐더러 그러한 질문을 했다가는 그 나름대로 다짐한 의지마저 꺾이고 말 것이다.

"이제는 여자아이를 봐도 괜찮나요?"

"네. 이제 괜찮습니다. 그리고 누노카와 선생님하고도 약속했어요."

료이치는 가볍게 목례하고는 방을 나섰다. 입소 때와 비교하면 많이 밝아지기는 했다. 하지만 료이치의 이제 괜찮다는 말을 로쿠무기는 도무지 받아들이기 어려웠다. 다시는 그렇지 않겠다고 큰소리쳤던 소년일수록 다시 범죄를 저질러 소년원으로 돌아오는 확률이 높았다.

찜찜해하는 로쿠무기의 마음을 알아챈 미도리카와가 물었다.

"선생님, 이즈미 군 어땠어요?"

"범죄를 저지른 이유나 피해자에 대한 말도 했는데, 꼭 어디서 들어본 듯한 대답이란 말이지. 어디 책에 나와 있기라도 하나? 게다가 운동으로 스트레스를 해소하겠다고 말하지만, 곧바로 실행할 수 있는 것도 아니잖아. 근본적인 해결책이라 할 수도 없어."

하지만 미도리카와는 긍정적으로 받아들였다. 이는 그의 장점이기도 했다.

"그래도 다시 문제를 일으키는 아이들보다 그렇지 않은 아이들이 훨씬 많잖아요. 누노카와 보호관도 이즈미 군 많이 달라졌다고 하셨어요."

"나도 그렇게 믿고 싶어. 조만간 출소하니까."

15 료이치의 출소

료이치는 소년원에서 중학교를 졸업했다. 매년 3월, 소년들이 원래 다니던 학교의 교장 선생님이 이루카노하라 소년원을 찾아와 합동 졸업식을 치른다. 이때만은 소년원에서 마련한 교복을 입고, 체육관 무대 앞으로 한 명씩 나가 교장 선생님에게 졸업장을 받는다. 내빈과 다른 원생들이 지켜보는 가운데, '졸업생, 입장!'이라는 호령에 맞춰 소년들은 어색한 걸음으로 무대 앞으로 나아간다. 료이치는 몸이 작아 교복 소매가 흘러내릴 정도였지만, 그의 당당한 걸음에서는 분명한 성장의 흔적이 느껴졌다.

료이치는 벚꽃이 지기 시작한 4월의 어느 날 출소했다. 아버지 사이지가 마중을 나왔다. 료이치는 전날 밤 누노카와와 나눈 약속을 떠올렸다.

"이제 소년원 선생님이나 가족의 믿음을 배신하지 않겠습니다. 나쁜 짓은 이제 안 할래요! 스트레스가 쌓이면 운동을 하거나 아버지에게 말할 거예요."

"그동안 잘 버텼어. 이제 다시는 하지 않을 거라 믿는다. 이제 이런 곳에는 올 생각도 마."

누노카와는 료이치의 말을 모두 진심으로 받아들였다. '믿고 싶다'는 그의 말 역시 거짓 없는 마음이었다. 그리고 미도리카와도 그러길 바랐다.

16 전근지 견학

"고생했어. 오늘 보건관리센터에 가봤어? 어땠어?"

집에 돌아온 로쿠무기의 얼굴을 보고 아사미는 미소를 지었다. 얼마 전, 의국의 시타모리 교수로부터 가미다테 대학의 보건관리센터를 소개 받았다. 그쪽으로 근무처를 옮기기 전에 분위기를 볼 겸 다녀오는 길이다.

"분위기가 좋더라. 집에서도 가깝고."

"잘됐네. 그러면 결정한 거다?"

"월급은 조금 깎일 것 같은데, 대신 그만큼 아르바이트로 충당하면 되고."

"소년원에도 빨리 말해야겠네. 그런데 후임이 안 오면 어떻게 해?"

아사미는 들뜬 목소리로 말하면서도 로쿠무기의 표정을 곁눈질로 살폈다.

"그게 걸려. 다루기 힘든 아이들이 많으니까. 특히 요즘에는 성범죄를 저지른 소년들이 늘어나기도 했고."

아사미는 다소 가라앉은 로쿠무기의 목소리에서 망설임의 흔적을 엿볼 수 있었다.

"혹시 고민돼? 물론 집에서 가까운 곳이 좋기는 하지만 난 어느 쪽이든 상관없어."

"그렇게나 새로 발령이 나길 바랐는데, 막상 옮기려니

까……."

아니라고 부정하지 않는 로쿠무기를 보며 아사미는 자신의 예감이 맞았다는 걸 알았다. 약간 맥이 빠지기는 했지만 더는 추궁하지는 않았다.

"안나는 요즘 어때?"

아사미는 로쿠무기가 얼버무리듯 화제를 바꾸려 한다는 인상을 받았다.

"요즘에는 열심히 공부하는 거 같아. 친구들과도 잘 지내는 것 같고."

"다행이네. 그래도 걱정할 만한 일이 없나 살펴야겠지."

마음을 놓고 있는 사이 무언가 문제를 일으키는 것이 바로 아이들이다.

17 공원의 여자아이

소년원에서 출소한 료이치는 새로 이사한 집으로 돌아갔다. 원래 살던 곳에서 멀리 떨어진 동네라 피해자 가족과 만날 가능성이 낮았다. 사이지는 새로운 집에서 먼저 살고 있었다. 낡은 단독주택이었지만 안은 깨끗하게 수리되어 있었고 료이치의 방도 마련되어 있었다. 물론 이전에 살던 집에도 방은 있었다. 혼자 방을 정리했을 아버지의 배려가 고마웠다.

"멀리 이사왔으니 소문날 일도 없겠지."

무엇보다 사이지는 이웃의 시선을 두려워했다. 근처에 어린 여자아이가 없기를 바랐으나 현실적으로 불가능했다. 여자아이는 어디에나 있었다. 그리고 료이치는 앞으로 성실하게 일할 것, 두 번 다시 사고 치지 않을 것, 아버지께 효도할 것, 이 세 가지를 맹세했다.

생활이 조금씩 안정을 되찾자, 료이치는 고등학교에 진학하는 대신 일단 일을 해야겠다고 생각했다. 입학 시기를 놓친 것도 있지만, 애초에 공부에는 흥미가 없었다. 무엇보다도 빨리 돈을 벌어 아버지에게 인정받고 싶다는 마음이 컸다. 출소 후 몇 주 동안은, 소년원에서 알려준 공공 취업 지원센터, 헬로워크를 통해 면접을 보러 다녔다. 하지만 결과는 매번 같았다. 긴장한 나머지 면접 도중 말문이 막히거나, 잘 이어가다가도 어처구니없는 실수를 저질렀다. 결국엔 또 떨어졌다. 대인 관계에 서툰 사람이 무작정 서비스직에 도전해서였을까. 아니면, 지나치게 어려 보이는 외모 탓에 '얼마 못 가 그만둘 것'이라는 오해를 샀던 걸까.

"서두를 것 없다."

사이지는 늘 이렇게 이야기해 주었지만, 계속 놀고먹기만 하는 자신이 한심했다. 이 무렵 료이치는 집 근처 공원 벤치에 앉아 생각에 잠기곤 했다. 오후가 되면 근처에 사는 어린아이들이 놀기 위해 공원으로 모여들었다.

그날도 면접에서 떨어진 료이치는 벤치에 혼자 앉아 있었다. 주위에는 다섯 명 정도 되는 아이들과 그 무리에서 떨어져 혼자 놀고 있는 대여섯 살 정도 되어 보이는 여자아이가 있었다. 무리에 끼고 싶은지 친구들을 힐긋거렸는데 다른 아이들은 노느라 정신이 없었다. 료이치는 그 아이가 자기처럼 외로워 보였다.

"저 아이도 혼자 있어서 외로운 걸까?"

그렇게 중얼거린 순간, 문득 지금의 자신이라면 저 아이에게 힘을 줄 수 있을 거라는 생각이 들었다. 그래서 말을 걸어보고 싶었다. 아야에게 몹쓸 짓을 하기는 했지만, 그전까지는 자신을 잘 따랐고, 아이들과 어울리는 일엔 꽤 익숙했다. 소년원에서 공부도 많이 했다. 예전과는 달라졌다고 생각하며 낭랑한 목소리로 여자아이에게 말을 걸었다.

"친구들이 안 놀아주니? 나랑 같이 놀까?"

그 아이는 손을 멈추고 멍하니 료이치를 바라보았다. 그때였다. 료이치의 등 뒤에서 목소리가 들렸다.

"저기요. 저희 애한테 뭐라고 하셨나요?"

돌아보니 그 아이의 어머니로 보이는 여성이 눈앞에 서 있었다. 그리고 그 뒤로 어린아이들을 데려온 부모가 두엇 더 있었다. 료이치는 아이의 어머니를 보자 귓가가 벌게지는 것을 느꼈다. 냉정한 척 애썼지만, 오히려 귀가 아플 정도로 새빨개졌다. 일단 필사적으로 상황을 설명해서 이해시키려고 했다.

"호, 혼자서 있길래요. 심심할까 봐 같이 놀아주려고요."

하지만 혀가 꼬이고 말았다. 이것이 오히려 어머니의 경계심을 부추기는 꼴이 되고 말았다. 무슨 상황인지 알겠다는 듯, 아이의 어머니는 단호한 말투로 말했다.

"아, 그거 고맙네요. 하지만 심심하지 않으니 괜찮아요. 우리 애한테 한 번만 더 접근했다가는 경찰을 부를 줄 알아요."

여기서 경찰 이야기가 왜 나오는 걸까. 하지만 도깨비처럼 험상궂은 표정으로 변한 어머니가 자신의 아이를 휙 끌어안고 도망치듯 멀어지는 모습을 보고 그 의미를 깨달았다. 다른 어머니들도 료이치를 가만히 노려보면서 일부러 들으라는 듯 이야기를 하고 있다는 사실도 눈치챘다.

"학교는 어쩌고 이 시간에 여기서 저러고 있을까? 하여튼 요즘 수상한 사람들이 많다니까 조심해야겠어."

료이치의 얼굴이 새빨개지고 몸이 부들부들 떨렸다.

'수상한 사람이라니……. 친절하게 말을 걸어주었을 뿐인데.'

료이치의 기억 속에서 여자아이의 어머니가 보여준 험상궂은 표정은 점차 자신을 깔보는 듯한 표정으로 바뀌어 갔다. 이는 료이치의 뇌리에서 평생 사라지지 않을 정도로 강렬하게 새겨졌다.

18 그리고, 또다시

좀처럼 일자리를 찾지 못한 초조함과 아버지에 대한 부채 의식 때문인지 료이치의 스트레스가 하루하루 쌓여만 갔다. 겨우 음식점 아르바이트 자리를 구했지만, 아르바이트보다는 제대로 된 직장을 잡고 싶었다. 일자리를 알아보면서 아르바이트를 하려니 의욕이 나질 않아 일도 제대로 못해 혼나는 날도 많았다.

그러던 어느 날, 면접을 보고 평소와는 다른 길로 돌아오는 길에 우연히 지난번의 그 공원과 맞닥뜨렸다. 그 아이와 어머니가 있었던 공원에는 가까이 가지 않으려고 했기에 섬뜩한 느낌이 료이치를 훑고 지나갔다. 그 여자아이가 또 혼자서 놀고 있는 모습이 눈에 들어왔다. 이번에는 어머니가 보이지 않았다.

'저 아이, 지금도 심심해하잖아.'

그렇게 생각하자 료이치의 눈앞에 그 밉살스러운 어머니가 자신을 깔보듯 바라보던 표정이 생생하게 떠올랐다. 그리고 심술궂은 말도 귀에서 계속 떠나질 않았다.

'한 번만 더 접근했다가는 경찰을 부를 줄 알아요.'

'요즘 수상한 사람들이 많다니까 조심해야겠어.'

그 사람들은 나를 바보 취급했다. 절대 용서하지 않을 거야. 혼을 내줘야지. 료이치의 몸은 자연스레 공원으로 향했다. 료이치는 얼굴 근육에 힘을 주고 인위적인 미소를 지으며 여자아이에게로 다가갔다.

"안녕, 또 만났네?"

아이는 대답을 하기는커녕 료이치를 째려봤다. 이러한 아이의 태도에 료이치는 일말의 망설임이 사라졌다. 위험한 사람이니 가까이 가지 말라고 어머니가 주의를 준 게 틀림없었다. 다음 순간, 료이치는 아야에게 했던 말을 똑같이 건넸다.

"재미있는 거 보러 갈래?"

그날 밤, 료이치는 기분이 날아갈 것 같았다. 사이지는 료이치와 저녁을 먹으며 맥주를 반주로 마셨다. 항상 말이 없던 아들이 그날따라 이상하게도 먼저 말을 걸었다.

"아버지, 오늘 면접 본 회사에 취직할 것 같아요."

"정말이냐? 어떤 회사인데?"

사이지는 반신반의했지만 나쁜 이야기는 아닌 듯했다. 제대로 들어주자고 생각하며 맥주를 한 캔 더 가지러 냉장고로 향했다.

"기획 회사인데요, 주최자로부터 유명인의 강연회 같은

걸 의뢰받아서 기획하는 곳이래요. 제가 마음에 들었는지 사장님이 바로 출근하라고 하더라고요."

"그래? 잘됐구나. 게다가 일도 재미있을 것 같고. 무엇보다 료이치, 너에게도 잘 맞을 거야. 혹시 유명인들이랑 안면도 트고 그러려나?"

사이지는 연예인을 좋아해서 그런 이야기에 관심이 많았다. 맥주를 컵에 따르며 얼굴에 웃음을 띠었다. 여러 가지 일이 있었지만 이제 겨우 일상을 되찾은 느낌이다. 맥주도 평소보다 훨씬 잘 넘어갔다.

하지만 사이지가 맥주를 마시는 모습을 보면서 료이치는 당장이라도 경찰이 찾아오지는 않을까 안절부절못했다. 이러한 불안을 숨기기 위해 저도 모르게 거짓말을 했다. 그날 밤, 경찰은 찾아오지 않았다.

하지만 다음날 이른 아침, 조용한 집안에 초인종이 크게 울렸다. 이미 일어나 출근할 준비를 하고 있던 사이지가 퉁명스레 고함을 쳤다.

"이 시간에 누굽니까?"

벌컥 현관문을 열자 그 앞에 제복을 입은 경찰관 셋이 서 있었다.

"여기가 이즈미 료이치 군의 집입니까?"

"네? 아, 네, 그런데요. 료이치가 무슨 일이라도."

사이지는 금세 일의 심각성을 깨달았다. 이때 끊어진 사이지 마음의 끈은 두 번 다시 이어지지 않았다.

19 재입소

로쿠무기는 소년부 기록에서 료이치 사건의 개요를 읽었다. 출소한 지 일 년 후의 일이었다. 그리고 료이치와 의무실에서 다시 만났다. 키는 10센티미터 정도 자랐고 듬성듬성한 수염에 여드름이 난 얼굴은 옛날의 어린 티를 완전히 벗은 모습이었다.

"다시 돌아왔네요. 밖에서 많은 일이 있었겠어요. 그중 뭐가 가장 문제였던 것 같나요?"

"그 아줌마가 절 바보 취급했어요. 친절하게 말을 걸어줬을 뿐인데. 그래서 복수했어요."

마치 어제 일인 양 생생한 분노가 느껴졌다. 얼굴을 빨개질 정도로 열심히 우기는 료이치를 보며 출발점으로 돌아온 듯한 기분이 들었다.

"피해자 아동은 아무런 상관이 없는데도요?"

"무슨 상관이에요. 다 그 사람들이 잘못한 거라고요."

로쿠무기는 잠시 아무 말 없이 료이치를 바라보았다. 그리고 료이치가 의무실을 나가고 얼마 지나지 않아 누노카와 보호관이 들어왔다.

"로쿠무기 선생님. 저 아이, 어떤가요?"

"이즈미 군은 상대방이 나쁘다고 하는데, 꽤나 분한 모양이에요."

"제 생각도 그렇습니다. 아직 제대로 이야기를 나눠보지는 않았지만, 어떻게 대해야 할지 모르겠습니다. 솔직히, 마음으로는 도저히 용서가 안 돼요."

누노카와도 쉽게 받아들일 수 없다는 듯한 표정이었다.

"그가 저지른 일은 결코 용서받을 수 없습니다. 다만, 그 아이가 왜 그 지점까지 무너졌는지 생각하지 않으면, 같은 일이 반복될 뿐입니다. 그게 다시는 반복되지 않게 하려면, 누구든 지금은 그 아이를 붙잡아야 합니다."

"머리로는 알고 있는데 좀처럼 마음이 따라주질 않네요."

누노카와는 고개를 숙였다. 로쿠무기도 그 말이 현실과는 너무 멀다는 걸 알고 있었다. 과거 정신과 병원에서 소아청소년정신과 외래를 맡았을 때, 약속을 지키지 않는 청소년을 보며 몇 번이나 용서할 수 없다고 생각했었으니 말이다. 하지만 로쿠무기는 지원에 대한 올바른 방향성은 제시하여야 하는 입장이다.

"그건 저 아이가 누노카와 선생님을 배신했기 때문인가요? 선생님의 성의를 배신하고 또다시 범죄를 저지른다면 받아들일 수 없다는 건가요?"

누노카와는 입을 다물었다. 로쿠무기는 말을 계속했다.

"이즈미 군처럼 장애가 있는 소년들은 원래 열심히 하려고 해도 그러지를 못하기 때문에 더더욱 지원이 필요한 겁니다. 기대를 저버린 아이일수록, 더 많은 도움이 요구되죠."

"저는 아직 잘 모르겠습니다. 하지만 선생님 말씀이 맞아요. 저 아이를 어떻게 대해야 할지 다시 한번 진지하게 생각해 보겠습니다."

로쿠무기는 이런 보호관이 있다는 사실에 감사할 따름이었다. 하지만 다른 사람에게 이렇게 말하면서도 정작 자신은 그렇게 할 수 있을까? 자신이 없었다.

"감사합니다."

누노카와는 의무실을 나섰다.

20 안나의 학원

로쿠무기가 고베에 있는 집에 도착해 초인종을 누르자마자 문이 열리고 안나가 튀어나왔다.

"아빠, 아빠. 내 말 좀 들어봐. 개가 또 학원 화장실에서 몰카를 찍었어!"

안나가 아사미보다 먼저 로쿠무기에게 말했다.

"또? 그 아이, 학원을 계속 다니나 보지?"

거기에 아사미가 안에서 나오면서 말을 덧붙였다.

"그랬나 봐. 걔네 부모님이 두 번 다시 이런 일이 없게 할 테니, 학원만 다니게 해달라고 울고불고 빌었대. 성적이 좋지는 않아서, 학원이 그 집에선 마지막 희망이었던 모양이야. 학원도 딱히 피해자도 없고 하니까 내버려둔 모양이야."

"그래서. 누가 찍혔는데?"

"마침 안나가 화장실에 들어갔을 때 위에서 뭐가 움직이는 것 같아서 올려다봤더니 스마트폰이 보였대. 그래서 들켰나 봐. 막 들어갔을 때라 망정이지."

성욕은 누구에게나 자연스러운 감정이다. 하지만 이를 어떻게 표현하고 마주하는가는 전적으로 다른 문제다. 적절한 방식이 아니라면, 때로는 그 욕구는 범죄가 된다.

"안나, 괜찮니?"

로쿠무기는 딸의 표정 변화를 주의 깊게 살피며 물었다.

"응, 스마트폰 앨범을 확인했는데 나는 없었어. 다른 애들은 있었지만."

"일이 커지겠는걸."

로쿠무기는 안나의 태연한 표정을 보고, 피해를 입지 않았다는 사실을 알 수 있었다. 아사미는 눈썹을 찌푸리며 말을 이었다.

"아까 학원에서 연락이 와서 사과는 받았어. 일단 학원에서도 경찰에 신고했다고 하더라고."

설마 이루카노하라 소년원으로 송치되지는 않을까 생각

했지만, 다른 죄가 없다면 곧바로 소년원으로 보내지지는 않는다.

"사실 그 아이, 마트 화장실에서도 몰카를 찍었었대."

"그래? 그렇다면 부모가 그 사실을 숨기고 학원에 보낸 거네. 전과가 있으니 잘하면 소년 감별소에 들어갈 수도 있 겠어."

순간 이즈미 료이치의 얼굴이 떠올랐다. 그 아이에게 발 달 장애와 지적 장애가 있다면 이루카노하라 소년원으로 올 테니 자신이 진료할 수도 있다. 왠지 그런 예감이 들었다.

이처럼 가까운 곳에서 벌어지는 사건은 결코 남의 일일 수 없다. 공부를 못 한다는 그 아이도 어쩌면 케이크를 제대 로 자르지 못할 수도 있다. 어떻게 갱생시켜야 할까. 로쿠무 기는 그 방법을 생각하는 일이 자신에게 부여된 사명처럼 느껴졌다.

21 재회와 잠적

그날 밤, 누노카와는 료이치와 면담을 했다. 료이치는 고 개를 숙인 채 누노카와의 얼굴을 쳐다보지 않았다. 누노카 와가 천천히 말을 걸었다.

"이즈미 군. 이곳에 다시 돌아오게 돼서 면목이 없을 거라는 거 잘 알아. 하지만 나도 많이 부족했던 것 같다."

"네?"

료이치는 뜻밖의 말에 고개를 들었다.

"두 번 다시 같은 일이 반복되지 않도록 같이 다시 힘내 보자."

크게 혼날 거라 생각했던 료이치는 누노카와의 말에 전율이 일었다. 다시 지금부터 여기서 1년을 지내야 한다. '이제는 말이 아니라 행동으로 보여줘야 한다.' 료이치 나름대로 결의를 다진 순간이었다. 료이치의 새로운 소년원 생활이 시작되었다.

두 번째 입소에서 열 달이 지났을 무렵이었다. 료이치의 출소 후 생활에 대해 검토해야 하는 시기가 다가오고 있었다. 료이치가 또다시 나쁜 길로 빠지지 않도록 사이지가 제대로 돌봐줄 수 있을지가 관건이다. 이대로 집으로 돌아가도 괜찮을지 부모의 감호 능력을 가늠하면서 보호 관찰소와의 연계를 통해 판단해야 한다. 그래서 출소 날이 가까워지면서 사이지의 면회 주기가 길어진 점이 마음에 걸렸다.

그리고 우려하던 일이 터졌다. 이는 미도리카와를 통해 로쿠무기에게도 전해졌다.

"이즈미 군 아버지하고 연락이 끊겼다고?"

"네. 누노카와 씨도 충격을 받으셨어요."

사회 복귀 지원 담당자로부터 사이지와 연락이 안 된다는 연락이 왔다. 사이지의 직장에서도 연락이 안 되는 걸 보면 작정하고 잠적한 듯했다. 이는 료이치의 신변을 인계받을 사람이 사라져 돌아갈 곳이 없어졌다는 뜻이었다. 자업자득이라고 하기에는 아직 미성년자인 료이치에게 너무 가혹한 일이 아닌가. 료이치는 받아줄 곳이 나타날 때까지 소년원에서 나갈 수 없다. 미도리카와도 낙담하며 누노카와의 기분을 살폈다.

"이즈미 군, 최근에는 표정도 밝아져서 누노카와 씨도 좋아했는데 말이죠. 일단 보호자가 없으니 누노카와 씨가 복귀 지원 담당자와 같이 열심히 찾고 있답니다."

"이즈미 군은 어떻게 받아들이고 있지?"

"그게, 아직 이즈미 군에게는 말하지 않은 모양입니다."

"그렇군. 아이에게는 신중하게 알려야 해. 정신적으로 무너질 수 있으니 진료 횟수를 조금 늘리도록 하지."

22 시설 순례

누노카와와 복귀 지원 담당자는 료이치를 받아줄 만한 시설을 가릴 것 없이, 가능한 모든 시설을 찾았다. 과거 이루카노하라 소년원을 나와 갈 곳이 없는 소년들을 받아주었던 근처 시설에도 연락해 보았지만 담당자의 반응은 냉담했다.

"마음 같아서야 받아주고 싶죠. 하지만 하필 성범죄를 저지른 소년이라서."

"어떻게든 안 될까요?"

누노카와는 거의 포기한 마음으로 다시 한 번 고개를 숙였다.

"저희 시설 주변에는 어린아이들이 많이 삽니다. 혹시라도 이곳에서 그런 범죄자가 나온다면 꼼짝없이 문 닫아야 할 겁니다. 그렇게 되면 집이 없는 더 많은 소년들이 갈 곳을 잃고 길거리를 헤매게 되겠죠."

"그렇군요. 알겠습니다. 무리한 부탁을 드려 죄송합니다."

만일 료이치가 또다시 범죄를 저지른다면 이루카노하라 소년원 출신은 두 번 다시 받아주지 않을 것이다. 사실 누노카와도 이 점이 걱정되었다.

자기보다 나중에 들어왔지만 먼저 출소하는 소년들을 보며 료이치는 점차 기운을 잃어갔다. 언제 나갈 수 있을지 모른다는 사실은 공포 그 자체였다. 그동안에도 담당 직원과 누노카와는 료이치를 받아줄 시설을 찾아 전국 각지를 돌아다니며 머리를 조아려도 긍정적으로 대답하는 곳은 없었다. 사이지의 행방은 여전히 묘연했고 료이치의 불안은 점점 커져만 갔다. 로쿠무기는 그런 료이치를 정기적으로 진료했다.

사이지의 행방이 묘연해진 지 석 달쯤 지나서였다. 료이치가 살던 동네에서 상당히 멀리 떨어진 곳에 있는 시설로부터 일단 만나보고 싶다는 연락을 받았다. 누노카와와 담당자는 그길로 달려갔다. 산 중턱에 있는 이 시설은 가장 가까운 역에서 차로 삼십 분 정도 걸렸지만, 3층짜리 건물을 사용할 정도로 그 규모가 꽤 컸다. 주로 지적 장애인을 수용하는 곳으로 료이치처럼 발달 장애를 지닌 촉법소년을 받아주기도 했다. 시설장은 풍채가 좋은 중년 남성이었다.

"이 시설에도 그런 아이들이 있지요. 그러니 저희가 돌봐줄 수 있을지도 모르겠습니다. 일단 그 아이와 한번 만나볼 수 있을까요?"

"정말로 감사합니다. 조만간 면담 일정을 잡겠습니다."

누노카와는 진심으로 기뻐했다.

며칠 뒤, 시설장과 사무직원이 료이치를 보러 이루카노하라 소년원을 방문했다. 누노카와와 료이치는 함께 응접실에서 면접을 보았다. 료이치는 긴장해서 뻣뻣하게 굳어 있었는데 누노카와에 비할 바는 아니었다. 시설장이 말했다.

"이즈미 군, 우리는 생활 규칙이 매우 엄격합니다. 그래도 괜찮겠어요?"

"이곳 생활이 훨씬 엄격해서 익숙합니다."

"하긴. 누노카와 선생님도 우리 시설에 몇 번이나 찾아오

서서 이즈미 군이라면 분명 괜찮을 거라고 하셨답니다.”

료이치는 누노카와를 힐긋 쳐다보았다. 자신이 모르는 곳에서 분주히 뛰어다녔을 누노카와를 생각하니 눈물이 나올 것 같아 필사적으로 참았다. 그로부터 며칠 뒤, 시설에서 정식으로 료이치를 인계받겠다는 답변을 보내왔다. 이로써 료이치가 갈 곳이 결정되었다.

23 다시 사회로

로쿠무기는 료이치를 마지막으로 진료했다.

“이번에 입소해서는 무엇을 배웠나요?”

“피해자들의 수기를 많이 읽었어요. 거기에는 상상조차 못했던 이야기들이 있었어요. 피해자의 정신적 충격이 크다는 사실을 처음 알았어요. 지금까지 여자를 제 욕구를 채우기 위한 도구로만 보고 있었다는 것도요.”

2년이 넘는 시간이 지나서야 로쿠무기는 겨우 료이치의 본심을 조금 끌어낸 듯한 기분이 들었다. 료이치는 첫 번째 입소 때 여자를 도구로 생각한다는 이야기를 하지 않았었다. 이 아이의 마음을 크게 바꾼 계기는 성폭력 재발 방지 프로그램이 아니라 피해자의 수기였다. 그렇다고 해서 처음부터 피해자의 수기를 읽었다 한들 해결되었을 거라는 보장은 없다. 여러 노력이 쌓인 끝에야, 피해자의 외침이 비로소 이 아이의 내면에 닿은 듯하다.

출소 전에 생각이 크게 바뀌는 소년들은 많았다. 하지만 교정 시설 관계자 대부분은 사회에 나가서도 이 소년들의 결심이 변하지 않으리라고는 생각하지 않는다. 료이치도 마찬가지다. 언젠가 또다시 이 기대를 저버릴지도 모른다.

출소 날, 시설에서 차로 마중을 나왔다. 료이치는 로쿠무기에게 고개를 숙였다.

"로쿠무기 선생님, 그동안 정말로 감사했습니다."

"누노카와 선생님과 공부한 거 잊지 말아요."

누노카와가 마지막으로 말을 걸었다.

"건강하게 잘 지내."

"네, 감사했습니다."

"시설 분들 고생시키면 안 된다."

"네, 알겠어요."

그리고 누노카와는 료이치에게 봉투를 건넸다.

"이건 부적이야. 혹시 또 스트레스가 쌓인다 싶으면 이걸 봐. 이 부적이 널 지켜줄 거야."

보호관이 소년에게 무언가를 건네는 일은 극히 드물다. 료이치는 누노카와의 부적이 든 봉투를 세게 쥐었다.

누노카와와 다른 직원들, 그리고 로쿠무기와 미도리카와는 료이치를 배웅했다. 료이치는 끝까지 눈물을 보이지 않았다. 로쿠무기는 지금까지와는 다른 모습에 료이치가 확실하게 성장했음을 느꼈다. 료이치의 진정한 갱생은 지금부터 시작이다.

24 로쿠무기의 고민

"어제, 근처에서 방화 사건이 일어났대."

로쿠무기는 도노치라 여자 소년원에서 퇴근하는 길에 TINAMI에 들렀다. 카운터석에 앉아 물티슈로 손을 닦고 있는데 게이카가 말을 걸어왔다.

"큰일 날 뻔했네. 여긴 별일 없었고?"

"별일은 없는데, 너무 무서워. 이번에도 애가 불을 질렀다더라. 저번에도 중학생이 불 질러서 옆집 사람이 죽었잖아. 도대체 신문에 난 지 얼마나 됐다고. 어떤 애들일까? 무서워 죽겠어."

로쿠무기는 게이카가 말하는 중학생이 아라이 미치히코라는 사실을 금세 알아차렸다. 사회가 바라보는 시선과 자신이 마주한 현실은 이렇게나 다르다는 걸, 또 한 번 실감했다.

"불을 낸 건 절대 용서 받을 수 없는 행위야. 하지만 그들에게도 각자 사정이 있어. 단순히 벌을 준다고 해결되는 문제가 아니야. 호기심에 불을 지른 게 아닐 수도 있거든. 이러한 부분은 확실하게 바로잡아 줘야 해. 요즘엔 어린아이를 대상으로 한 강제 추행 사건도 늘고 있어. 그런데 가해 소년들의 상당수가, 왕따나 고립된 경험을 겪은 아이들이야. 그게 왜곡된 방식으로 표출된 거지.”

로쿠무기는 지금 이런 말을 하고 있지만 사실 소년원을 그만두려고 한다는 자신의 모순을 깨달았다. 여기에 게이카가 쐐기를 박았다.

“아아, 무슨 말인지 알 것 같아. 그러고 보니 로쿠무기 선생님이 근무하는 소년원에는 그런 아이들이 많겠네. 도대체 그런 위험한 곳에서 어떻게 일하는 거야? 그만큼 의미 있는 일이겠지만. 정말이지, 존경스러울 정도야.”

“일하는 건 남들과 똑같아.”

로쿠무기는 게이카의 맑고 곧은 시선을 마주할 자신이 없었다. 순간 커피잔에 료이치의 얼굴이 아른거렸다. 료이치의 경우는 발달 장애의 특징인 집착이 강제 추행으로 이어졌을 수도 있다. 이는 소년들이 저지르는 다양한 범죄 중에서도 가장 까다로운 케이스 중 하나에 속한다. 어떻게 해야 이들의 범죄를 막을 수 있을까. 로쿠무기에게 이 문제는, 평생 놓을 수 없는 과제가 되려 하고 있었다.

해설

2021년판 《범죄 백서》에 따르면 강간, 강제 추행 등에 해당하는 성범죄는 소년원 입소자(남성) 전체의 6.2퍼센트를 차지한다. 연소소년에 한하면 16.0퍼센트로 높은 비중을 차지하고 이는 절도, 상해 및 폭력에 이어 세 번째로 많은 범죄다. 비행 소년의 수는 감소하고 있지만 강제 추행의 체포 건수는 매년 증가 추세를 보이고 있다는 점을 주목할 필요가 있다. 내가 근무하는 의료 소년원에도 성범죄를 저지른 소년이 많은데, 그들은 내가 가장 대하기 어려운 소년들이기도 했다. 이들은 전체 입소자 수의 3분의 1을 훌쩍 뛰어넘는다. 이 책에 등장하는 '노란색 파일' 수는 이러한 실화를 바탕으로 묘사된 것이다.

성범죄는 내가 정신과 병원에서 의료 소년원으로 근무지를 옮긴 계기가 된 범죄이기도 하다. 정신과 병원에서는 발달 장애를 지닌 성범죄 가해자의 치료를 담당했지만 그 치료가 제대로 이루어진 적이 없었다. 다양한 자료와 문헌을 읽고 치료하고자 했음에도 전혀 효과가 나타나지 않아 몹시 난감했다.

성범죄와 관련해 선진 치료법을 활용하고 있다는 해외 시설이나 대학을 찾아가 봐도 발달 장애를 지닌 아이들에 대해서는 이미 손을 뗀 상태였다. 어디서도 해답을 찾을 수 없다면, 내가 직접 그 현장 속으로 들어가 그 아이들을 처음부터 다시 이해해야겠다고 마음먹었다.

그들에게 왜 성범죄를 저질렀느냐고 물으면, 하나같이 '성욕이 강했기 때문'이라고 대답한다. 그런데 그들이 말하는 성욕은, 일반적으로 상상하는 것과는 결이 달랐다. 또한 그들의 강제 추행이라는 행위는 이성에 대한 호기심과 동경을 표현한 비뚤어진 방식의 접근이었다. 그렇다면 왜 어린 여자아이가 아닌 나이가 비슷한 여성과 사귀려고 생각하지 않는 걸까. 그 이유 중 하나로 료이치의 경우와 같이 낮은 정신 연령을 들 수 있다. 정신 연령이 낮으면 동년배와는 좀처럼 의사소통이 제대로 이루어지지 않아 여성이 겁을 먹기도 한다. 그렇게 되면 건전한 교제로 이어지지 못하므로 대상 연령이 낮아질 수밖에 없다.

진료할 때는 아이를 성범죄로 이끈 사고 패턴이나 자라온 환경까지도 함께 확인해야 한다. 왕따를 당했던 경험은 피해 의식을 쉽게 낳는다. 집단 지도를 통해서는 제삼자의 언행 때문에 피해를 입었다는 생각에 화가 나 저항하지 못하는 어린 여자아이를 상대로 스트레스를 푸는 경우가 많은 사실도 알 수 있었다.

소년원에서는 같은 범죄별 학습에 참여한 아이들 이외에는 누가 어떤 범죄를 저질렀는지 알 수 없게 되어 있다. 하지만 절도나 폭력을 저지른 비행 소년에 비하면 성범죄를 저지른 소년들은 따돌림을 당해왔던 얌전한 아이들이 대부분이므로 생활 태도를 보면 어느 정도 짐작이 가능하다. 본문에도 나오지만, 성범죄를 저지른 소년의 출소를 두 팔 벌려 환영하는 시설이 많지 않다 보니 부모와의 연락이 두절된 소년이 있을 곳을 찾아 헤매는 일이 종종 있다.

5장

소년들의 그 후

가도쿠라 교코는 출소 후 어머니, 남동생, 딸 아이나와 함께 살며 음식점에서 아르바이트를 하게 되었다. 하지만 아이를 어떻게 키워야 할지 전혀 알지 못했다. 결국 교코는 아동 학대를 의심받아 딸을 보호 기관에 보내게 된다. 딸과 떨어져 지내게 되었지만 교코는 가족 재결합 프로그램을 수강하면서 육아법을 배우면서 서서히 생활을 안정시켜 나갔다. 스무 살이 된 교코는 어머니와 따로 살기로 결심하고 어린이집 근처에 집을 얻어 아이나를 데리고 독립했다.

한편, 다마치 유키토는 체포된 지 8개월 후 지방법원에서 첫 공판이 열렸다. 변호사측은 유키토의 지적 장애를 이유로 심신미약을 주장했으나, 정작 본인은 장애가 감형의 이유는 될 수 없다고 했다. 로쿠무기는 나중에 검찰 측이 구형한 징역 16년에 대해 징역 13년의 판결이 내려졌다는 소식을 들었다.

1 교코의 출소

가도쿠라 교코의 어머니 유미는 아이나를 데리고 매주 면회를 왔다. 아이나가 생후 6개월 때부터는 근처 어린이집에 맡기고 아르바이트를 다시 시작했어도 면회만큼은 매주 왔다. 마흔을 넘긴 유미는 아침마다 젊은 부모들 사이에 섞여 아이나를 어린이집에 맡기고, 저녁까지 식품 가공 공장에서 일하느라 늘 지쳐 있었다. 하지만 자신을 엄마라고 생각하며 반갑게 다가오는 아이나가 유미도 싫지 않았다.

한편 교코는 소년원에서 규칙 위반을 반복했기 때문에 출소가 미뤄졌다. 겨우 출소가 결정되었을 때, 교코는 열일곱, 어린이집에 들어간 지 반년이 지난 아이나는 한 살이 되었다.

교코의 출소를 앞두고, 로쿠무기는 마지막 진료를 했다.

"요새 컨디션은 어때요? 잠은 잘 자요?"

"네, 괜찮아요. 밤에도 잘 자고요."

"참, 출소일이 정해졌다죠? 축하해요."

"네."

앞날이 결정된 교코에게서 안도감이 엿보였다.

"오래 걸렸네요."

"네. 여기 들어왔을 때는 열다섯이었는데, 열일곱 살이
되어버렸네요. 아이나도 이제 한 살이에요."

"이제 아이나와 함께 살 수 있겠네요."

"네. 제대로 키울 수 있을지 걱정이긴 하지만요."

일주일 뒤, 출소 날에는 유미가 데리러 왔다. 약 1년 3개
월 만에 만나는 바깥세상이었다. 교코는 신세를 졌던 보호
관들에게 머리를 깊이 숙였다. 눈가에는 금방이라도 눈물이
떨어질 듯한 기색이 비쳤다. 하지만 유미에게 그러한 것은
중요하지 않았다. 한시라도 빨리 편하게 생활하고 싶었다.
유미는 교코의 여운을 단칼에 자르듯 소리쳤다.

"교코, 뭐하니! 서두르지 않으면 어린이집 하원 시간에
늦겠다!"

교코는 아직 어린이집에 아이를 데리러 간다는 사실이
와닿지는 않았지만 처음으로 소년원 밖에서 딸과 만난다는
사실에 가슴이 뛰었다. 택시에 짐을 잔뜩 싣고 보호관들에

게 이별을 고한 뒤, 두 사람은 일단 집으로 향했다. 집도 오랜만이었다. 열여섯이 되기 전에 사건을 일으켜 체포되었고 소년원에서 열일곱이 된 뒤에 이곳에 돌아왔다. 나름 추억이 많은 아파트였다.

교코가 사는 집은 방이 3개라, 소년원 입소 전부터 교코의 방도 있었다. 곧장 자기 방으로 가 문을 열자 숨 막힐 정도로 높게 쌓인 짐들이 눈에 들어왔다. 한 번도 환기를 하지 않았는지 퀴퀴한 냄새가 코를 찔렀다.

"나중에 정리할 거니까 조금만 참아."

유미가 한숨을 쉬며 귀찮다는 듯 말했다. 오랜만에 돌아온 집이었지만, 익숙하다기보단 낯설었다. 본인 잘못이기는 하나 자리를 비운 사이 새로 방을 차지한 짐들의 높이를 보며 자신이 얼마나 오랫동안 소년원에 있었는지를 실감했다.

한숨 돌리고 나니 시간은 오후 세 시를 넘어가고 있었다. 유미가 말했다.

"오늘은 빨리 데리러 가볼까."

유미는 늘 하원 시간인 저녁 6시에 아슬아슬하게 맞춰 데리러 갔다. 그러니 일찍 아이를 데리러 가면 어린이집도 좋아할 것이다. 하지만 무엇보다 하원 시간에는 아이를 데리러 온 다른 젊은 엄마들이 삼삼오오 모여 이야기를 나누고 있었기에 되도록 피하고 싶은 마음이 컸다. 이 일에서 벗어난다는 생각에, 유미의 마음도 한결 가벼웠다.

교코와 유미는 함께 어린이집으로 향했다. 다행히 어린이집은 아파트에서 걸어서 5분 거리에 있었다. 거리가 멀었다면 자전거를 타야 하니 비라도 내리면 데리러 가기에도 상당히 힘들었을 것 같다. 지금까지 어린이집의 존재를 신경 쓴 적 없었던 교코는 매우 낯설었다.

처음으로 자신의 아이를 데리러 가는 교코의 다리가 조금 후들거렸다. 그 탓인지 유미가 평소보다 훨씬 믿음직스럽게 느껴졌다. 어린이집에 들어가자 다시로 원장이 나왔다.

"어머, 가도쿠라 씨. 오늘은 빨리 오셨네요. 지금 간식 시간이긴 한데 금방 준비해서 데리고 나올게요."

다시로는 교코의 존재를 알아채고 싱긋 웃었다. 하지만 유미의 조카 정도로 생각했는지 따로 말을 걸지는 않았다. 유미가 원장인 다시로에게 교코의 존재를 알려주지 않았기 때문이다. 다시로가 안으로 자취를 감추고 얼마 지나지 않아 아이나가 젊은 담당 교사의 손을 잡고 나왔는데 보육 교사 역시 교코에게 눈길조차 주지 않았다. 긴장으로 몸이 뻣뻣해진 교코 또한 자신이 어머니라고 밝힐 여유가 전혀 없었다.

"엄마!"

아이나가 외쳤다. 교코의 긴장되었던 몸이 한순간에 이완되었다. 아이나가 교코가 있는 곳을 향해 아장아장 걸어왔다. 아이나가 자신에게 안기면 원장과 담임 보육 교사도 교코가 어머니라는 사실을 알 거라는 생각이 머릿속을 스쳤다. 하지만 정작 아이나가 향한 곳은 유미의 품 안이었다.

유미는 마치 교코가 없는 사람인 듯 아이나를 안고, 선생님에게 목례하곤 곧장 등을 돌렸다. 그러자 원장도 담임 선생님도 곧장 아이들이 기다리는 방으로 들어가 버렸다. 결국, 교코는 원장과 담임 선생님에게 자신을 소개할 기회를 놓치고 말았다. 그렇게 교코는, 이곳에서도 자리를 찾지 못했다. 게다가 집에 들어와서도 아이나는 교코의 근처에도 오지 않았다. 아이나에게 교코는 '모르는 사람'이었다.

2 아이나와의 생활

다음 날 아침, 교코는 낯을 가리는 아이나를 어린이집에 데려다주었다. 다시로는 교코가 친모라는 사실과 열일곱이라는 이야기를 들어서 알고는 있었지만 실제 나이보다 훨씬 어려 보이는 모습에 깜짝 놀랐다.

"어제 말씀해 주시지. 어머니이실 줄은 몰랐거든요."

"죄송해요. 그땐 긴장을 해서요."

다시로는 그제야 교코의 어머니인 유미의 정체를 알 것 같았다. 유미는 아이나와 어린이집에 올 때는 쌀쌀맞은 표정으로 다른 어머니들과는 말도 섞지 않았다. 처음에는 딸이 낳은 아이를 기른다는 사실을 알리고 싶지 않은 거라 생각했었다. 하지만 사실은, 귀찮은 일엔 휘말리고 싶지 않다는 이기심에서 비롯된 거였다. 유미를 측은하게 생각했던 마음은 그대로 교코에게 옮겨갔다. 어렸을 적부터 엄격했을 가정 환경이 뻔히 보여 가엾기까지 했다.

"어려운 일이 있으면 뭐든 제게 말씀해 주세요."

다시로는 친절하게 교코에게 말했다.

어린이집 등하원은 교코가 맡았지만 아이나는 유미와 떨어질 때마다 울었다. 돌이켜보면 아이나와 함께 생활한 것은 생후 3개월까지가 전부였다. 그 후로는 일주일에 한 번 면회할 때만 만났다. 아이나가 교코를 어머니라 여기기에는 시간이 부족했고, 교코 또한 아이가 어려웠다. 다시로는 그런 두 사람의 관계를 회복시키고자 교코가 아이를 데리러 올 때마다 엄마가 오셨다며 큰 목소리로 아이나를 불렀다. 그러던 어느 날, 다시로는 아이나의 몸에 나타난 이상 징후를 알아차렸다.

유미는 쇼메이 대신 아이나에게 손찌검을 하기 시작했다. 식사할 때가 특히 심했다. 아이나가 밥이라도 흘리면 가차 없이 뺨을 때렸다.

"흘리지 말랬지!"

유미의 고함을 덮는 아이나의 울음소리가 방안에 울려 퍼졌다. 그 소리가 유미를 더욱 화나게 했다. 그러나 교코는 그런 어머니를 말릴 수도 없었다. 아이나는 아직 자신을 어머니라 생각하지 않으니 딸을 지킬 자격이 없다고 생각했다. 또한 좀처럼 자신을 따르지 않는 아이나에게 엄하게 대하는 날이 늘어갔다.

3 어린이집의 연락

출소 후, 교코는 근처 음식점에서 아르바이트를 시작했지만 일이 쉽게 익숙해지지 않았다. 원래 손끝이 야무진 편은 아니라 접시도 자주 깨곤 했다. 주문을 착각해 다른 음식이 나가기도 하고 또 주문을 제대로 받았어도 서빙이 서툴러 손님이 항의하기도 했다. 일터에서도 지능 장애 때문에 남들보다 부족한 부분이 눈에 띄었다. 교코의 사정을 대충 알고 있는 점장은 쓴웃음을 지으며 참을성 있게 지켜봐 주었다.

어느 날, 아르바이트 중이던 교코의 휴대전화로 어린이집 원장 다시로가 전화를 걸었다.

"아이나 어머님, 일하시는 중에 죄송합니다. 어떻게 말을 꺼내야 할지 모르겠는데. 음, 오해하지 말고 들어주세요. 혹시 아이나 몸에 멍이 있다는 사실을 알고 계셨나요?"

교코는 심장이 뛰는 걸 느끼며 재빨리 이렇게 대답했다.

"아, 원장 선생님. 그건 집에서 넘어졌을 때 책상다리에 부딪히면서 생긴 거예요. 그런데 그건 왜요?"

"저도 그렇게 생각은 했습니다만, 그렇다고 하기에는 멍이 좀 많아서요."

평소와는 다른 말투에 유일하게 마음을 터놓았던 다시로와의 거리가 급격하게 멀어지는 것을 느꼈다.

"멍이 난 게 저 때문이라는 말씀이세요? 제가 때리기라도 했을까 봐요?"

"그런 뜻은 아닙니다. 하지만 저희로서는 판단하기 어려우니 아동 상담소에 연락하도록 하겠습니다. 결코 어머님을 의심해서가 아니고 어린이집은 아동 상담소에 연락할 의무가 있어서요. 아이나와 어머님을 위해서니 이해해 주세요."

"아동 상담소에 연락하면 어떻게 되나요?"

"저희도 잘 모릅니다. 그건 아동 상담소가 판단할 일이라서요."

사실, 다시로는 이미 아동 상담소에 연락해 아이나의 멍자국 상태를 보여준 뒤였다. 아이나의 몸은 작은 보랏빛 멍으로 얼룩져 있었다. 아동 상담소의 직원들은 아이를 격리해야 한다는 의견을 다시로에게 전달했다.

"지금 바로 데리러 갈 테니 기다려주세요."

교코는 서둘러 전화를 끊었다. 그리고 가게 점장에게 말했다.

"아이가 열이 난다고 어린이집에서 연락이 와서요. 가봐야 할 것 같아요."

"그거 큰일이네요. 가게 일은 걱정 말고 어서 가 봐요."

점장은 늘 상냥했다. 교코는 서둘러 어린이집으로 향했지만 이미 아이나는 떠난 뒤였다. 대신 아동 상담소 직원 두 명이 남아 있었다.

"아이나는요?"

다시로가 미안하다는 듯 말했다.

"아동 상담소의 사람들이 아이나를 보호하겠다고 데리고 갔어요."

남아 있던 아동 상담소의 직원이 말을 이어 갔다.

"가도쿠라 교코 씨시죠? 아이나에 대해 드릴 말씀이 있어요."

"누구 마음대로! 아이나를 돌려줘요! 당신들, 엄마한테 다 이를 거야!"

교코는 직원에게 눈길도 주지 않고 곧장 유미에게 전화를 걸었다.

"엄마, 이 사람들이 아이나를 데려갔어."

그날 저녁, 유미도 회사를 조퇴하고 교코와 함께 아동 상담소로 향했다. 면담실에서 유미는 직원에게 몇 번이고 큰 소리를 쳤다.

"그러니까, 아까부터 학대인지 뭔지가 아니라고 하잖아!

어서 아이나를 데려와요. 안 그러면 고소할 거야!”

“그러니까 어머님, 몇 번이나 설명 드린 것처럼…….”

“됐고, 빨리 데려오라니까!”

격한 어조의 유미와는 달리 교코는 고개를 숙이고 생각에 잠겼다. 평소 유미가 아이나를 때렸던 기억이나 교코 자신도 아이를 발로 찼던 기억이 그녀를 압박했다. 교코는 머리를 감싸고 신음했다.

“아아.”

유미는 이를 보고 의기양양하게 이야기했다.

“이것 봐. 당신들 때문에 우리 딸이 무서워하잖아. 이거 어떻게 할 거예요?”

아동 상담소의 직원들은 얼굴을 마주 봤다. 하지만 교코가 괴로워한 건 그 때문이 아니었다.

“엄마, 이제 그만 해…….”

교코는 괴로움에 젖은 목소리로 말했다.

“뭐?”

“이제 됐어. 엄마, 그만 해.”

유미는 교코가 평소와 다르다는 걸 눈치챘다.

“그래. 오늘은 이만 가자. 하지만 아이나를 돌려줄 때까지 계속 올 거예요.”

유미는 민망하다는 듯 내뱉고는 자리에서 일어나 교코의 팔을 잡고 방을 나섰다.

4 아동 상담소에서

얼마 뒤, 아동 상담소의 담당자가 교코만 호출했다. 유미가 있으면 사실을 듣지 못할 거라고 판단했기 때문이었다. 유미는 혼자 가지 말라고 크게 반대했지만 교코가 떳떳하다고 하니 어쩔 수 없이 보내주었다. 아동 상담소에는 지난번에 만났던 직원이 기다리고 있었다.

"아이나 어머니. 오늘 와주셔서 감사합니다."

지난번 아이나를 데려갔던 무서운 사람이 이렇게 친절하다니, 교코는 어색한 마음이 들면서도 한순간에 긴장이 풀렸다. 교코는 본능적으로 이 사람들이야말로 자신과 아이나를 지켜줄 아군일지 모른다고 느꼈다. 직원이 조심스레 묻자, 교코는 조금씩 마음을 열고 있는 그대로 털어놓기 시작했다.

"옛날부터 어머니 방식이 마음에 안 들었어요. 동생이 장애가 있다고 때리실 때도 아무 말도 못 했어요. 어머니는 아이나도 동생을 때리듯 때리셨는데, 저도 혼나지 않으려면 제가 아이를 확실하게 훈육해야겠다고 생각했어요. 그런데 아이나가 전혀 저를 따르지 않다 보니 어찌해야 할지 몰라 짜증이 나서 때리고 말았어요."

"말씀 감사합니다. 어머니도 힘드셨겠어요."

교코의 증언을 확보한 아동 상담소는 지금 아이나를 집

에 돌려보내면 학대받을 위험이 크다고 판단했다. 그래서 아이나는 유아원에 입소하게 되었다. 유미는 끝까지 학대를 인정하지 않았다.

유아원은 여러 사정으로 집에서 양육을 하지 못하게 된 0~2세 사이의 영유아가 생활하는 시설이다. 학대받은 영유아도 적지 않다. 이곳에서는 보육사 이외에도 간호사와 심리상담사, 의사 등 많은 직원들이 24시간 아이들을 돌보고 있다.

아이나도 이곳에서 생활하게 되었다. 아동 상담소의 허락이 떨어지기 전까지는 어느 유아원에서 보호하고 있는지를 알 수 없었고 면회도 금지되었다.

5 새로운 출발

아이나가 유아원에서 생활한 지 3개월이 지났을 무렵, 아동 상담소로부터 연락이 왔다. 아이나를 집으로 데려가기 전까지 가족 재결합 프로그램을 수강했으면 좋겠다는 내용이었다. 보호 중인 아이들은 학대받을 위험이 사라지지 않으면 부모의 곁으로 돌려보내지 않는다. 그러나 교코는 아이를 키우는 방법도 모르고 유미 이외에 양육 모델로 삼을 만한 사람도 없다. 그래서 아이나와 안정적으로 생활할 수 있도록 돕는 프로그램을 수강하게 하려는 것이다.

교코는 곧바로 동의했다. 그리고 한 달에 두 번, 비영리단체가 주최하는 가족 재결합 프로그램에 참석하기로 했다. 교코는 아동 상담소 프로그램 담당자와 먼저 인사했다. 여성 직원이 부드럽게 말을 건넸다.

"교코 씨, 만나서 반가워요. 교코 씨는 어떤 어머니가 되고 싶으신가요?"

"네? 어, 음……."

지금까지의 일을 질책당하리라 생각했던 교코는 정중하게 말을 걸어주는 직원의 태도에 오히려 망설여졌다. 정말로 자기도 좋은 어머니가 될 수 있는 걸까.

"아이나가 아직 말은 못 해도 자신의 기분을 전하고 싶을 거예요."

"아, 아이나가요?"

"물론이죠."

"그건 몰랐어요. 지금까지 왜 우는지도 모르겠고 시끄럽다고 어머니랑 늘 얘기했었어요. 어떻게 달래야 할지 몰랐거든요. 울기만 하니까 너무 짜증이 났어요."

"앞으로는 그런 것들에 대해 함께 배워보도록 해요."

직원은 앞으로의 일 때문에 불안해하는 교코 곁에서 그녀를 지탱해 주는 존재가 되었다. 유미는 한 번도 해준 적 없는 일이었다. 면담일로부터 한 달 뒤, 교코는 유아원에 아이나를 만나러 갔다. 유아원의 보육사가 아이나를 안고 나타났다. 넉 달만의 재회였다. 아이나는 부끄러운 듯 교코를 바라봤지만 교코는 아이의 눈을 똑바로 바라볼 자신이 없었다. 이를 본 보육사는 둘의 마음을 천천히 이어주려는 듯 말했다.

"아이나도 어머니가 신경 쓰이나 봐요. 그저 어떻게 해야 할지 모르는 것뿐이랍니다. 그러니까 앞으로는 어떻게 하면 좋을지 함께 생각해 나가도록 해요."

긴장했던 어깨의 힘이 풀렸다. 기분 탓인지 아이나도 그런 것처럼 보였다.

그 후 교코는 아동 상담소에서 하는 가족 재결합 프로그램을 들으며 아이를 대하는 방법, 아이가 보내는 신호를 받아들이는 법 등 육아의 기본에 대해 배웠다. 아이나에게 어떻게 애정을 쏟느냐가 아니라 아이나의 기분이나 모습을 살피는 방법을 공부할 수 있었다.

프로그램이 시작되고 3개월이 지나 교코는 아이나를 만나러 유아원을 찾았다. 유아원에서는 아이나와 비슷한 나이의 아이들이 대부분이었는데 학대 때문에 보호를 받는 아이들이 많았다. 교코는 가족 재결합 프로그램에서 배운 것을 바탕으로 조금씩 아이나와 거리를 좁히며 서로 익숙해져 갔다. 스킨십을 하기 위해 화장을 지웠고 아이나를 위한 도시락을 만들어 매주 유아원으로 향했다. 그리고 아이나도 점차 교코를 따르게 되었다.

프로그램이 시작되고 6개월이 지나자 아동 상담소는 유미와 쇼메이, 교코와 함께 살던 아파트로 외박을 나가도 좋다고 판단했다. 유미는 집에 온 아이나와 일부러 거리를 두었다. 더는 귀찮은 일에 얽히고 싶지 않은 듯했다. 교코는 그런 유미를 담담한 눈으로 바라보았다.

프로그램이 시작된 지 1년이 지났다. 외박이 반복되면서 학대의 가능성이 낮아졌다고 판단한 아동 상담소는 아이나를 교코가 기다리는 집으로 돌려보냈다.

유아원을 떠나는 날, 교코는 유아원의 보육 교사에게 어리광을 부렸다.

"선생님, 또 놀러 와도 되죠?"

"그럼. 언제든 환영이야."

눈물이 가득 맺힌 눈으로 미소를 짓는 교코를 보육 교사 또한 눈물로 배웅했다. 유미는 여전했다. 그래서 교코는 모르는 일이 있으면 유아원의 보육 교사에게 전화했다. 물론 실수도 있었지만 아이나와의 일상생활도 조금씩 익숙해져 갔다. 자신을 따르기 시작한 아이나를 보며 교코는 한층 더 자신감을 얻었다.

스무 살이 된 교코는 어머니 유미에게서 독립하기로 결심하고, 어린이집 근처에 집을 얻었다. 음식점 아르바이트도 계속하면서 아이나와 둘이서 생활하기 시작한 것이다.

"다녀오겠습니다!"

아이나를 맡기고 출근하는 교코를, 다시로 원장이 따스한 눈길로 지켜보았다.

6 유키토의 재판

다마치 유키토가 체포된 지 8개월 후, 지방법원에서 첫 공판이 열렸다. 검사 측은 냉혹하고 잔인한 범행이라며 징역 16년을 구형했다. 피해자인 사와베 아유미의 어머니 지즈코는 눈물로 호소했다.

"딸이 죽으면 못 살 거라고 농담 삼아 말했었습니다. 정말로 이런 일이 벌어질 줄은 꿈에도 몰랐습니다. 저는 미용사를 꿈꾸던 딸의 한을 풀어주기 위해 수치를 무릅쓰고 이렇게 살아 있습니다. 하지만 저 피고인의 말에서는 반성의 기미가 전혀 느껴지지 않습니다. 부디 사형을 구형해 주시길 간곡히 청합니다."

굳은 표정의 유키토에게 이미 과거의 앳된 느낌은 조금도 남아 있지 않았다.

변호사는 경도의 지적 장애를 지닌 다마치 유키토는 사기단에 이용당하고 협박당했으며 그에 대한 공포심을 견디지 못하고 여성을 살해하였으니, 그 책임 능력을 완전히 인정할 수 없다고 주장했다.

그러나 유키토는 이렇게 말했다.

"장애가 있다고 해서 형을 가볍게 받을 수는 없습니다."

그리고 판사를 향해 고개를 숙였다.

며칠 뒤, 로쿠무기는 신문에서 검사가 구형한 징역 16년에 대해, 징역 13년의 유죄 판결이 내려졌다는 기사를 보았다.

의무실에서 유키토의 진료기록부를 보며 로쿠무기는 다시 한번 당시의 모습을 떠올려 보았다. 그는 특별히 큰 문제를 일으킨 적이 없었고 오히려 우등생으로 출소했다. 그러나 결과적으로 죄 없는 한 젊은이의 목숨을 앗아가고 말았다. 가장 사랑하는 외동딸을 잃은 어머니 지즈코의 심정은 감히 헤아릴 수 없다.

출소 후 유키토가 어떻게 지냈는지는 로쿠무기로서는 알 수 없다. 그러나 그 어머니가 아들을 세심하게 돌보았을 거라고는, 쉽게 상상하기 어려웠다. 유키토 역시 주변에 잘 휘둘리다 보니 또다시 누군가에게 이용당했을지 모른다는 생각이 머릿속을 맴돌았다.

로무쿠기는 당시 유키토가 그렸던 삼등분한 케이크 그림을 미도리카와 앞에 놓았다.

"그 아이도 케이크를 그렇게 잘랐었지."

"이건 좀 심하네요. 사회에선 많이 버거웠겠어요."

로쿠무기는 미도리카와를 바라보다 조용히 중얼거렸다.

"여기선 조용하고 순응적인 아이였어. 하지만 그게 정말 '괜찮다'는 뜻은 아니었을 거야. 밖에서도 이 아이가 설 수 있는 자리가 있었을까, 그건 잘 모르겠어."

미도리카와는 유키토를 잘 기억하지 못했다. 하지만 소년원을 나간 뒤 형무소에 들어가는 소년들도 적지 않다는 사실은 알고 있었다.

"장애라고 해서 사회가 이해해 주지는 않으니까요. 오히려 이용하거나 속여서 새로운 피해자를 만들어내고 있죠."

로쿠무기는 진료기록부에 적힌 유키토의 말들을 바라보며 당시 그 아이가 자랑스럽게 말하던 모습을 떠올렸다.

'5년 후, 다마치 군은 어떤 모습일 것 같아요?'
'철이 들어서 결혼도 하고 평범하게 생활하겠습니다!'

7 로쿠무기의 결심

로쿠무기는 시타모리 교수와 교수실 소파에 마주 보고 앉았다. 며칠 전 근무지 이동의 건에 대해 직접 만나 대답하고 싶다고 시타모리 교수에게 연락을 넣었다.

로쿠무기는 자세를 바로 하고 목소리에 힘을 주며 고개를 숙였다.

"시타모리 교수님, 죄송합니다. 아무래도 지금은 이루카노하라 소년원에는 제가 있어야 할 것 같습니다. 조금만 더 일하게 해주실 수 있을까요?"

시타모리는 잠시 말이 없었다. 그리고 입을 열었다.

"역시 그런가. 한동안 연락이 없길래, 혹시나 하고 생각은 했네만. 하지만 지금 옮기지 않으면 인제 다른 자리가 날지 모르는데 괜찮겠나?"

"네, 각오하고 있습니다. 아무래도 아이들을 더 돌보고 싶습니다."

시타모리 교수는 천천히 고개를 끄덕였다.

"알겠네. 그런 마음가짐이라면 소년원에 있는 게 더 낫겠어. 보건관리센터에는 다른 사람을 추천하겠네. 가족들도 괜찮다고 한 건가?"

"아직 모릅니다. 이제 가서 말해야죠."

"고생이겠어. 하지만 이제 무를 수는 없다네."

"네, 압니다."

로쿠무기는 교수실을 나섰다.

엘리베이터로 향하는 도중 복도에서 오쿠마와 만났다.

"로쿠무기. 이번에 보건관리센터로 가게 되었다면서?"

로쿠무기의 인사이동은 모두의 관심사였다. 이미 새로

발령이 났다는 소문이 의국 내에 파다했다.

"아니요. 소년원에 계속 있을 겁니다."

"자네도 참 별나. 지금이 아니면 언제 기회가 올지 모르는데 말이야."

오쿠마는 비딱하게 말했다. 로쿠무기는 그를 힐끗 쳐다보고는, 아무 말 없이 엘리베이터 쪽으로 걸음을 옮겼다. 오랜만에 후련한 기분을 맛본 로쿠무기에게 다음 난제가 기다리고 있었다. 보건관리센터를 거절하고 소년원에 계속 근무하기로 했다는 사실을 아사미에게 어떻게 전달해야 할까. 집에 가면서 찬찬히 생각하기로 했다.

미야구치 코지

리쓰메이칸대학 대학원 인간과학연구과 교수. 교토대학 공학부 졸업 후 건설 컨설턴트 회사를 거쳐 고베 대학 의학부 의학과를 졸업했다. 소아청소년정신과 의사로서 정신과 병원과 의료 소년원에서 근무했다. 2016년도부터 리쓰메이칸대학에 교수로 재직 중이다. 일반 사단법인 일본 COG-TR 학회 대표 이사. 의학박사. 임상심리사.

케이크를 자르지 못하는 아이들의 진료실

소년원에서 만난 경계선 지능 장애 아이들의 진실

초판인쇄 2025년 6월 30일
초판발행 2025년 6월 30일

지은이 미야구치 코지
발행인 채종준

출판총괄 박능원
국제업무 채보라
책임번역 문서영
책임편집 최정원, 김지숙
디자인 전혜진
마케팅 문선영
전자책 정담자리

브랜드 그늘
주소 경기도 파주시 회동길 230 (문발동)
투고문의 ksibook1@kstudy.com

발행처 한국학술정보(주)
출판신고 2003년 9월 25일 제406-2003-000012호
인쇄 북토리

ISBN 979-11-7318-403-1 03830

그늘은 한국학술정보(주)의 소설 출판 전문브랜드입니다.
더운 여름날 그늘 밑에서 편하게 읽을 수 있는 책이라는 의미를 담았습니다.
세상에 없던 이야기를 발굴하고, 우리가 닿지 못한 세계의 그림자를 찾아봅니다.
스토리 속 일상의 즐거움을 발견할 수 있도록 이야기의 쉼터가 되겠습니다.